大河流过两家峪

关中闲汉 著

中国文联出版社

图书在版编目（CIP）数据

大河流过两家峪 / 关中闲汉著 . -- 北京：中国文联出版社，2024.10
ISBN 978-7-5190-5447-2

Ⅰ.①大… Ⅱ.①关… Ⅲ.①长篇小说－中国－当代 Ⅳ.① I247.5

中国国家版本馆 CIP 数据核字（2024）第 039486 号

著　　者　关中闲汉
责任编辑　闫　洁　王　萌
责任校对　秀点校对
装帧设计　中尚图

出版发行　中国文联出版社有限公司
社　　址　北京市朝阳区农展馆南里 10 号　　邮编　100125
电　　话　010-85923025（发行部）　010-85923091（总编室）
经　　销　全国新华书店等
印　　刷　三河市龙大印装有限公司

开　　本　700 毫米 ×1000 毫米　1/16
印　　张　14.5
字　　数　220 千字
版　　次　2024 年 10 月第 1 版第 1 次印刷
定　　价　58.00 元

版权所有·侵权必究
如有印装质量问题，请与本社发行部联系调换

目　录

第 1 章　外人 …………………………………………… 001
第 2 章　大河 …………………………………………… 004
第 3 章　旱烟 …………………………………………… 007
第 4 章　谣言 …………………………………………… 010
第 5 章　姑娘 …………………………………………… 014
第 6 章　隐居 …………………………………………… 017
第 7 章　谷神 …………………………………………… 020
第 8 章　求助 …………………………………………… 023
第 9 章　鼓皮 …………………………………………… 026
第 10 章　社火 ………………………………………… 029
第 11 章　棉被 ………………………………………… 032
第 12 章　包子 ………………………………………… 035
第 13 章　吉利 ………………………………………… 038
第 14 章　纸烟 ………………………………………… 041
第 15 章　社和 ………………………………………… 044
第 16 章　芯子 ………………………………………… 047
第 17 章　佳肴 ………………………………………… 050
第 18 章　缘分 ………………………………………… 053
第 19 章　复古 ………………………………………… 056
第 20 章　饺子 ………………………………………… 059
第 21 章　宣战 ………………………………………… 062
第 22 章　观音 ………………………………………… 065
第 23 章　后社 ………………………………………… 068
第 24 章　春天 ………………………………………… 071
第 25 章　蛾子 ………………………………………… 074
第 26 章　斗社 ………………………………………… 077
第 27 章　记者 ………………………………………… 080
第 28 章　非遗 ………………………………………… 083
第 29 章　邀请 ………………………………………… 086

第 30 章	三十六哭	089
第 31 章	族谱	092
第 32 章	犟种	095
第 33 章	枣刺	098
第 34 章	模特	101
第 35 章	狠人	104
第 36 章	鱼塘	107
第 37 章	规划	110
第 38 章	误会	113
第 39 章	疾呼	116
第 40 章	种子	119
第 41 章	图谋	122
第 42 章	三宝	125
第 43 章	春生	128
第 44 章	技和	131
第 45 章	外行	134
第 46 章	偶遇	137
第 47 章	诱惑	141
第 48 章	保护	143
第 49 章	种树	146
第 50 章	合同	149
第 51 章	春燕	152
第 52 章	井莺	155
第 53 章	水盆	158
第 54 章	过河	160
第 55 章	怕了	163
第 56 章	镜子	166
第 57 章	心结	169
第 58 章	女神	173
第 59 章	宣言	176
第 60 章	根	179
第 61 章	鲜活	182
第 62 章	打通	185
第 63 章	坚决	188

第 64 章	成了	191
第 65 章	错了	196
第 66 章	约定	199
第 67 章	你们	202
第 68 章	星星	206
第 69 章	出海	209
第 70 章	回村	212
第 71 章	明白	217
第 72 章	良心	220
第 73 章	泉涌	223

第1章　外人

2011年冬天，刚刚过了腊月二十三。

绿了将近一年的牛筋草直愣愣、白花花地挂了一层霜。

日头还没有出来，野风打着旋儿，不时发出"呜呜"的怪叫。

远处的秦岭只能看到模糊的轮廓，给人的感觉好像和灰蒙蒙的天冻在一块儿，永远也化不开了一样。

"咚、咚、咚咚……"

就在这一片萧索和无边寒意中，秦岭脚下的两家峪村中，忽然响起了雄壮、浑厚的鼓声。

紧接着，东方刚刚露出的鱼肚白迅速消散。

天跟着开了，秦岭又成了秦岭。

打鼓的车大寒虽然从来不留意这些，但是天光的变化还是让他十分地欣喜。仿佛在火上浇了油，在干涸的黄土地上落了一场及时雨。

随后，鼓点越发地紧密，几乎到了连喘口气都来不及的程度。

鼓这种东西古老而又洋气。

说它古老，是说它在上古时期就有。相传黄帝大战蚩尤的时候，用鳄鱼皮做了一面鼓，可以声传500里，听得敌人心惊胆寒。

说它洋气，是因为2008年奥运会那会儿，咱们就在开幕式上，用老祖宗留下的玩意儿，让国际友人们耳目一新，进而在全世界掀起了一股打鼓的潮流。

然而，车大寒打鼓却不是为了追慕古意，或者赶时髦。他这是在为正月十五的社火表演做着准备工作。

两家峪的社火鼓点其实是有路数的。这个路数虽然没人能说得清到底是谁定下的规矩，更没有谁有本事拿出一本鼓谱，但是路数就是路数。不只是两家峪人，方圆50里的人都知道那是两家峪人耍社火时，独有的鼓点。因此上，车大寒不仅要在短时间内熟悉这个路数，还得在路数里打出花花来。

"又敲了，又敲了……"

鼓点一密，两家峪人就睡不住了。

很快就有不少人披着棉衣、趿拉着棉鞋，涌进了车大寒家宽敞的院子里。一时间咳嗽声、低语声此起彼伏，旱烟味、纸烟味非要争个高下……车大寒一向都是人来疯，见到这么多人围观，直接就把上身仅有的一件保暖内衣脱了，露出了小麦色的肌肤和虬结、坚实的肌肉。

如此一来，这鼓声就更加地激越、更加地雄壮。

"敲你妈的敲！"

"嘭！"

正当人们陶醉在车大寒的鼓点里时，忽然有人狠狠地骂了一句。紧接着，一块砖头从高处落下，在鼓面上砸出了一个大窟窿。

鼓声立即就停了。

人们同时仰起脸，望向了骂声传来的方向。

是齐望海。

齐望海家和车大寒家只隔着一堵墙。按说应该关系最近，可是不知道为什么自从车大寒从浦江回来，齐望海就没给过他好脸色。

"这还不到6点，就敲，还让不让人睡觉了……"

齐望海站在自家平房顶上，双手背在后面，扶着充作护栏的矮墙，一脸的忐忑。齐望海之所以如此忐忑，除了隐隐感到自己似乎触犯了众怒，更重要的是，后悔自己扔出去的砖头千不该万不该，砸在了车大寒的鼓面上。像车大寒在敲的那种大鼓，少说也在2000元以上。

一张牛皮鼓，靠的就是鼓面上的那张皮，砸破了那张皮，鼓就废了。一想到自己要给车大寒赔鼓，齐望海脸上的肉都疼。

"话是这么说没错，可是你也不应该耍二球（关中方言，形容一个人混账、蛮横、不讲理）啊！"

"就是，就是的，好好的一面鼓，让你砸了个大窟窿……"

果然，院子里的人都站在车大寒一边。谁也不觉得车大寒一大早敲鼓有什么不对的。

"你们，你们……你们别忘了他是个外人！"

情急之下，齐望海把最不该说的话说了出来。

"我怎么就是个外人了？齐望海，你把话说清楚！"

车大寒本来还有些自责，想着给齐望海道个歉，然后收敛一下自己的行为。毕竟是自己打鼓扰邻在先，才惹得齐望海砸了鼓面。可是，齐望海那句话一出口，他实在是忍不住了。

俗话说"打人不打脸，揭人不揭短"。

"外人"这两个字从小到大一直都是车大寒的心病。并且因为这两个字他才在毕业的时候选择了远走他乡。这时候，齐望海当着这么多人的面，又把这两个字说了出来，简直就是在挑战车大寒的底线。

"说就说，我又没有编瞎话骗人……"

齐望海立刻挺直了腰杆。

可是不等他继续说下去，齐家的长者齐双全马上打断了他："望海，你怕是疯了吧，胡咧咧什么呢，赶紧下来，跟大河商量一下怎么赔人家的鼓！"

"什么外人不外人的，大河是我看着长大的，咋就不是咱村娃咧？"

其他老人们跟着说了起来。大河是车大寒的小名，全村人一直这么叫他。对于这个小名，车大寒也十分纳闷。为什么村里的角角落落那么多，母亲偏偏用村外的那条大河叫他。

齐望海这时候也冷静了下来，挠了挠头，就要从平房上走下来。

"二伯，你让他说，我车大寒咋就是外人了？"

多少年硬生生压在心底的事情，再次被人翻了出来，不由得车大寒不激动。他的眼角已然泛起了泪花，语气中甚至带着几分恳求的意味。要知道当初为了弄清楚自己到底是不是外人，车大寒整整在母亲炕前跪了三天两夜。而母亲直到闭上眼睛，也没给他个明确的说法。

"我，我，你，你……"

齐望海一脸尴尬，齐双全等人同样十分地尴尬。

有些事情就害怕捅破那层窗户纸。既然车大寒他娘到死都不忍心捅破那层窗户纸，全村上下，谁又愿意当那个坏人呢？

"不用望海说，我来告诉你，你车大寒就是个外人。"

正当众人不知道怎么接车大寒的话时，秦梅走进了院子里。车大寒看到秦梅，一身的火气顿时没了，眼神多少有些复杂。他就是为了秦梅才回的两家峪。而秦梅却在他回村的这些日子里，一直躲着他。

现在，在车大寒最难堪、最不愿意秦梅在场的情形下，秦梅却出现了。车大寒欲言又止，把手里的鼓槌无力地放在了破了个洞的鼓面上。如果一切都是命运的安排，他愿意接受最残酷的现实。

第 2 章 大河

"梅梅,我娃是个有出息的,多余话二伯就不说了,二伯只问你想好了没有?"

在秦梅开口之前,齐双全犹豫再三,还是问了一句。

"想好了,二伯。"

秦梅点了点头,目光始终十分沉静。

"好,那咱走,都走。"

齐双全望着众人招呼了一声,走出了车大寒家的院子。

随后,站在平房上的齐望海不见了,院子里的人也走光了。

现在只剩下了四目相对的两个人,和一面破鼓。

当初车大寒和秦梅好的时候,全村人人都觉得他们会走到一起,过上最拔尖、最幸福的日子。因为,他们从小就耍在一起,还一起念过小学、初中、高中、大学,几乎是自然而然地产生了男女感情。

老一辈人常说,人跟人都是处出来的。车大寒和秦梅少说也有20多年的感情,按说两个人走到一起是一种必然。可是,就在大学毕业那会儿,不知道具体因为什么,车大寒竟然孤身一人去了浦江。而秦梅则经过几年打拼,在西京嫁给了别人。

"你还好吧?"车大寒嘀咕了一句。

秦梅是因为离婚,才回到的两家峪。一般来说离婚是一种解脱,也是一种难以弥补的感情伤害。车大寒怕一向刚强的秦梅经受不住打击,对她十分地牵挂。以至暂时忘记了身世之谜即将解开时,常有的那份不安和忐忑。

"全村上下论起来,只有我妈和六婶走得最近,六婶的一些事,只有我妈最清楚。"秦梅没有回答车大寒的问题,而是静静地注视着他,开始了略显漫长的讲述。六婶就是车大寒的母亲,她在齐家同辈人中排行老六,是出了名的粗辫子六姑娘。

在两家峪能称为粗辫子的,只有一类女人。这类女人不光模样好,性格泼辣、死要强,而且屋里屋外所有的活都得干在人前头。六婶年轻的时候,留着黝黑发亮、又粗又长的大辫子,就是这一类女人。

"为了你，六婶一辈子都没嫁人。"

回想起六婶的一生，秦梅下意识咬了咬嘴唇，紧接着，她鼓起最大的勇气，还是把最要紧的话说了出来。

"你那个姓车的爸，谁也没见过，六婶更不是他的妻子……六婶之所以坚持让你姓车，只是因为在大河边捡到你的时候，那床小棉被里塞了一方手帕，手帕上缝了一个车字。"

听到这句话，车大寒险些没有站住。

自己果然是从村外的大河边捡回来的。这些年全村人大河大河地叫着，他也有过这种猜测，只是一直没有得到证实。现在事实从秦梅嘴里说了出来，车大寒不得不接受的同时，又有种无力感。就好像一口气突然泄了，就好像自己骗自己终于骗不下去了。

"棉被和手帕我都见过。"

车大寒咬着后槽牙说。在整理母亲的遗物时，他确实翻到了那床破旧的小棉被和那方绣着"车"字的老式手帕。只是已经来不及问母亲这两样东西的来历了。

"好好收着吧，那是你亲生父母留给你唯一的念想。"

秦梅淡淡地说，眼神多少有些复杂。

其实，全村人的心思她都知道。六婶要强了一辈子，到了都把牙关咬得死死的，那就是不愿意把车大寒是自己捡回来的事情张扬出去。村里的人心疼六婶，又对她那份牺牲个人幸福，收养孤儿的壮举充满了敬佩，谁又忍心把实情告诉车大寒，让六婶的在天之灵无法安宁呢？可是纸终归包不住火，窗户纸总有捅破的一天。

再说这对车大寒也不公平，谁都有知道自己身世的权利。想来想去，秦梅终于下定决心，这个恶人还是由她来当吧。

"两家峪的人不是姓齐就是姓秦，只有你一个姓车，这是实情，至于你到底是不是外人，自己掂量吧。"丢下这句话，秦梅把脸一转，再也不看车大寒的眼睛，快步走出了院子。

望着秦梅的身影一点点消失在门边，车大寒终于承受不住心中的那份痛苦，望着苍茫的天空，喊了一声"妈"。

随后，他提不起一口气，软绵绵地坐在了冰冷的地上，两行清亮的眼泪迎着初升的朝霞落了下来。

在车大寒的记忆里，母亲并不像别人看到的那么能干、要强，相反，母亲的身形总显得比别人单薄，老得也比同龄人快得多。车大寒印象最深的是 7 岁那年发生的一事情。

那年麦子的长势特别喜人,全村老少没有一个不觉得会有个大丰收。然而到了麦黄六月,老天爷却下起了连阴雨,并且一下就是半个多月。眼看着麦子即将烂在地里,人们开始冒着大雨抢收小麦。要是放在正常的年景,麦子基本上就像布谷鸟的叫声一样"算黄算割"(关中方言,边黄边割的意思)。可是遇到这样的天灾,家里有没有劳动力就成了忙了一年是否有收获的决定性因素。

7 岁的娃娃除了坐在地上哭,什么忙也帮不上。车大寒家要想在老天爷嘴里夺食,只有母亲一个人。望着漫天的大雨,听着身后孩子的啼哭,已经穿好雨衣的母亲,突然捂着脸,蹲在门边无声地哭了起来。车大寒眼角挂着泪花,看得清清楚楚,母亲瘦弱的肩膀在痛哭中,剧烈地颤抖着……

然而,没过多久,母亲在自己脸上抹了两把,又站了起来。她义无反顾地走进了雨里,和别家的精壮劳力一样,和老天爷拼命,与大雨较劲……正是在那几天里,母亲黝黑的大辫子里,早早有了白头发。

车大寒按照自己的年龄推算了一下,母亲捡回自己的那一年,最多不过 20 岁出头。20 岁出头正是一个女人最美好的年华。

车大寒虽然没有问过母亲,但是可以想象得出,母亲那会儿应该也对未来充满了憧憬。可是,为了他,一个从河边捡来的孩子。母亲还是放弃了一切,毅然决然地承担起了自己亲生父母应该承担起的责任,给了车大寒一个温暖的家。

"我车大寒是个外人吗?"

"我要是个外人,母亲的那些艰辛和付出,又算作什么?"

车大寒没法给出自己答案。他打算到母亲捡回自己的大河边走走。然而,到了大河边,车大寒却远远地望见了秦梅。

第 3 章 旱烟

秦梅就站在大河对面的土坡底下,背对着大河发着呆。

而两人之间的大河还像10多年前那样无声地流淌着。不同的是,以前的大河岸浅河深,水量丰沛,现在的大河河岸干涸,石块遍地,河水断断续续,似乎随时都要断流一样。

上小学那会儿,车大寒曾经带着秦梅,以及另外几个小伙伴,沿着大河溯流而上,整整走了1天时间,最终发现大河的源头其实是秦岭深处一汪很浅的泉眼。

然而,就是这汪泉眼随着山势顽强流淌,又经过一路上各处地下水的不断补充。到了两家峪的时候,已然成了宽阔的大河。这条大河不但养活了无数鱼虾,成了孩子们大夏天游水嬉闹的天堂,还可以漫灌数十里,在两家峪外的河滩上培育出了成片的稻田、荷塘……

当然了,这都是好些年以前的事,遥远得成了两家峪人怀旧的梦境,以及偶尔的谈资。

秦梅第一次吻在车大寒脸上,就是在一个夏夜,在大河漫灌的稻田边。那时节稻子开始扬花,夜风温热,带着甜甜的味道。秦梅父母顾不过来,就安排秦梅守在地头,确保河水漫过每一个角落。而车大寒也在干着同样的工作。

两个人遥遥相望,虽然看到的只是两个黑乎乎的轮廓,以及四只泛着天光的眼睛。可是知道对方就在不远处,还是让彼此很安心,甚至有种莫名的幸福感。到了后半夜,不知道因为什么,秦梅小心翼翼地走过田埂,坐在了车大寒身旁。又不知道因为什么,她就在车大寒右脸上浅浅地吻了一下。

现在回想起来,这怕是秦梅的初吻。

车大寒的心发热,脸发烫,就像此前在浦江熬过的那无数个孤寂的夜晚里一样。

"梅,秦梅!"

车大寒几乎是在不知不觉中走过了大河,走到了秦梅跟前。

"站住,不要再往前走一步了。"

秦梅冷声说。原来她早就凭着女人独有的直觉，感受到了背后那双火辣辣的眼睛。

"秦梅……"

车大寒憋了一肚子的话，想对秦梅说，可是临到跟前了，却只有这一声喊。其实这声喊已经足够了。他想说什么秦梅清清楚楚的。

"别忘了你曾经说过的话。"

秦梅又说。声音异常沉静，几乎听不出任何波澜。

"是，我是说过那样的话，可是现在情况不一样了……"

"怎么不一样了？"

秦梅忽然转过身，盯着车大寒问。

对于这个问题，车大寒不知道怎么回答。他只后悔大学毕业那会儿，当着那么多人的面，对秦梅说了那样的话，深深地伤了她的心。

"你还是离我远点好。"

丢下这句话，秦梅不再看车大寒。她捡起地上的镢头在土坡底下刨了起来。车大寒虽然弄不清秦梅到底想干什么，但却很想抢过她手里的镢头，帮着她刨土。可是，他试了好几次，都被秦梅躲开了。到最后，闹得秦梅实在没办法干活了，索性扛着镢头过了河，回了家。

秦梅在西京可是出了名的实业家，她搞的医疗器械和药品生意，在西京市几乎家喻户晓。只可惜在事业蒸蒸日上的时候，遭遇了婚姻变故。好多人都说她是承受不了打击，这才把手上的生意交给了别人，孤身一人回到了两家峪。车大寒也相信是这个原因。

因此，对于秦梅今天古怪的举动，车大寒不由得多留了个心眼。一般来说，遭受情感打击的人，如果不及时进行心理疏导，很有可能患上抑郁症，严重的话，还有可能精神失常。

"我回到两家峪为了啥？还不是放心不下秦梅。"

这么想着，再看秦梅扛着镢头的背影，车大寒心里就像塞了一只猫，不但搅扰得他烦乱的心绪更加地无法平静，还在心上不停地挠抓着。

秦梅走后，车大寒并没有回家，而是在大河边蹲了一天。

傍晚的时候，日头落了下去，进入枯水期的河滩，看起来更加地恓惶。车大寒望着那些黑乎乎、稀奇古怪的轮廓，实在难以想象出母亲捡起他时，曾见到的河水、河滩是什么样的。

"大河，你还真的在这里啊。"

身后忽然传来了齐双全的声音，紧接着，刺鼻的旱烟味钻进了车大寒的鼻孔里。

"二伯，您来了。"

车大寒回过头，冲着齐双全笑了笑。齐双全今年已经过了80岁，牙不松、眼不花，腿脚比有些年轻人还利索，除了脸上的皱纹和满头的白发，很难看出他已经被黄土埋了多半截。

"别的事，我不好说什么，我只问你一句，这些年咱村人对你怎么样？有没有把你当过外人？"

问完话，齐双全蹲在车大寒身边，无声地抽着旱烟。似乎是在给车大寒留下充足的思考时间，又像是等着听他的回答。

"我家的情况，咱村人都知道，这些年要不是大家伙帮衬，就凭我妈一个人，日子根本过不下来，我要说两家峪人对我不好，自己良心上都过不去……"

沉默了片刻，车大寒幽幽地说，"至于两家峪人有没有把我当外人，我心里更加清楚，我车大寒谁家的饭没吃过？谁家树上的柿子没摘过？就连我妈的丧事也是全村人帮着张罗的……远的咱就不说了，就说我这次回村吧，听说我要在村里长住，就没看到一个不高兴的，村里的老人都当我是亲生的，有了好吃的就往我家送，年轻人当我是兄弟，亲亲的兄弟……"

说着说着，车大寒的眼泪落了下来。

齐双全听出他的声音有些哽咽，把烟袋锅递给了他。

车大寒也没客气，接过烟袋锅狠狠吸了两口。结果被旱烟呛得眼泪流得更凶了。不过，经过这么一刺激，他心里的那块郁结了多少年的疙瘩似乎解开了。

"这是望海赔给你的鼓钱。"

齐双全从怀里掏出一个牛皮信封，递给了车大寒："他说他找人打听了一下，就是这个价钱，2300元，你点点。"

第4章 谣言

车大寒虽然生齐望海的气,却从没想过让他赔鼓钱。

农村毕竟不同于城市,人们世世代代住在一个村子,虽然不在一个锅里吃饭,但是在感情上早就把彼此当成了自家人。

自家人由于一点小矛盾,砸烂了你的鼓,你就让人赔钱,这在情感上实在说不过去。再说了,事情说到底还是因为车大寒打鼓扰邻而起,要论错对,也是各打五十大板,责任均摊。

"二伯,这钱我不能收。"

车大寒把牛皮信封推了回去,"我妈早就说过,我车大寒走到天尽头也不能忘了本,这钱我要是收了,就是忘了本。"

"萝卜一行,青菜一行,这钱……"

"二伯,您别再劝了,这钱我要是收了,在村里就没办法活人了。"

齐双全还想劝,车大寒直接打断了他。

"哎……"

听到这话,齐双全叹息了一声,把牛皮信封塞回了怀里。

"钱收不收你俩再商量商量,我估摸着望海还是要给你道个歉的……"

齐双全望着黑漆漆的河滩,喃喃自语,车大寒却没接他的话。

两个人陷入长久的沉默,轮换着抽起了旱烟。

不知道过了多长时间,天上有了星星。

车大寒才陪着齐双全回了村。

"车大寒他凭啥不收钱,看不起我,还是要闹个没完呀!"

齐双全把牛皮信封还给齐望海的时候,齐望海直接就蹦了起来。

"我知道咧,这是人家财大气粗,拿钱打咱的脸呢!"

齐望海很快又联想到车大寒曾经在浦江做金融投资,挣过大钱,根本看不上他那2300元,眼珠一转,火气更大了,"咱农民的钱就不是钱了,咋,还嫌脏……"

"你咋还蹬鼻子上脸了,大河是啥人你不清楚?人家正是觉得你钱来得不容易,才不跟你计较,你不知道感激,还在这里闹个没完,真是……"

齐望海胡搅蛮缠的劲头,在全村是出了名的。齐双全耐着性子听了两句,实在听不下去了,这才在炕沿上磕了磕旱烟锅,劝说了起来。

可是不等他把话说完,齐望海闹腾得更凶了。

"我感激他,二伯,我齐望海要不要给他磕个头……"

"行了,你自己闹腾吧,钱我送到了,就不待了。"齐双全无奈地摇了摇头,从炕上溜了下来,走出了齐望海家的院子。

"二伯,二伯……"

"回来!"

齐望海的媳妇彩芹,想追上齐双全说两句软和话,却被齐望海瞪着眼睛拦住了。

其实齐望海生车大寒的气,还不仅仅因为赔偿鼓钱被拒绝的事情。更重要的是车大寒抢了他的风头,让他这个方圆几十里出了名的"土秀才"感到了明显的压力。

在车大寒回村前,两家峪人不管遇到大事小情,总会来齐望海家问主意。一些人麻烦齐望海的次数多了,面子上过不去,手里不免提上两瓶酒、一盒点心,或者一箱牛奶、二斤白糖、方便面、水果之类。

说实话,齐望海虽然吝啬、爱贪小便宜,但是他并不是很看重那些礼物,他看重的是全村人对他的那份敬重。这是齐家好几辈子人都没有的,人上人的待遇。长期以来,齐望海一直享受其中,就连在村子里的几条街道上行走时,也有种领导视察的感觉。

现如今车大寒回来了,两家峪人有事自然去请教在外闯荡多年,见过不少世面的浦江精英。对于齐望海这个"土秀才",简直到了懒得搭理的程度。回想起昔日的荣光,再看看现在的凄凉。齐望海除了感慨世态炎凉,就剩下恨车大寒了。

"要是车大寒不回来,该多好……"

这些天里,齐望海反反复复地想。

白天的时候,正是越想越气,这才往车大寒家院子扔的砖头。只是没想到砖头竟砸破了鼓面,让他变得更加的丢人。

这天晚上,齐望海又是一夜无眠。

"甑糕,甑糕来咧!"

年关将近,回到两家峪的人越来越多。这些在外面吃惯了伸手饭的家伙,基本不愿意一大早起来做饭。摸清了这个门道,老杨村卖甑糕的侯跛子吆喝得就更卖力了。

"来,来,弄5元的。"

果然，吆喝了没几声，就有人把院门打开了一道缝。

"那个叫大河的，是不是你们村的？"

侯跛子边抄甑糕边笑嘻嘻地问。

"是又怎么样？"

买甑糕的人瞌睡还没睡够，打了个哈欠，懒得和他磨牙。

"你村秦梅你该认识吧？"侯跛子挤了挤眼，声音突然压到最低，"她在西京为啥离婚，你知道不？"

听到这话，买甑糕的实在没了耐心，一把夺过抄好的甑糕，把钱往拉甑糕的三轮车里一扔，作势就要关门。

却听侯跛子幽幽地说："就是因为那个大河嘛。"

"你胡说啥呢！大河常年在浦江，离梅梅姐十万八千里远，还能影响人家的婚姻？"买甑糕的人立刻没了瞌睡。

"你知道个啥呀，事情是这个样子的……"

侯跛子招了招手，在买甑糕的人耳朵跟前嘀咕了起来。

"这是真的？"

买甑糕的人将信将疑。

"真真的，我是弄啥的，不靠谱的事情咱从来不瞎传。"

侯跛子言之凿凿，就差拍胸脯了。

买甑糕的望着天，叹息了一声，赶忙叮嘱："这事到咱俩这里就了了啊，再不能传了，知道不？"

"你放心，放心。"

侯跛子连连点头，又吆喝开了。

侯跛子承诺得再好，也改不了大嘴巴的臭毛病。

就这么的，侯跛子一圈甑糕卖下来，车大寒破坏秦梅婚姻的谣言，也在两家峪传了开来。

"梅，你回来了，我娃口渴不？"

中午吃饭的时候，秦梅刚走进村，母亲韩惠娥就端着水杯迎了上来。秦梅看到母亲，感到十分诧异，并且隐约觉得母亲似乎是在专门等她。因为，平时自己在这个点回村，都是走进自家院子，才能看到从厨房走出来的母亲。今天情况实在有些特殊。

"妈，我不渴，家里没啥事吧？"

秦梅隐隐感到不安，着急地问。

"没事，家里能有啥事嘛。"

韩惠娥的表情很不自然，没说两句话就望向了别处。
秦梅见状越发地着急："妈，到底出啥事了？"
"不是家里的事，是你……"
韩惠娥这才把从村里听到的风言风语说给了女儿。

第 5 章　姑娘

"走，回家吃饭。"

秦梅听完只是稍稍愣了愣。随即扛着镢头，催促了母亲一句，继续往回走。她这人就是这个样子，有什么事情总喜欢藏在心里。

算起来这些年真正让秦梅敞开过心扉的人，也只有车大寒一个。正因为如此，前夫高远才会一而再，再而三地在秦梅面前抱怨，说他心里只有秦梅一个，而秦梅心里却没有他。

高远是《西京日报》的记者，大大小小的"四方块"发表了无数，而且这些"四方块"不仅见诸西京本地的报头，就连全国最有名的那几家媒体，也经常把它们摆在显眼的位置。

除此之外，高远一米八五的大个子，外形俊朗，家境好，又极富正义感，早在遇到秦梅之前，就成了西京姑娘们的大众情人。有些放得开，又非常疯狂的甚至经常在《西京日报》门前拉横幅，在高远下班必经的路上堵他。尽管如此，高远还是在一次采访后，无可救药地爱上了秦梅。

最初的时候，秦梅基本上以躲为主，能不和高远正面接触，就极力回避。可是这样的一味躲避，反而激发了高远的好胜心。他像完成有生以来最艰巨的采访任务一样，制订了堪称完美的计划，又把"无孔不入"四字战略方针，贯彻到了极致……

人常说好姑娘最怕软磨硬泡，秦梅也不能免去这个俗套。

大概到了第二年的夏天，秦梅就彻底沦陷了。紧接着，高远又来了招趁热打铁，两个人就在当年的"十一"领了结婚证，在西京和两家峪分别摆了几十桌酒宴，成了结发夫妻。

然而，婚姻生活远远没有一名才华横溢的年轻记者同志想象中的那么浪漫。由于是知名记者，高远自己的采访任务本身就重，经常不声不响地人就消失不见了。再加上秦梅这边又忙事业，连续一个礼拜不回家，几乎是家常便饭。夫妻两个还没度过蜜月期，就过上了聚少离多的日子。高远曾经做过统计，他们两个人最高的纪录是一年零三个月没有见过彼此一面。

像这样的婚姻，其实从一开始就有些名存实亡的意思了。至于后面因为高远和一名在报社实习的女学生走得太近，导致两人感情彻底破裂，那只是压死骆驼的最后一根稻草，又或者是偶然中的必然。

不过，促使秦梅下定决心放弃事业和婚姻，离开西京回到两家峪的，却并不是因为高远的精神出轨，而是因为一次参观交流。

那是两年前的一个秋天，市里组织女企业家去阿拉善，想看看能不能促成一些合作项目。秦梅就跟着这支考察团去了那个沙漠广布、戈壁成片，据说是整个西部环境最为恶劣的地方。

去之前人人都以为要吃好些天沙子，因为报纸上早就说过阿拉善是"'沙尘暴'西部路径的策源地之一"。可是等到了地方，所有人同时惊呆了。这里竟然绿树成片，风景秀美。秦梅有些怀疑他们来错地方了，结果一打听才知道，从20世纪80年代开始，阿拉善人就在腾格里沙漠边缘开始了漫长而又艰苦卓绝的造林事业。

阿拉善人的壮举给了秦梅很大的震撼，她那时候就在想，两家峪村外成片的稻田和荷塘，其实也是可以恢复的。心里有了想法，仿佛种下了一颗种子。在秦梅回到西京后，这颗种子开始迅速生根、发芽，成了时时萦绕在秦梅心头的强烈念头。

终于在一个云霞漫天的下午，坐在29楼、充满现代感的办公室里的秦梅想明白了。人生很短，不能再等了，她要永远告别西京的纷纷扰扰、忙忙碌碌，去拯救养育过她的那条即将枯竭的大河。

虽然外界众说纷纭，并且都能拿得出所谓的"确凿证据"，但是促使秦梅放弃一切，回到两家峪的原因就是这么简单。

"确实跟大河有关，可惜并不是你们嘴里的那个大河……"

想起村里那些流言蜚语，秦梅就想笑。然而，笑了没过多久，她忽然蹙起了秀美的眉毛。其实这是一个很好的机会。如果利用得好，完全可以把全村人调动起来，让他们也像自己一样去关心大河，拯救大河。抱着这样的想法，秦梅放下了饭碗，走出了院子。

这几天，经过在大河西岸仔细的寻找，她已经找到了那眼老泉（车大寒在河对岸望她的那天，秦梅就正在找那眼老泉）。

秦梅记得很清楚，在这眼老泉水量最大的时候，不但可以满足河对岸老杨村一个村子人的吃水、用水，还在泉眼底下的河岸上灌溉出了一大片荷塘……秦梅找这处大河边最大的泉眼，就是想把它挖通，让它恢复昔日的荣光，为大河很好地补充水量。

如果用秦梅最熟悉的医疗术语，这就是输血，为大河输血。

可是，仅仅靠挖开几眼老泉，又怎么可能阻止大河的断绝呢？秦梅心里明得跟镜一样，她要做的其实是恢复大河周边的生态。相比治理面积广大的腾格里沙漠，恢复大河的生态虽然不值得一提，但这同样是一项浩大、艰难的工程，而且并不是靠秦梅一个人就能完成的。

秦梅要借着村里流传正盛的谣言，来个绝地反击，不但要让毫无根据的谣言不攻自破，还要唤醒两家峪人，让他们也参与到治理大河的浩大工程中来。秦梅相信只要全村人都动了起来，要不了多久，大河就会稻香十里，蛙鸣一片……

"秦梅。"

然而，不等秦梅走进车大寒家的院子，说服他帮自己这个忙，竟然在略显狭窄的村道里碰见了车大寒。

具体来说不只车大寒一个人，还有背在他背上的一个漂亮姑娘。

"哦。"

秦梅随口应了一声。看着车大寒背上的漂亮姑娘，秦梅不由自主地想起了和前夫高远纠缠不清的那个女大学生。

"男人都一样，口是心非，喜欢年轻漂亮的……"

秦梅暗想，一腔的热血顿时凉了。

她不想再多看车大寒一眼，她想尽快离开这里。

"大河哥，她是谁呀，长得这么漂亮，一定是你们两家峪的村花。"

趴在车大寒脊背上的漂亮姑娘，把秦梅从头到脚打量了好几遍，最后望着秦梅略显尴尬的面庞问。

第 6 章　隐居

"秦梅，她，她叫秦梅……"

车大寒也感到十分尴尬，他先叫了秦梅一声，想解释一句，可是看到秦梅那双眼睛，立刻把嘴边的话咽了回去。最后说出来的，只是在回答背上姑娘的问题。

"秦梅，秦岭的寒梅，好有意境啊！"姑娘眼里的精光更加亮了，甚至带着没来由的兴奋，"秦梅姐姐，你这么漂亮，是不是……"

"那你们待着。"

不等姑娘再发问，秦梅含糊不清地说了一句，把头一低，急匆匆地走开了。

车大寒望着她离去身影心里实在不是滋味。两个人之间本来就有一坨化不开的冰块子，现在又添了一层寒霜。

"看来是个面皮薄的冷美人啊，不过这样的女人更容易吸引男人，不像我这么傻，逢人就掏心掏肺，太过于热情了……"

姑娘的眼神渐渐暗淡了下来，没了精光和兴奋，只剩下无尽的感慨和自怨自艾。

车大寒根本没心思留意这些，他望着秦梅消失的方向，扶着姑娘腿弯的两条手臂略显倔强地向上掂了掂，继续朝着自家院子走去。

这姑娘叫何倩，本来是要到终南山深处隐居的，没想到还没走进终南深处，却从距离两家峪不远的太兴山上跌了下来。

太兴山素有终南第一峰的美称，山势险峻不说，山里面道路复杂，异常崎岖。对于不熟悉路径的外地人，只要离开登山主路稍稍远一些，就有可能遭遇迷路或者坠崖的危险。

何倩一心隐居，净拣偏僻的地方走，从山上跌下来也是必然。

而车大寒进太兴山，却是要找磨针观的曹道士。曹道士只是大家对借住在磨针观的那位邋遢汉子的敬称，至于他到底姓不姓曹，是不是道士，谁也没详细问过。

这个曹道士之所以声名在外，主要是因为他掌握着制鼓的独门绝技，并且据说这门绝技传到他手里时，已经传了 700 年了。

车大寒正是听了这些传言，才来找的曹道士。春节一天天临近，距离正月十五已经没有多少日子了。破了洞的鼓不光看着不舒服，还严重影响了练鼓的进度，车大寒打算求一求曹道士，让他帮忙重做一面鼓，解决燃眉之急。

然而，刚刚走到磨针观附近，他就远远地望见一团湖蓝色的影子，从磨针观右后方的山坡上滚了下来。

情急之下，车大寒拔足狂奔，等到赶过去时，蓝色影子最后一闪，何倩躺在地上呻吟了起来。何倩的命还是挺大的，从那么陡的山坡上滚了那么长时间，竟然只是脸上、胳膊上、后背有几处擦伤，以及左腿膝盖在落到平处时和地面碰撞，有可能导致的软组织损伤。

"你真的是西京音乐学院的？"

让何倩躺在母亲曾经躺过的那张炕上后，车大寒在炕头放了一杯热水，和她聊了起来。何倩的擦伤和碰伤已经在磨针观得到了道士们的处理。按车大寒的想法，何倩应该到城里的大医院全面检查一下，可是何倩死活不同意，还说中医远胜西医，道士们给她上的都是"仙药"。车大寒劝说不动，只好暂时由着她。

"是啊，民族器乐系的何倩何老师，你不信可以去我们学校打听。"

何倩靠在炕头，用她那双清澈、明亮的眼睛不住地在四处打量着。她想去终南山深处隐居，就是想远离车水马龙的喧嚣，过上宁静、闲适的慢生活。现在，此时此刻，房梁上布满经年的油烟，挂着破败的蜘蛛网，阳光斜斜地照进来，洒满炕榻，仅有的几件老家具在阳光里泛着幽暗的光泽，窗外枝头上麻雀叽叽喳喳地叫，空气有隆冬腊月萧杀的寒意，也有阳光的味道……何倩突然惊讶地发现，自己要的不就是眼前这一切吗？

"老师的生活是多少人羡慕不来的，你怎么就……"

"你是想说我怎么就放弃了吗？"

何倩嘴角浮起笑，叹息了一声，毫不隐瞒地说，"因为我失恋了。"

"因为失恋，就想过与世隔绝的生活？"

车大寒感到十分的惊讶，心中不由自主地想，现在这些年轻人的承受能力也太差了吧，稍稍经受一点打击，就要逃避。可是不等他继续想下去，何倩又开口了。

"8年，8年的马拉松啊，却敌不过一套房子，我也是服了，那么老的女人，他竟然能下得去手……"

在何倩的讲述中，车大寒才明白过来，原来她的男朋友梁飞为了过上更好的生活，在前几天和一名孀居多年的富婆结婚了。

将心比心，如果这样的事情摊在自己身上，车大寒也是难以接受的。因为他和何倩一样，都是非常重感情的人。相比于优裕的生活，他更看重两个人长相厮守、不离不弃。要不然他也不会放弃在浦江那么好的发展机会，为了追回秦梅回到了两家峪。

"来之前有没有想过具体要在哪里隐居？"

出于对何倩的同情和理解，车大寒忽然关心起了她隐居的事情。如果何倩已经想好了隐居的地方，车大寒愿意等她伤好后送她过去。当然了，要是一般人的话，一定会劝劝何倩让她看开点，毕竟还这么年轻，有的是重新开启一段恋情的机会。可是，车大寒并没有这么做。在浦江漂泊那么多年，让他明白一个道理，任何成年人的选择都应该得到尊重。

"南溪峰、楼观台、太乙山……走到哪里就哪里吧。"何倩的脸上又有了笑容。

她提到的那三个地方都是终南名胜，全是知名的旅游景点，看来她对自己的隐居生活并没有明确的规划。车大寒的表情立刻就有些暧昧了，他终于意识到何倩只是在意气用事，对于隐居这件事并没有经过深思熟虑。

然而，不等车大寒开口，何倩忽然笑着问："大河哥，我看你家就不错，我就在你家隐居怎么样？"

听到这句话，车大寒的表情立刻僵在了脸上。刚才碰到秦梅，已经产生了不小的误会，现在何倩又要住在自己家里，车大寒隐隐感到自己这个误会似乎永远也解释不清了。

第7章　谷神

考虑到何倩身心都受了伤，车大寒只是笑了笑，权当她只是在开玩笑，稀里糊涂地就想把这件事情混过去。事实上，车大寒挺后悔的。当时真应该把何倩留在磨针观，由那些道士香客照顾。只可惜他的心实在硬不起来，这才为自己背回来一个天大的麻烦。

当天晚上何倩突然发起了高烧，车大寒不敢有丝毫耽搁，以最快的速度把她送进了镇上的汤泉医院。结果医生一检查，确定何倩左腿膝盖处的软组织确实存在中度损伤，而且她发高烧也是这处软组织损伤引起的。

好在经过一夜的折腾，到了天明的时候何倩已经退了烧。医生的建议和车大寒一样，让何倩尽快到城里的大医院做个全面检查。何倩这次没有多说什么，出了汤泉医院直接去了西京第一人民医院。可是等何倩从西京第一人民医院出来，却又回到了两家峪，站在了车大寒家的院门口。

"你这是？"

再次看到何倩，车大寒感到很意外。按他的理解自己在汤泉医院拦住一辆出租车，把何倩送上车，又和她隔着半落的车窗相互挥了挥手，两个人就再也没有见面的必要了。可是何倩又回到了两家峪，她这是想干什么？车大寒下意识皱了皱眉，却猜不透何倩的心思。

"哎呀，这么洋气的姑娘，你还不赶紧把人家让进来，真是的……"

不等何倩说明来由，曹道士用他那只乌鸡爪子一样的右手，把车大寒往旁边一扒拉，黄蜡蜡的脸上立刻露出了灿烂的笑容。随后，似乎担心何倩不敢往院子走，还像模像样地做了个邀请的动作。

"你怎么在这里？"

猛然间看到曹道士，何倩脸上的微笑立刻掺杂了别样的意味。不过，她还是擦着车大寒的肩头，接受了曹道士的邀请，走进了院子里。

"你看你这问题问的，我不在这里谁给大河做鼓啊。"曹道士笑着说。上次在磨针观给何倩上药的时候，他就和何倩见过面了，因此上，两个人也算得上是熟人。曹道士本来就是个不拘小节、大大咧咧，甚至有些疯癫的人，一遇到熟人，就更加随便了。

"你真的会做鼓？"何倩淡淡地说，像这座院子的女主人一样，腰杆直挺，眼神中略带几分傲气，扫视着角角落落。片刻后，她的目光定格在了院子正中间的八仙桌上。那张平日里放在正房客厅最显眼位置的八仙桌上，此时此刻，摆着一对熊熊燃烧的蜡烛、一炉燃得只剩下很小一段的檀香，和一木斗谷物。

"你们在祭神？"

何倩望着盛放谷物的木斗前，那两小团还没被风彻底吹干净的白色灰烬问。她虽然从不拜佛求神，但是也见过别人烧黄纸。黄纸燃烧后，就会留下这种白色的灰烬。

"是啊，老曹说做鼓之前一定要祭拜谷神，我就帮他张罗了。"车大寒解释说。

如此一来，倒有些车大寒和曹道士在院子里胡折腾，被何倩撞了个正着，专门向她解释的意味了。一想到这点，何倩的嘴角不由得浮出了一丝笑意。车大寒的实诚给她留下了很深的印象。正是凭着对这份实诚的信心，她才有勇气走进这座农家小院。

"谷神，谷神不就是上古时期的后稷嘛，你们做鼓又不是种庄稼，祭拜错神了吧。"何倩笑着说，看到几步外有张小板凳，立刻走到跟前坐了下去。她膝盖上的伤还在恢复中，站的时间一长，实在疼得不行。另外，何倩之所以知道谷神就是后稷，主要得益于学习民族器乐时，上过的那些传统文化课。

"咋能错呢，绝对没错！我师傅头一次让我给谷神磕头的时候解释过，他说最早那会儿，鼓确实是用来给打仗助威的，但是真正把鼓用对地方的人是后稷。"

曹道士立刻就急了，别人骂他懒也好，馋也好，甚至说他不是真正的道士，他也认了，却唯独不能怀疑他对谷神拜祭的合理性。这是他的底线，也是最倔强的信仰。

"你想象一下，古代没有人工降雨技术，要是遇上大旱怎么办，还不得向老天爷求雨啊，求雨求的谁，你以为真的是龙王啊，屁，龙王脑袋上长犄角，哪有那么好心！还不是后稷老爷听到了鼓声，可怜咱庄户人，才让雷公电母行云布雨，救了收成！"

曹道士越说越激动，一张蜡黄的老脸由黄变紫，再由紫变红。等他在院子里像热锅上的蚂蚁一样，急慌慌地转了好几圈后，直接蹲在了何倩面前。"女子，你是个有文化的，你说我说的这些对不对？"

何倩被他那双充血的眼睛盯着有些不自然，本能地把头转向了别处。

相传后稷姓姬名弃，是周朝的始祖。在那个蛮荒未化的时代，后稷教人们开垦荒地，种植五谷，还是粮食储备仓库的发明人。正是出于对他这位农耕文明的先驱和开拓者的感恩和敬仰，后世对谷神后稷的祭祀从来就没有断绝过。可是，要说民间毫无根据地求雨是在求后稷，何倩就有些无法苟同了。

"应该是对的。"车大寒笑了笑，帮着何倩解围说，"别的地方我不知道，咱们关中民间打鼓，大多数时候不是为了庆祝丰收，就是为了耍社火，社火是啥，我听社火头说过，早些年就是为了祭祀社神嘛，社神说到底还不是后稷……"

"行了，干吗这么激动，我只是随口问问。"

不等车大寒继续说下去，何倩打断了他。车大寒能替她解围，何倩还是挺高兴的。并且，因为车大寒的这一举动，更加让她坚信，回到两家峪是对的。

"你不是想问我为啥来吗？我现在就告诉你。"何倩转过清秀的面庞，视线掠过蹲在地上的曹道士，落在了车大寒脸上，"我是来养伤的，医生说我膝盖上的伤要想好得快，就得找个地方静养，我立刻就想到了你这里……"

看到车大寒的笑容僵在了脸上，何倩稍稍停顿了数秒，紧接着，果断开口，目不转睛地望着车大寒问，"不欢迎吗？"

第 8 章 求助

"说实话,有些。"

车大寒回答得很直接,他也想过用委婉的话语,表达同样的意思。但是,有些事情怕的就是过于委婉,还不如来个快刀斩乱麻,省得生出那些枝枝蔓蔓。事实上,如果何倩稍稍想一想就会明白车大寒的苦衷。这座院子虽然很宽敞,也有好几间空出来的房子,但是,却只住着车大寒一个男人和因为制鼓临时留宿的曹道士。

曹道士在的时候,还能有个说法,曹道士一走,谁又能堵住全村人的嘴巴呢。一个年轻、漂亮的城里女人,住进了一名单身汉的院子,这算是什么事?根本就是搅和不清嘛!车大寒不是那种喜欢玩暧昧的男人,因此,在极力避免着这样的事情的发生。虽然眼下来看,伤了何倩的心,但是长远来看,却避免了两人陷入村里人的唾沫旋涡里。

"我给你租金也不成吗?"何倩稍稍愣了愣,马上又说,"可能是我没有表达清楚,我的意思是说,你家的空房子这么多,能不能租给我一间,让我留在两家峪养伤?"

"你想留在两家峪养伤,我当然欢迎啊。"车大寒挤出一丝笑,转头朝着院子外面看了一眼说,"要不然我领你去村里转转,你看上了谁家,我去替你说。"

听到这句话,何倩细长的眉毛不自觉地抖动了两下,眼底顿时涌起了幽怨的神情:"你就真的这么不欢迎我吗?"

"我只是觉得不合适,毕竟,你,我……"

车大寒不想把话说得太露骨,但是意思已经挑明了。

"好,那我走。"何倩站了起来,眼角已经泛起了泪花。

她之所以如此主动,如此厚着脸皮坚持要住进车大寒家的院子。根本不是为了养伤,而是因为这些日子里,她总是不自觉地想起车大寒。躺在医院的病床上,会想起他,坐在食堂里吃饭,会想起他,走出病房在花坛边散步,还会想起他……

汤显祖在著名元杂剧《牡丹亭》里有这么一句话:"情不知所起,一往而深。"何倩以前读到这句话时,自以为自己理解了,到最近才发现理

解的只是皮毛。究竟是什么时候喜欢上车大寒的？何倩问了自己好多次，始终没有答案。也许是躺在山坡底下，看到车大寒的第一眼，也许是趴在他的肩头被他背了十几里路，也许是看到他在汤泉医院里为自己忙前忙后……前男友梁飞也曾经对她很好，也曾经和她彼此相爱，可是那种爱，在此时此刻潮水一般的相思面前，总显得过于苍白，就像八仙桌上被风吹散的灰烬一样。

"怎么还流出眼泪了！"曹道士见状，立刻走了过来。

刚才车大寒那么一说，也算是帮着他说服了何倩。曹道士的脸面和信仰保住了。他得意地看着何倩，晃动了几下干瘦的身子，很快站了起来。窗台上放着一瓶专门为他准备的西凤酒，他拿起酒瓶一口气灌下多半瓶子，又忙活了起来。虽然鼓肚子和鼓皮都是现成的，但是要把鼓皮蒙好，还是需要花不少工夫。

"大河，你一个大男人怎么这么多穷讲究，老曹我只问你一句话，你屋还有多余房间没有？"曹道士看起来洒脱不羁，却最见不得人流眼泪。看到何倩楚楚可怜的模样，他立刻毫无原则地站在了何倩那边。

"有肯定有啊，只是……"

"有就成，这样吧，这张从磨针观带下山的老牛皮我现在不白送了，你把何倩收留了，这张牛皮就算是她的房钱。"曹道士激动地说，看到车大寒还是一副为难的神情，他又说，"身正不怕影子斜，你要是不胡思乱想，咱怕他谁啊！"

"是啊，身正不怕影子斜……"车大寒仰头望了望铅灰色的天空，看样子马上就要下雪了。在这样即将下雪的日子里，人人都被寒意包裹着。自己要是就这样把一个腿上有伤的女孩子赶出去，她恐怕要比其他人冷得多。人常说寡妇门前是非多，母亲生前守寡那么些年，应该也遇到过类似的情形，难道她每次都把需要帮助的人拒之门外吗？

"好，那你就留下吧，咱们是朋友，房钱我不能收。"丢下这句话，车大寒走出了院子。在他身后，何倩的眼泪流得更凶了，她不知道是因为高兴，还是因为别的。

"行了，别难过了，大河跟我一样，都是洒脱的人，他刚才说那些话，就是脑子没转过弯，其实，农村本身就是非多，你要是太在乎了，连腿都迈不开了……"

曹道士安慰起了何倩，何倩渐渐也止住了泪水，重新坐回了小板凳上。"我还有行李呢，你能不能帮我搬进来？"看到曹道士又要忙活制鼓,何倩有些不好意思地说。随后,在曹道士的帮助下,何倩没有征得车大寒的同意,住进了他母亲住过的那间偏房。

半小时后,两家峪村外,大河西岸土坡下,车大寒走到了秦梅跟前。秦梅本来在忙着挖土,在感到车大寒停下脚步的那一刻,她下意识停止了手里的动作。

"能帮我个忙不?"车大寒望着秦梅日渐瘦削的背影问。

秦梅还以为他来是向自己解释背那个城里姑娘的事情,没想到他却是有求于自己。"你说,我听着呢。"秦梅没有回头,却挂着镢头,挺直了腰杆。

"还记得那天我背了个姑娘回村吗?她叫何倩,是西京音乐学院民族器乐系的讲师,我背她回村是因为……"

"不用给我解释,那是你的自由。"说来说去车大寒还是要对自己做解释,秦梅实在不想听,腰一弯,自顾自忙活了起来。这处泉眼掏了好些天了,也不见有以前那处老泉留下来的痕迹,如果再挖两天还这样,只能重找地方了。

"她腿受了伤,是从太兴山跌下来受的伤。"车大寒一急,把最紧要的话先说了出来,"我不把她背下山,她的腿就废了,现在她想在我家养伤,我怕人们说闲话,你能不能在不忙的时候,来看看她……"

"为什么要我看?"秦梅本能地想问一句,然而话到嘴边却说不出来。她和车大寒之间,说是说清了,却永远也说不清。这是他们两个人心里的伤,和彼此间无奈的默契。

"村里传的那些闲话我也听到了,我不在乎,希望你也不要太在意,到底是怎么回事,我相信咱们都清楚。"车大寒又说了一句。这是他这些日子一直想对秦梅说的。要不趁着这个机会说出来,他怕再没机会了。

"也就是说你现在想以毒攻毒了?"

秦梅忽然问。

第 9 章　鼓皮

听到这句话，车大寒无奈地笑了出来。

秦梅最迷人的地方，从来都不在出众的外貌，而在于她的睿智和犀利。小时候，秦梅就是个很有想法的女孩子，随着年龄的增长，她的那些想法渐渐让她变得与众不同。车大寒作为秦梅的青梅竹马，对这点最清楚。

一起上大学那会儿，好些男同学都喊秦梅"女神"，车大寒从来没有因此和人起过冲突，因为他们喊得没错，秦梅就是个智慧女神，像希腊神话中的雅典娜一样。

"我主要是想让你亲眼看看，我和那个姑娘真的没有什么。"车大寒很想把最真实的想法说出来，但是如果这么一说，智慧与美貌并重的秦梅肯定会拒绝他的求助。在秦梅心里，车大寒这个人也许早就死了，你现在让她来监督自己，这不是搞笑吗？

"你说的没错，我想让全村人看看，男人和女人走得近，不一定就要有啥事情。"车大寒换了一种说法，想了想又说，"何倩来咱村人生地不熟的，生活上肯定不方便，另外，她的腿伤确实在恢复中，也一定有需要人照顾的时候，所以我想让你……"

"行了，我知道了。"

秦梅淡淡地说，继续忙活了起来。车大寒还想说些什么，却实在不知道说什么好，呆呆地站在原地，盯着秦梅看了一会儿，一狠心，转过身，过了河。

"照你这么说杀牛之前，还要给牛念一段经文啊！"

"别人念不念，我不知道，但是我念，牛是太上老君的坐骑，有灵性呢，你给它念经它就会成全你……"

还没走到院子跟前，车大寒就听到了何倩和曹道士的谈话。这两个人一个好奇心重，处处质疑，一个耐心极好，愿意解释，谈的又不是寻常话题。平日里，在车大寒不打鼓的时候显得格外冷清的院子，也因为他们的谈话，充满了活力。这是母亲去世之后，自家院子里第一次如此充满活力。车大寒下意识仰头看了看天，天空中乌沉沉的一片，不断向下压……

母亲生前在人前就爱笑，而且时不时就会发出爽朗的笑声，此时此刻，如果母亲在天有灵，她一定会被院子里这俩人逗得咯咯笑个不停。

"你该不是胡说吧，有本事你给我念两句，让我替牛检查一下。"看到车大寒走了回来，何倩故意把脸转向别处，提高声音说。她还生着车大寒的气呢。

"尔时，救苦天尊：遍满十方界，常以威神力，救拔诸众生，得离于迷途……"为了证明自己真的给牛念过经，曹道士白了何倩一眼，念诵起了《太上救苦经》。这经是道家经典，据说可以超脱终生，永离苦海。"其实杀牛不光靠念经，还靠刀法，说起刀法，我就不得不给你讲讲啥是描刀……"

"老曹，马上就下雪了，不能再在院子里了。"

车大寒打断了他们。牛皮就害怕受潮，一潮就不能用了。

"行，那咱往堂屋挪。"曹道士看了看天，点点头。

为了这张鼓皮，3年前他在十里八乡转了个遍，最后在赵家梁靠下一头半岁的公牛犊。这牛犊骨架好、毛色正，身上的纹路让人眼前一亮。师傅常说"相鼓相皮"，曹道士正是从皮相入手，选中了这头牛犊。临走的时候，他给赵老三留下700元钱，反复叮嘱这头牛不能受任何饥渴，一定要好好养，赵老三也是拍着胸脯保证了的。谁知道第二年春天他再去看的时候，小牛犊子已经瘦成了皮包骨。一气之下，曹道士丢了2000元钱，直接把牛犊牵走了。从此后，他用心用意，在磨针观把牛犊养了两年半。

牛长到三四岁正是牛皮最好的时候。曹道士虽然和牛犊有了很深的感情，还是在今年夏初的时候，亲自动手，杀了牛，剥了皮。

"一架好鼓可以流传数百年，一头牛能活多久？与其让它老死在槽头，还不如让我做了鼓皮，对它来说也算是没白在这世上走一遭，对我来说也算是有了一份长久的念想……"一提起杀牛的事情，曹道士总是这么说。其实，说来说去，他还是有些后悔和不忍心。但是作为一名制鼓师，他必须这么做。

"牛皮不能烤，更不能暴晒，都得经夏，都得阴干……"

和车大寒一起把做鼓的材料往堂屋里搬的时候，曹道士嘴里嘀嘀咕咕说了起来。他这是看到自己那张牛皮，心里又泛起了难过。

"牛皮重要，我知道，鼓身就不重要了？"

何情故意这么问。在车大寒回来前,曹道士已经跟她说了这张牛皮的来历,因此,她就是反应再迟钝,也能看出老头子眼里的异样神情。

"当然重要了,最差也得 30 年以上的老杨木……你知道为啥不?"提到鼓身,曹道士立刻又有了精神。他这人赤条条一个,来来去去毫无牵挂,唯一的爱好就是制鼓。"你不是搞什么民族,民族那个啥来着……共振你该听过吧?"

"没有共振就没有共鸣。"何情认真地点点头。在车大寒和曹道士忙活的过程中,她已经坐在堂屋的椅子里了。门外的天光突然变亮,雪花纷纷扬扬,落了下来。眼前堂屋地上牛皮、木料,各种制鼓的材料和工具摆了一地。

"对,我琢磨过,按你们有文化人的说法就是这个道理,老杨木不但结实,还能和鼓皮产生共振,形成共鸣,所以选材同样十分重要,你看咱这鼓肚子……"

曹道士在还没完全拼在一起的鼓身上拍了拍,一脸的得意。就在这个时候,院门外传来一声很响的咳嗽,紧接着,就听到了秦富海的问话声:"大河在不?"

"二伯,我在,在呢。"车大寒赶忙回答,立刻迎了出去。秦富海是两家峪的社火头,车大寒这个鼓手跟各个社的社火一样,也得听他统一指挥。

"这几天咋听不见你的鼓声了?"

秦富海边往院子里走边问。他和村里绝大多数人都不一样,好抽纸烟。车大寒听到问话,先从上衣口袋里摸出纸烟递给了他。

第 10 章　社火

"你先回答我的问话。"秦富海没有接纸烟，先横了车大寒一眼。

"鼓破了，没啥敲了。"车大寒说。

这本来是个十分正当的理由，可是他说出来的时候，却有种犯了大错的感觉。秦富海以前是两家峪小学的校长，全村人往上数至少两代人都是他的学生，因此，退休后，他还像在学校里那样挺着腰杆，板着脸，好像随时都要训斥你两句似的。

不过，在两家峪，秦富海绝对有训人的资格。放下他是老校长的身份不说，单凭他退休后对两家峪社火的那份热忱，就值得全村人敬重。

两家峪社火的历史十分悠久，据说起源于隋唐时期的古长安曲江元宵大会演。此后一千多年代代传承，不断翻新花样，到了清代的同治、光绪年间终于达到了全盛。人们常说覆巢之下无完卵，两家峪的社火自然不能幸免。从清末到解放前，两家峪的社火经历了断崖式的由盛而衰，却也在几次重大历史关头，重新焕发了活力。

按说到了新社会，咱们的日子越过越红火，两家峪社火也该恢复昔日的荣光了吧。可是随着人民群众文化生活日益繁荣，特别是电影、电视、歌舞表演的兴起，社火这种传统民俗活动，渐渐失去了魅力，坐起了冷板凳。

秦富海正是在这个节骨眼上，退了休，毛遂自荐当起了社火头。他先是把村里的一大堆老棒子召集到了一起，让大家伙绞尽脑汁地回忆跟社火有关的事情。随后，他又在半年内频繁往返滋水县城和两家峪之间，把能查到的和两家峪社火有关的资料全部搜集到了。再往后，他又花了半年时间闭门不出，把老人们的回忆和搜集到的资料来了个大汇总，这才把两家峪的社火摸了个一清二楚，也为两家峪社火整理了一份珍贵的资料。

当然了，任何艺术形式都不能只活在纸面上，它需要通过表演才能俘获观众的心，才能获得生存的养分。纵观两家峪社火的发展史，秦富海深切地体会到了这个道理。就在第二年的正月十五，经过一整年的精心准备，两家峪村不光完成了五个社火局的重建，还将在光绪年间抬过的

30桌"铁芯子"重新抬了出来……

　　令人意外而又惊喜的是,两家峪东面的塬上又一次站满了从方圆30里赶来看热闹的人。这是光绪年间两家峪社火曾有的荣光,现在又让秦富海恢复了。

　　此后,两家峪社火常演不衰,并且把每年的正月十五定成了"社火大耍"的日子。作为一名教育家、传统民俗的复兴者,秦富海是值得自豪的。他在村里有如此高的威信也是一种必然。有人曾在背地里议论说,秦富海就是两家峪的脊梁。这话好多人听完都是跟着点头的。

　　"那咱村今年正月十五的社火就不耍了?"秦富海板着脸问,抬手一夺,接过了车大寒递过来的烟,保全住了车大寒的脸面。其实,秦富海并不像别人看起来那么爱教训人,他的严厉、板正都挂在脸上,内心却和村里绝大多数老人一样温和、柔软。

　　"肯定要耍嘛,要是不耍社火了,我还忙活个啥。"曹道士在堂屋里接了一句,笑着说,"大河虽然没有敲鼓,但是他拿旧铝盆练着呢,我听了好几回,鼓点没乱。"

　　"乱不乱的你能听出来?"秦富海半开玩笑地说。他跟曹道士是老相识,平时没事的时候,还总爱坐在一起喝上两口。

　　然而,不等曹道士接话,何倩的眉毛突然竖了起来:"你这老先生是不是吃了枪药了,怎么一进门就不给人好脸看,鼓被人砸破了,我大河哥又有啥办法,再说了他练不练鼓跟你们耍不耍社火有什么关系?你这不是胡乱刁难人嘛!"

　　"这是?"秦富海疑惑地问。被何倩噼里啪啦数落了这么一通,他毫不在意,他在意的是车大寒家里怎么会有个陌生女人。

　　"她叫何倩,就是前几天我从太兴山背回来的姑娘,她腿上有伤,想留在咱村养伤。"车大寒赶忙解释了两句。要说在两家峪最怕什么人误会,第一个是秦梅,第二个恐怕就是秦富海老人了。车大寒倒是不担心秦富海会训他,他只是怕寒了老人的心。自己从小没有父亲,很多时候都是秦富海板起那张脸教他怎么做人的。如果他刚回两家峪没几天就跟何倩不清不楚的,老人嘴上不说,心里肯定不舒服。

　　"原来是何倩啊,欢迎欢迎。"秦富海笑了笑,接着问,"今天二十九,明天可就大年三十了,你留在我们村过年,你父母亲知道不?"

　　"我等会儿就给他们打电话。"何倩随口说。马上就要过年了,是她还没来得及想的事情。过去几年,她虽然和梁飞难分难舍,黏糊得跟胶水一样，但是到了过年这几天，还是会早早回家的。然而，今年被好些事情一折腾，她竟然忘记了回家过年的事。

"嗯，别让老人担心。"秦富海叮嘱说，点燃香烟，坐进了车大寒给他搬过来的靠背椅里。"你这回回来了，就再也不走了？"秦富海望着门外越下越大的雪问。这句话显然是问车大寒的。

"不回了，工作我都辞了。"车大寒正在给秦富海倒水泡茶，听到这个问题，马上回答了一句。

"往后有啥打算没有？"秦富海又问。

"还没想好，待一段时间再看吧。"

"没想好不成啊，你正是干事业的岁数，不能这么荒下去。"秦富海蹙了蹙眉，像是想起什么似的说，"我记得你跟梅梅是不是好过？"

"对。"车大寒点点头，把泡好的茶水放在了秦富海手边。

自己和秦梅相好过，是全村人都知道的事，他想赖都赖不掉。只是不知道秦富海为啥这时候，把这件事情提了出来。

"人常说先成家后立业，你要是对自己想干啥还没想好，二伯劝你还是先考虑考虑跟梅梅的事，她现在也回了村，不是机会正好……"

话到这里，秦富海突然不说了。

曹道士无意间朝着门外望了望，竟然望见秦梅正站在院门口。

第 11 章　棉被

"二伯，你也在啊。"秦梅没有任何犹豫，大大方方地走了进来。她的怀里抱着一床棉被，多半是送来给车大寒御寒的。

看到秦梅如此坦然，何倩心里的波澜立刻变得更大了。刚才秦富海问车大寒是不是和秦梅好过，车大寒没有否认。这无疑证明了自己的猜测。后来秦富海又劝车大寒去追求秦梅，和秦梅重续前缘，何倩实在难以淡定了。唯一的盼望和幻想，只剩下秦梅不愿意吃回头草，不想和车大寒走到一起。

可是，看这样子秦梅并没有拒车大寒于千里之外的意思。而且她还在大雪天抱着棉被来车大寒家……看着抱在秦梅怀里的棉被，何倩第一次感到自己如此多余，她真想站起来，以最快的速度逃离两家峪，就像她听到梁飞要和那个孀居的富婆结婚的消息时那样。

"大河，你还愣着做什么，赶紧把我手里的被子接住啊。"秦梅在众人复杂的眼神里说，随后，笑着望向了何倩，"被子我是拿给你的，两家峪不比城里，冷起来可要冻坏人的……"

"原来这床被子是拿给我的……"何倩在心里默默地对自己说，仿佛遭逢了大赦一样，接下来秦梅说了些什么，她已经听不进去了。对于车大寒抱着被子走在后面，自己带着秦梅走进房间的事，也是在恍恍惚惚中完成的。

"妹妹，妹妹……"

"嗯！"

秦梅接连呼唤了好几声，才把何倩从恍惚中叫了回来。

"炕我已经帮你烧好了，晚上要是还冷，你给我打电话，我再帮你烧一烧。"秦梅笑着说，仔仔细细把何倩从头到脚端详了一遍。何倩的眉毛很细，就像每年春天大河岸边新发的柳叶一样。眼睛又圆又大，特别是眼仁，黑白分明，泛着精光，给人一种明澈、通透的感觉。

何倩的鼻梁不是太挺，也不是太直，鼻头却小巧可爱，和她那樱桃小口几近完美地搭配在了一起。再加上她笑或者不笑时，总会在不经意间出现的那两点酒窝，实在是令人忍不住想要疼爱……

"果然是个漂亮姑娘。"秦梅忍不住发出了赞叹。

"漂亮又有啥用呢。"何倩抿起嘴,摇了摇头。

"对了,听说你跟大河哥好过,你们怎么就没有走到一起啊?"何倩的脸上忽然有了笑容,兴趣十足地抓住了秦梅的双手。

正房堂屋里,秦富海盯着制鼓的曹道士看了一会儿,又把头转向了车大寒:"梅梅是多好的姑娘,不用我多说了吧,你要是不抓紧机会,努努力,恐怕这辈子就真的错过了……"

"我知道,我也明白,可是有些事它不能硬来。"车大寒有些尴尬地说。他又何尝不想把握这次机会呢,只是秦梅那边未必肯给他重新追求的机会。"凡事急不得,走一步,看一步吧。"不知道是为了安慰秦富海还是安慰他自己,车大寒又补充了一句。

"嗯,你有这个想法就好。"秦富海点点头,欲言又止,想了想,还是把话说了出来,"我看那个何倩并不仅仅是想在咱村养伤呢,你要是不想让梅梅多想,就尽量和她保持些距离,实在不行就把她送到我家,我让你婶……"

"秦校长,你管得也太宽了吧,凡事都讲究个缘分呢,像你这么个棒打鸳鸯法,不一定会有好的结果。"曹道士忍不住插了一句。在他看来,男女之间能不能走到一起全凭天意,命里有时终须有,命里没有的话千万不要强求。弄到最后不但白折腾,还会适得其反。

"咳咳!你胡说啥呢……"不知道是被烟呛到了,还是被曹道士气到了,秦富海剧烈地咳嗽了起来,等到咳嗽完,很认真地说,"我这一辈子该做的事差不多都做完了,现在就剩下大河的婚事放不下,如果他不能跟梅梅走到一起,我在黄土底下也不能安宁!"

听到这句话,车大寒自然十分感动,但是在感动之余,却隐隐有种不祥的预感,秦富海这么说很像是在留下临终嘱托。

"你大河哥其实是个很好很优秀的男人。"偏房里,秦梅咬了咬嘴唇,习惯性地把额前散乱的几缕秀发,往白皙的耳后一塞,幽幽地说了起来:"他身量高大,大多数女孩子见到他的时候,都会有种天然的安全感,他还多才多艺,不但会打鼓,还会抱着吉他唱情歌,当然了,他还很能闯荡,孤身一人就去了十里洋场的浦江,还干出了一番事业……只可惜,这些都不是我想要的……"

"所以你们就和平分手了?"何倩忍不住问。

她们两个人坐在暖和的土炕上,盖着秦梅她娘新做的棉被,拉着彼此的手,望着窗外的飞雪,很有种相互依偎抵御寒冬的意思。

"差不多吧,他要去浦江发展,我没有反对,我们的恋情也就结束在了毕业那几天。"

"你们可是从小一起长大的啊,他去了那么远的地方,你就没有担心过吗?……我是想问,你们毕业后就没再联系过?"

"没有。"秦梅摇了摇头。在她的视线尽头,一片雪花被寒风扬起,吹到了窗棂上,瞬间化为了浅浅的一点湿润。

"这样吧,过完年你也别在家里待了,跟着我搬到社火局吧,有些事情我早就想向你交代了,今年正好是个机会……"

正房堂屋里,秦富海对车大寒说。

"哎呀,服了!"

秦富海的话还没说完,曹道士先叹息了一声。他是实在不理解,平日里通情达理的秦富海,怎么在车大寒的姻缘问题上如此地倔强。

"行啊,只要老曹这边不需要我帮忙,我就搬过去。"车大寒说,听到"交代"两个字,他的心又咯噔了一下。秦富海身体一向结实,也没听说有什么毛病啊,怎么开口闭口都是这些话……

"搬,赶紧搬,不搬不是好汉!"曹道士笑着说。再努力个两天这鼓就做成了,也就是大年初一当天,他就完工了,人也就返回磨针观了。车大寒搬不搬到社火局,对他做鼓的事情根本没有半点影响。

"要搬一起搬。"何倩出现在了门边。秦富海的提议,她听得清清楚楚,秦富海的用意,她也猜了个八九不离十。"不就是想棒打鸳鸯嘛,看我怎么搅黄你!"

第 12 章 包子

"你胡说什么呢!"

车大寒瞪了何倩一眼,转头对秦富海说,"何倩是担心我搬走了没人照顾她,你放心,我要是搬到社火局去,一定先把她安顿好。"

"唉……"

秦富海叹息了一声,站了起来,想了想说,"明天的年夜饭你们就别准备了,来我家吧,我让你婶做好了等你们。"

"唉,那我这边就不准备了。"车大寒赶忙说,又给秦富海递了一根烟,陪他走出了堂屋。

"那我也走呀。"秦梅说。秦富海一走,她留下来就有些尴尬了。还不如趁着这个机会,早早离开。

"你走啥,大河冰锅冷灶的,这又下着雪,你帮他把晚饭做了再走。"秦富海说,像是在给秦梅下命令一样。秦富海不仅是受人尊敬的社火头,还是两家峪秦姓人的长者。秦梅不在家的时候,家里遇到大情小事,找秦富海帮忙的时候多了。面对这样一位对全家有恩的长者,秦梅实在不好拒绝他的要求,只得含含糊糊答应了一声。当然了,她也明白秦富海希望她和车大寒走到一起的良苦用心。

秦富海走后,曹道士趁着天还没有彻底黑透,继续制鼓。车大寒还像平时一样在一旁打下手。鼓身已经拼到了一起,曹道士搓出来好些条牛皮绳,边自己动手,边教车大寒用牛皮绳把鼓身固定在地上。

何倩还沉浸在刚才的愤怒中,眼睛呆呆地盯着被牛皮绳越捆越结实的鼓身发呆。秦梅走也不是,留也不是,在堂屋里站了一会儿,一个人走进了车大寒家的灶房。

案板上放着剩饭,灶台冰冰凉,还真像秦富海说的那样,冰锅冷灶的。按照两家峪人世代传下来的民俗,今天应该是蒸包子的日子。不蒸包子争口气,包子蒸得越多越好,来年一家人才有好运气,日子才会越过越红火……可是,像车大寒这样,根本就没有过日子的样子。

秦梅蹙了蹙眉,悄无声息地走出了灶房,走出了车大寒家的院子。曹道士眼睛尖看得清清楚楚,却没有说出来。现在这些年轻女人,有几个

肯下厨房的,再说了秦梅又是从城里回来的。秦富海这就是赶鸭子上架,一厢情愿!曹道士越想越觉得有意思,不自觉地露出了笑意。

雪是越下越大,院子里的碌碡、大石头、砖摞子一个比一个肥,一个比一个白。天光明明已经转暗了,却在积雪的映照下,突然亮了一大截子。曹道士以为这是后稷老爷显了灵,不敢再胡思乱想,把所有的心思都用在了制鼓上。车大寒本来想劝他收工的,见他突然来了精神,也不好再劝了。何倩的怒气早就没了,突然感到从头到脚冰冰凉,看了车大寒两眼,就想回到自己房间,坐回暖和的炕上。就在这个时候,一股诱人的香气在院子里,在风雪中弥漫了开来。

"包子!"

何倩几乎是发出了一声惊呼。

紧接着,曹道士也竖起了鼻子,不住地闻。

车大寒在院子里环视了一圈,惊讶地望向了自家的灶房。

灶房外白茫茫一片,全是蒸汽,灶房里,可以清晰地听到风箱拉动时独有的响声。这浓云一样的蒸汽,这沉闷却又欢快的风箱声,车大寒从小就听,几乎成了这座农家小院的节奏和旋律。然而,自从母亲去世后,蒸汽和风箱声就在院子里彻底断绝了。不是车大寒不会蒸东西,不会拉风箱,而是他在外多年早就习惯了使用电器……

灶房里会是谁呢?关于这个问题,车大寒没有任何疑惑。他知道此时此刻,正在厨房里拉着风箱、蒸着包子的人就是秦梅。虽然他没有看,却凭着直觉知道秦梅进过灶房,出了院子,然后又回来了。

"秦梅姐,你是不是传说中的海螺姑娘,怎么会突然变出这么一大锅包子?"在车大寒惊讶的同时,何倩早就像撒欢的兔子一样,蹦蹦跳跳地冲进了灶房。

"两家峪倒是有个海螺姑娘,可惜不是我,而是我妈……"秦梅拉着风箱,笑着说。她是悄悄地回了趟家,把她娘包好的包子"偷"了两笼,放在车大寒家的锅灶里蒸了起来。

秦富海让秦梅留下来给车大寒做晚饭,其实是想让她向何倩宣示主权。秦梅心思如此通透,咋能不明白呢。只是这么做根本没有一点必要。自己和车大寒现在只是普普通通的同村人,硬要说有啥不一样的,也只不过是两个人一起长大,彼此知根知底而已。

至于到底是什么促使秦梅走进了车大寒家的灶房,还帮他蒸上了两笼包子,事后秦梅自己也想了很长时间,却始终想不出个所以然来。也许是看到锅灶想起了六婶，也许是觉得看车大寒有些可怜，又或者因为别的吧……

无论怎么样，车大寒家的灶房里重新冒起了烟，锅灶上再次升腾起了蒸汽，家里也有了过活的样子。这让秦梅感到很欣慰，让车大寒也重温了久违的烟火气。

"何倩，吃完包子赶紧往回走，你爸你妈还等着你过年呢！"包子出锅后，曹道士吃着两家峪人最爱包的莲菜豆腐粉条包子，故意拿何倩打起了岔。

"我不回去，我家过年就是看电视、打麻将，哪有这里有意思，这里包的包子都有年味儿……"何倩嘴里咀嚼着包子含糊不清地说。

秦富海又是让车大寒搬到社火局住，又是让秦梅留下帮着做晚饭，摆明了不希望她和车大寒走到一起。何倩就是再傻也琢磨出味儿了。事实上，她也想过是不是先回家过年，等年后再好好考虑要不要继续追求车大寒。可是，秦梅嘴上说着和车大寒不可能了，却露了这么一手，实在让她走得不放心、不甘心。

就在吃包子这工夫，何倩下定了决心，她一定要发动起更为猛烈的进攻，在最短的时间内把车大寒拿下。要不然日子一长，等秦梅回过味儿了，或者车大寒被打动了，就没她何倩什么事了。

"再好的年味儿也是人家秦梅蒸出来的，你的手艺呢，就只会吃包子吗？"曹道士吃得津津有味，继续拿何倩开玩笑。何倩听到这句话，脑袋立即嗡了一声。"对呀，我何倩不能光会吃呀！"

"大河哥，明天咱不去那老先生家了，年夜饭有我，我包了！"何倩拍着胸脯说。

第 13 章　吉利

　　何倩有多大本事，谁也不知道。她说得信誓旦旦，车大寒三人却将信将疑，谁都不把她说的当一回事，谁也不敢不当一回事。

　　当天晚上曹道士以吃撑了要消食为理由，拉着电灯又忙活了一阵，等到收工已经过了凌晨 1 点了。车大寒本以为自己疲乏到了极致，躺到床上就能睡着，谁知道关了灯，房间里更加地亮。

　　那是院子里的积雪反射进来的月光。雪在十点左右就停了，紧接着就出了月亮。虽然到了月底，可是却比十五还明还亮。车大寒琢磨了一下，感觉应该是雪把天空清洗干净的原因。翻来覆去实在睡不着，他索性换了个方向盯着月亮发呆……

　　不知道过了多少时间，困意袭来，车大寒打了个哈欠，溜进了被窝里。

　　"大河哥，大河哥！"

　　窗棂突然被人拍打了几下，紧接着传来了何倩的呼唤声。车大寒心里一惊，立刻坐了起来。"何倩腿上有伤，莫不是出了啥事？！"

　　"咱俩去趟汤泉镇，我要买菜。"

　　何倩在窗外说，与此同时车大寒还听到了她经受不住寒气，用脚跺地取暖发出的"笃笃"声。

　　"太早了吧……"知道何倩的伤没事，车大寒心一松，有些不情愿。毕竟自己刚刚合上眼睛，而且冬天的被窝总是让人格外留恋，不是想爬出来，就能马上办得到的。

　　"不早了，现在已经 5 点半了，等到咱们赶到汤泉镇肯定就快 7 点了，我听说你们农村早市的蔬菜格外新鲜，咱们就买最新鲜的！"何倩在窗外激动地说。

　　"好吧，你等等。"车大寒想了想，还是坐了起来。何倩能这么早出现在窗外，就说明她昨晚多半也没有睡着。弄不好还是一夜无眠，硬熬到了现在。不为帮她的忙，就当是可怜她，车大寒也得起床。就这么的，车大寒被何倩拉着去了趟汤泉镇，搞了一次大采购。

　　到了中午，太阳照在积雪上，处处泛着红光，冻僵的耳朵、手脚跟着融化了。车大寒和曹道士忙着贴春联，何倩也在扫开的院子里、挂着冰坠子的廊檐下，堆满东西的灶台边摆开了做年夜饭的架势。

"咱中午吃啥呀？"明知道中午根本没有开火的希望，曹道士还是问了一句。不等何倩回答，他自顾自笑着说，"我知道两家峪人三十中午都有顿红豆米饭的，你是不是已经准备好了？"

"没有准备，咱们中午吃包子喝稀饭，我跟大河哥在汤泉镇买了些凉菜、猪头肉，够你吃了。"何倩说。她正在刮鱼鳞，由于手艺实在生疏，总是刮不干净。就在说话的当头，眉头不由自主地又皱了一下。车大寒猜测她的手指又被鱼鳍给扎了，却不敢去问有没有事。

为了显示自己有真本事，在开始洗菜之前，何倩已经立下规矩：今天做菜只要她一个人就够了，谁要是敢帮忙，她就跟谁翻脸。当然了，中间好几次，车大寒在听到了异常的响动或者何倩发出的"惨叫"时，还是本能地冲到了她跟前。可是，最终都被何倩红着脸轰走了。到现在车大寒明知何倩受了伤，也只好假装没看见、没听到。

吃完中午饭，何倩还在忙活。车大寒见她下了狠心要把年夜饭做出来，于是给曹道士打了声招呼去了秦富海家。秦富海昨天说得很清楚，年夜饭他家准备了，要车大寒几个直接去吃就好。车大寒也是点头答应了的。可是何倩却坚持要自己做，并且还真的准备上了。车大寒想来想去，觉得还是去老人家里一趟，当面解释一下。

可是，到了秦富海家，车大寒只见到了二婶苏彩云。

"有女人给你做年夜饭是好事，二婶高兴还来不及呢，咋能埋怨你呢。"听说家里有人在准备年夜饭，车大寒几个不来吃了，二婶非但没有生气，反而笑得连嘴巴都合不拢了。

"你别听你二伯的，世上哪有在一棵树上吊死的道理，呸呸呸，看我这个老糊涂，过年呢，哪能提到这个字……"二婶接连吐下了几口唾沫，简直后悔到了极致。这是老辈人流传下来的讲究——过年期间不能提到"死"字。二婶之所以拼命吐唾沫，就是嫌不吉利。

这个行为要是放在村里其他老人身上，就再正常不过了，可是，二婶这么做，还做得这么夸张，就让车大寒不由得不多想。二婶受过高等教育，是村里少见的"女秀才"。平日里不烧香、不拜佛，倒是经常翻报纸、看书。村里那些老太婆爱搞的那些迷信活动，她一概不参与，又怎么可能如此笃信毫无根据的穷讲究呢？难道……

不等车大寒细想，二婶接着刚才的话题说："只要人家姑娘真心对你好，是不是咱两家峪的根本不重要，人跟人讲究的是相互扶持。"

看来二婶一定是听说了丈夫秦富海想要撮合车大寒和秦梅的事情,这才特意叮嘱了这么几句。车大寒对何倩根本没有任何想法,有心想给二婶解释一下,又觉得这种事情往往越描越黑,越解释越说不清。只好随便点了点头,应付了过去。再说了,他现在的心思根本不在男女之事上,他迫切地想见到秦富海,要和他聊一聊。回来这些日子了,也没好好关心过老人,车大寒心中充满了自责。

"对了,我二伯呢?"车大寒问。

"还能在哪里,肯定在社火局嘛,这老汉已经疯魔了。"提到自己的丈夫,二婶忍不住摇摇头,还叹息了一声,"大河,见了你二伯替我劝劝他,人要服老呢,别以为自己还像年轻那会儿,想干啥事情拼了命就能干成……"

"唉,我知道,我劝劝他。"车大寒点点头,眼神有些复杂,他真想问问二婶,秦富海身上是不是有了大毛病。可是,今天是大年三十,一个阖家团圆、喜迎新年的日子,不管秦富海健康与否,他都不能问这样的话。

"那我去找我二伯了。"丢下这句话,车大寒走出了秦富海家的院子。秦家的三个儿子都没在村里,不到傍晚怕是都不能回来。车大寒回望的时候,总觉得秦家的院子有些过于冷清了。

第14章 纸烟

"来了，来了……"

车大寒还没走进两家峪社火总局，就有人挤眉弄眼，悄悄扯了扯身边人的袖子。

"大河，你来了。"

不等身边人反应过来，这人又堆出笑脸对着车大寒讪讪一笑。

"嗯，来看看老校长。"车大寒跟着笑笑，把口袋里日常准备的纸烟，让给了对方。其实，他平时就不抽烟，之所以回村后总在口袋里揣一盒好烟，放一只防风打火机，就是为了给乡亲们让烟，为他们点火的。另外，这人的异常举动车大寒也看在了眼里。只是他有些闹不明白，到底发生了啥事。

"你来了就对了，老校长在呢，你赶紧去，别耽搁。"这人接过车大寒的纸烟，笑容就更灿烂了。人常说拿人的手短，吃人的嘴软，一根香烟再不值钱，也让你觉得受了人的恩惠，欠人家的人情。

"唉，那你们待着。"

车大寒又给其他人散了几根烟，这才进了社火总局。什么叫"你赶紧去，别耽搁"？车大寒有些莫名其妙。

"二伯，好我的二伯呀，你咋又站那么高！"车大寒刚在社火局里扫了一眼，就听到了齐望海的说话声。齐望海说这几句话时嗓门高，声音亮，不像是在劝人，倒有几分念秦腔道白的意思。看样子他这几句话不光想让秦富海听到，还想落进院子里其他人的耳朵里。

"我不站这么高能看全啊？"秦富海反问了一句，有些生气地说，"你不要一天到晚围着我转，去把那些披挂检查一下，旧了的，就弄新的，脏了的尽快洗！"

"我知道，这事我马上办……"

"马上是啥时候！今儿已经三十了，离十五还有几天，你不知道吗？"

"我知道，我当然知道，哎，就当老侄儿糊涂，老侄儿不是想着把你伺候好嘛……"

"伺候我有球用，我又不能给娃娃当衣裳穿！"秦富海又是一句骂。

随后，偏房里彻底安静了下来。

车大寒嘴角浮起笑，走了过去。

"哎呦，你眼睛长到钩子上了，把人能……"车大寒刚走到偏房门口，就和齐望海撞了个满怀。齐望海本来还想再骂几句，撒撒在秦富海身上受的气，一看来人是车大寒，立刻闭上了嘴巴。"哼！"含糊不清地发出一声冷哼，齐望海梗着脖子走开了。

车大寒看到他这副模样，忍不住笑出了声。秦富海的火暴脾气全村人都知道，他自己却硬要往上撞，不挨骂才怪呢。

"笑什么笑，再笑社火头也不是你的！"齐望海听到笑声，立刻回过头翻了个白眼。听到他说的这句话，车大寒多少有些莫名其妙，自己啥时候想当社火头了？再说了，社火头不是秦富海吗？

"哎，望海你……"

"大河，你进来。"

车大寒正想叫住齐望海问个清楚，却听到了秦富海的呼唤。于是只好把嘴边的话咽了回去。"唉，马上。"在答应了一声后，车大寒心事重重地走进了秦富海所在的偏房。

"天，二伯，你赶紧下来！"刚走进偏房，车大寒就惊呆了，秦富海竟然站在两人高的架板上。这种架板跟盖房时用的一样，都是用长条镀镍螺丝钉，把20多块竹片子串在一起扎成的。不同的是，踩在秦富海脚底下的架板明显旧得多，松散得多。

"我不下来，你上来，上来我跟你说几句话。"秦富海咳嗽了一声，冲着车大寒招了招手。车大寒有些担心像那样老旧的架板，再站上他一个年轻人，直接就断了。可是秦富海却是一副殷切期待的模样，车大寒犹豫了一下，顺着由空心钢管搭成的架子，上了架板。

也许是朽木还有几分韧性的原因，架板上站了两个人只是稍稍晃荡了两下，并没有马上断裂。

"二伯，这架板用不成了，得尽快换新的，你天天站在上面，我真怕……"

"咱不说这事，你往前看。"秦富海指了指厢房的其他三面墙壁，车大寒才注意到，厢房里密密匝匝，摆满了社火架子。社火架子是"铁芯子"社火的骨架，也是精妙处所在。人们看"铁芯子"社火时，看到的那些惊险、玄乎、神秘，全都隐藏在社火架子上。

"我让人把五个社火局的架子全部摆在这里了，你仔细看，有不明白的，直接问我。"秦富海盯着社火架子说。那些社火架子全部是钨钢打的骨架，固定在一张木桌上。钨钢的好处在于硬度高、耐磨、韧性好，还具有耐热、耐腐蚀等优点。车大寒看着这些骨架，尽量想象它们装上立社火的小孩，披上彩绸、布幔，隐藏住所有棱角的样子。

"这样吧，咱从东面的第一桌看起，我给你挨个讲过去。"也许是担心车大寒常年在外，不一定对村里的社火有完整的印象，又或者害怕他对这些"老古董"并没有多大的兴趣，秦富海的身子蹲了下去，视线定格在了距离两人最近的一桌社火架子上。

"行，那你讲。"车大寒点点头，从口袋里摸出了纸烟。

"你想干啥，要害人呀！"

不等车大寒把纸烟递给秦富海，齐望海突然冒了出来。"二伯肺不好，早就戒烟了，你不知道吗？！"齐望海瞪着车大寒质问。

在这一刻，车大寒彻底惊呆了。从自己回村到现在，不知道让了秦富海多少根烟了，秦富海也从来没有拒绝过，如果老人的肺真的有毛病，自己岂不是一直都在害他……

"二伯，你？"车大寒望着秦富海，想从他嘴里得到证实。

"你别听望海胡咧咧，我肺好着呢。"说着话，秦富海一把夺过车大寒手里的纸烟，直接塞进了自己嘴里。

"火！"秦富海目不转睛地看着车大寒命令似的说，语气中带着某种倔强和迫切想证明自己的意思。

"哎呀，二伯，你再别胡来了，身体要紧，不能再抽烟了！"齐望海在架板底下急得直跺脚，脸上也是一副心急如焚的模样。

回望着老人略显浑浊的眼睛，再联想到有关老人身体的种种猜测，车大寒一时间有些不知所措。

"这烟是大河孝敬我的，我怎么不能抽，我偏偏要抽……"

秦富海回了齐望海一句，继续盯着车大寒，等着他掏出打火机。

"二伯，要不……算了吧。"

车大寒犹豫了一下，拔走了叼在秦富海嘴里的那根纸烟。

几乎在同一时间，秦富海眼里涌起了慌乱和不甘。

"大河，你别听他胡说，二伯真的好着呢。"秦富海还是这么说，但是语气明显没有刚才那么坚决了。

好些年后，车大寒回想起当时的情形，隐隐感到，二伯似乎还有央求他的意思。

第15章 社和

"来之前我婶交代了，不让你抽烟了。"车大寒笑着说，算是给了秦富海一个台阶。

"好吧，唉……"秦富海叹息了一声，不再提抽烟的事了。

"大河，你知道社火架子为啥是铁的不？"秦富海的目光转向刚才要和车大寒聊的那台社火架子，转移了话题。

"还能为啥，结实嘛，不容易把娃娃们栽下来。"齐望海在架板底下说。他想上架板又有些不敢，想走开，又实在不甘心。只好像个哈巴狗一样，仰着脑袋，晃着身子，能接一句算一句。

"这话也没错。"秦富海看了齐望海一眼，幽幽地说："想当年咱的祖先在曲江皇家园林，噢，当时被隋文帝杨坚叫芙蓉园，在那个全天下瞩目的地方参与元宵夜文艺会演的时候，耍的还是背社火……"

"背社火我知道，就是让上了妆的壮小伙把社火架子绑在肩膀头上，然后把娃娃装成芯子，固定在社火架子上，连小伙子带芯子娃，就算一桌背社火，现在户县人还要这个呢，我还专门去看过两回。"齐望海马上接了一句，说完，得意扬扬地白了车大寒一眼。

"差不多吧，我估摸着咱先人耍的时候，肯定要比人家户县人粗糙得多。"秦富海想了想，若有所思地说，"人背人靠的不仅仅是一膀子力气，还有个韧性，要不然一场社火，你根本要不下来，所以，我判断最早的社火架子应该不是铁的……"

"那是啥做的？"齐望海看到车大寒似乎要开口，马上又抢了一句。秦富海对车大寒的喜爱，全村人都知道。齐望海要想在秦富海面前抢了车大寒的风头，只有这一个办法——不给车大寒说话的机会。

"绳索。"秦富海说。

这个回答让车大寒和齐望海同时一愣。按道理讲，所谓的架子，最早肯定是用木头做的，要不然现在也不可能把固定立社火娃娃的那套家伙什叫社火架子，而应该叫社火网兜、社火绑绳……

"社火再往前，多半就是杂耍，或者是被现代人传得玄玄乎乎的幻术，其实幻术就跟现在的魔术差不多，也是杂耍的一种。"秦富海瞟了车大寒一眼，看着齐望海说，"古人耍杂技道具很简单，都是寻常见的东西，其中最常见的就是绳索，所以，我才有这个猜想。"

"是啊，还真有这个可能。"车大寒喃喃地说，似乎有所领悟。

"那就一直没用过木头架子？"齐望海挠了挠头问。

"你不是两家峪的土秀才嘛，这个问题你给咱回答。"秦富海嘴角浮起笑，直接把皮球又踢回了齐望海脚底下。

"二伯，你又攘人（关中方言，就是讽刺、捧杀的意思）呢，我那些道行在你面前根本不值一提。"齐望海的脸立刻就红了。

秦富海摇了摇头，很认真地说："我的意思是说你对社火也爱得不行，就没好好研究一下？你要是多在社火架子上留个心眼，先人们用没用过木架子，自然就有答案了。"

"你的意思是说答案能从现在的社火架子上看出来？"齐望海也是个一点就透的，明白了秦富海说的，一对黑漆漆的眼珠子立刻一抢，落在了厢房里的社火架子上。

然而，不等他细想，车大寒却把自己的猜测说了出来："社火架的基座都是一张木桌子，还有咱藏铁胎的那些手段，外人看来靠的是衣裳和道具，其实靠的是木头，木头毕竟比生铁可塑性强得多。"

"还有吗？"听到这几句话，秦富海的眼睛一亮。

"让我想想。"车大寒继续盯着启发他的那台"三娘教子"社火架子，"生铁是社火的骨架，木头才是社火的身子。"过了半天，车大寒很肯定地说。

"望海，你觉得呢？"秦富海不置可否地望向了齐望海。作为一名常年浸淫在传统文化活动里的"土秀才"，齐望海当然知道车大寒说得是对的。可是，他却实在不想在秦富海面前，向车大寒低头。

"没有一本书上这么写，这些都是咱们的瞎猜乱想，具体对不对，我不敢胡说。"齐望海昧着良心摇了摇头。

"你呀，哎……"

秦富海露出了无可奈何的笑。

"咱还是回到一开始的话题，社火架子为什么是铁的？你俩谁能给我个说法。"秦富海收起笑，很认真地问。看样子他刚才说的那些话，问的那些问题，只是一些启发。

"耐用嘛，你看看咱的社火架子，流传个上百年恐怕都没问题。"齐望海再次抢夺了先机，摇头晃脑地说，"木头的再好，它也会朽坏，对，它

还怕火，你看咱耍社火的时候，香火爆竹都是易燃物，木头肯定扛不住嘛，二伯，我记得前年……"

"大河，你怎么看待这个问题。"

秦富海实在没耐性听下了去了，他把希望又寄托在了车大寒身上。如果车大寒也琢磨不透这个问题，秦富海可要寒心了。

这些年车大寒虽然在两家峪待的时间很有限，但是秦富海还是抓住了一切机会，给车大寒讲了不少道理，灌输了好些与社火和传统民俗有关的知识。至于齐望海，秦富海也在观察着、提点着。只是齐望海总差了那么点意思，让人实在放心不下。

"我记得你给我说过咱村之所以有五个社火局，是为了斗社火，既然社火要靠斗才能争个高下，铁架子肯定比木头架子有优势，至少它能抗、耐撞，呵呵。"车大寒开了一个玩笑。其实"斗社火"靠的从来都是装社火的本事，而不是社火有多么的结实。

"人常说铁骨铮铮，我想咱村社火最后固定在了铁架子上，肯定有这个意思，耍社火，耍的应该是一村人的风骨和精神面貌。"

车大寒把自己想的说了出来。

"而且我还记得你不止一次说过，社火其实还有社和一说，五个社火局同时耍社火，怎么让人看出来是一个村的，是咱两家峪的，靠的就是这个'和'字，我想这个字就蕴含在了社火架的铁骨里……"

"当然了，就像户县人选择了背社火一样，咱们的先人也有别的选择，可是他们偏偏选择了铁的，那就说明他们更看重社火背后蕴藏的铮铮铁骨和五社'和'一的……"

"哎呀，大河还真是个行家啊！"

不知道啥时候，院子外面的人全涌了进来。

"老校长，定了？"有人提高声音问。

第16章　芯子

"有事没有，没有事还不赶紧回家过年！"

秦富海没回答众人的问题，反而瞪了他们一眼。众人见老头子板起了脸，谁也不敢跟着胡闹了。随即，一个个有意无意地瞟了瞟车大寒，相互拍着肩膀头，离开了。

"这都是些哈骨眼（关中方言，没眼色，捣蛋鬼的意思），一个个说话不过脑子！"齐望海望着离去的人们跳着脚骂了几句，还觉得不过瘾，又想朝着门外吐唾沫……

秦富海见状眉头一皱，本想数落齐望海两句，但是转念一想，还是和颜悦色地说："望海，你咋还没走，别叫彩芹等急了。"

"我走啥呀，二伯你都没走，我咋能走呢。"齐望海下定决心要赖在这里了。今天即使抢不了车大寒的风头，也得像个搅屎棍一样，把事情搅和黄了。

"咳咳……"秦富海拿他也没办法，咳嗽了两声，看向了东面第一桌社火架子。他原本的打算就是从这一桌讲起，把两家峪现有的社火给车大寒全部说一遍。没想到却被齐望海插了一杠子，把话题岔开了。

"这一桌子咱村抬得最多，叫保皇嫂，说的是三国时期的一段传奇，红脸关公保护皇嫂的故事，具体的扮相你见过不止一回了，我就不细说了，今天给你讲讲这桌铁芯子社火应该怎么装……"说着话秦富海在架板上走了两步，走到了那桌社火架子跟前。

齐望海本来想卖弄两句的，但是仰起脸，看到秦富海那双布满血丝的眼睛，立刻闭上了嘴巴。车大寒则越听心里的疑团越大。种种迹象表明，大家伙一定有什么事情瞒着他。特别是刚才，那些人问秦富海是不是定了，定什么？还有现在，秦富海为什么要把全村每一桌社火怎么装详详细细地讲给他？这些都十分耐人寻味。

"别人看的是保皇嫂，咱装的可是刀芯子，啥叫个刀芯子，芯子得立到刀尖上，让看社火的人明显感到那一分险……对了，你知道芯子为啥叫芯子不？"秦富海盯着车大寒问，这是最基本的常识，他给车大寒好几年前就讲过了。可是，有时候越是基本常识越要反复念叨，怕的就是

"灯下黑"。再说了,你要是连最基本的闹不明白,还装的什么社火?

"芯子就是社火的胆,就是社火的眼睛,社火的看点,就像一条蛇,它有多么的凶,全凭它吐出来的芯子。"不等车大寒回答,秦富海自顾自解释了起来。话不怕多,就怕没点到、没说透。"当然了,按照老书上的解释芯子是垛子的意思,啥叫垛子,就是咱堆出来的麦秆、挂出来的苞谷辫子,有没有手艺,有没有货?一亮相,一目了然。"

车大寒和齐望海听完连连点头。

要说对社火的研究,秦富海绝对是钻得最深的,下了硬功夫了。

"咱继续说保皇嫂这桌社火,你怎么让人抬眼一看就觉得险呢?首先得干净。我说的干净不光是面部化妆干净,服饰也要干净利落,不要拖拖拉拉的,最主要的是芯子跟把子的衔接必须巧妙、严密、自然,不露破绽,才叫干净。"

"对了,知道啥叫把子不?把子就是芯子下半部分男角手里拿的,肩上扛的物件,就是那些刀枪棍棒、伞花瓶锄、耙子、扁担等道具。"

"同样都是抬保皇嫂为啥咱村的社火就能配得上这个。"

话到这里,秦富海嘴角浮起笑,跷起了大拇指。"就是因为咱村做到了这三点,你再看看别村的,不是芯子娃身上的衣服琐琐串串,就是刀歪了,露了馅儿了……"

"是啊,我光在老杨村就见了好几回了,总感觉怪怪的,你现在一说,我全明白了。"齐望海在架板底下说,有种恍然大悟的感觉。车大寒虽然没留意过这些事,但是也能理解秦富海说的那三点对保皇嫂这桌社火的重要性。

"做到干净之后,就是造势,也就是你们年轻人常说的衬托、烘托,一桌社火要拿啥造势呢?除了在社火架子上,在娃们的披挂、行头、道具上下功夫,按照我这些年的经验,选人最重要。"

秦富海意味深长地看了看车大寒,继续说,"这桌社火只有两个角色,红脸关公和俊美的皇嫂,关公在老百姓眼里是什么形象,至少要高大威猛吧,所以站在芯子底下扮关公这男娃个头就不能太低,身形也不能过于瘦弱,特别是不能看起来比他刀尖上的皇嫂还单薄。"

"是啊,唉,这些年娃娃们成了稀罕物件,基本上娃们的家长想让娃扮啥,咱都尽量满足呢,这么看来以后还得严点。"齐望海喃喃地说,多少有些自责。

这几年村里耍社火靠的就是秦富海和齐望海爷俩。秦富海抓大事,剩下那些细枝末节的杂事全都是齐望海在张罗。为了不得罪人（好多时候是因为拿了人的好处，贪了小便宜，嘴有些短），在好些事上，他都开着绿灯。一般是秦富海不发火，他绝对不整改。

"早就该严点了。"秦富海白了他一眼，接着说，"再就是芯子，芯子娃除非有特殊要求，一般要看起来小巧、单薄，当然了要是身段、模样好，那就更加地迎人了，所以，芯子娃，就是关公刀尖上的皇嫂一定要选年龄偏小、脸型好、身子瘦的娃娃，这样的娃娃站在那么颠、那么锋利的刀尖上，才让人揪心呢……"

"这么弄会不会不安全啊？"车大寒忍不住说。秦富海把社火当成艺术予以精益求精的追求，车大寒没有任何意见，并且非常地敬佩和欣赏，可要是因为艺术追求而发生不该发生的事，他实在看不下去。

"咋可能嘛，你是没见过咱村装社火，两尺宽的裹布，把娃娃能勒哭，还担心不安全啊，真是笑话！"

齐望海一脸的不屑。这车大寒就是外行嘛！要不是秦富海好耐心，真不该在他身上浪费这些时间。

"我要说的第三点正是安全问题，咱耍的是热闹，赢的是十里八乡的笑脸，不是让人在背地里戳脊梁骨，骂咱是没人性的牲口。"

秦富海特意停顿了数秒，让车大寒两人把他的话完全听进去。

"娃娃们的安全始终都是第一位的，你们不要以为有了裹布就万无一失了，娃娃是活物啊，耍社火的环境又那么复杂，啥情况都能出现，因此上，社火一抬出去，我的腿脚就没停过，咱得每一桌都盯着，绝对不能出现任何岔子……"

"大过年的，说个没完了！"

不等秦富海继续说下去，窗外忽然传来了何倩的声音。何倩是来喊车大寒回去吃年夜饭的。可是，她耐着性子在厢房外等了又等，总不见秦富海说完。实在等不及了，她才气呼呼地插了一句。

第17章　佳肴

"姑娘家家的说话这么冲,你就不担心嫁不出去吗?"秦富海还没来得及蹙起眉毛,何倩身后传来了曹道士的声音。

"你怎么也来了?"何倩回头问,眼中满是惊讶。

"饿得不行嘛,不帮着你把车大寒喊回去,我就要活活饿死了。"曹道士开着玩笑说。其实他中午并没有少吃,根本不可能饿肚子。他之所以跟了过来,只有一个目的,就是担心说话不注意的何倩在社火局和秦富海起冲突,闹得两家人都没法过年了。

"对了,老秦,人家何倩在大河家也做了一桌子菜,我们就不去你家吃了。"曹道士像是想起什么似的,望着秦富海说。这话不管车大寒有没有跟秦富海说过,他都要说一说的。要不然就凭何倩那张嘴,这事又会是一根导火索。

"大河,哎,你还发啥愣呢,赶紧下来,菜要凉透了!"曹道士又冲着车大寒喊了一声。他这么做,就是不想给秦富海说话的机会。被何倩冲撞了那么一句,再加上车大寒三人答应去他家吃年夜饭的事情又临时反悔,秦富海肚子里有火呢,根本说不出什么好话来。

"行了,那咱今天就到这里吧。"秦富海摆了摆手。他本来想说何倩两句的,被曹道士这么一搅和,实在没脾气了。其实曹道士的好心,他也明白。大过年的,多一事不如少一事。

"那我回呀。"车大寒看了秦富海一眼,从架板上下来了,"对了,二伯,来之前我已经跟我二婶说了不一起吃年夜饭的事情。"

"嗯,说了就成。"秦富海点点头,看向了房间里的社火架子。

齐望海见车大寒三人要走,自己也想回家,可是看到秦富海还站在架板上,并没有离开的意思,于是说:"二伯,天都黑透了,你不回呀?"

"我不着急,我想再待一会儿。"秦富海喃喃地说,在那几十副社火架子上来来回回地看着。车大寒也想劝秦富海回家,却被曹道士给拦住了。

冬季一向白日短,黑夜长,车大寒来的时候院子里的天光还十分明亮,到了现在已经伸手不见五指了。远处天边,不断有烟花在绽放,耳边鞭炮的响声一阵比一阵激烈。清冷凛冽的空气里,早就弥漫起了浓烈的火药味……

在走出社火局的那一刻,车大寒回过头朝着偏房望了望。在橘黄色吊灯底下,秦富海像个即将出征的将军一样,站在高台上,检阅着自己的将士——那些社火架子和想象中的铁芯子社火。而齐望海则像个卫兵,静静地注视着"将军",守卫着社火。

在这一刻,车大寒真想回到他们身边,可是耳旁突然发出一声二踢脚特有的炸响,立刻将他拉回到了俗世里。虽然秦富海竭尽全力想把与社火有关的东西教给他,但是车大寒毕竟在外漂泊多年,眼界一再开阔,对于这些民俗、传统文化有一定的兴趣,却不至于当成自己的毕生事业,为之疯狂、着魔……

走进自家堂屋,车大寒直接惊呆了。

平日里摆在堂屋角落,基本不撑开的圆桌,已经被何倩擦得在灯光下泛着精光。桌子上,满满当当全是鸡鸭鱼肉、鱿鱼海参。采买的时候车大寒没有太注意,现在才发现今年准备的都是些硬菜。另外,这桌年夜饭,也是车大寒截至目前见到的最丰盛的一桌。

"还愣着做什么,赶紧坐啊。"何倩在一旁催促说。一天忙活下来,她的手上多了好几张创可贴,脸冻得红扑扑的,受伤的膝盖似乎也有些发炎了,可她的心情却是从未有过的好。事实上,就连何倩自己也想不到,她竟然能把这么多的菜做出来。要知道以前在家里过年的时候,她连厨房都不进,更不可能为了年夜饭折腾个没完。

"坐,坐嘛。"看到车大寒还在发愣,曹道士拉了他一把。

随后,三人围着圆桌坐了下来。

"让我尝尝味道怎么样。"曹道士咽了几口唾沫,拿起筷子,迫不及待地就要夹放在圆桌最中央的红烧鲤鱼。

"哎,你吃别的,这鱼让我大河哥先尝尝。"何倩看在眼里,马上急了。红烧鲤鱼她看着母亲做了好几回,虽然和其他菜一样,都是第一次动手做,但是她坚信这道红烧鲤鱼一定是她的拿手菜。

"无所谓,谁吃不是吃。"车大寒说着,夹起一块红烧鲤鱼放进了曹道士的餐盘里。"就是的,谁吃不是吃。"曹道士也不客气,那第一筷子红烧鲤鱼刚落到餐盘里,就被他夹起来送进了嘴巴里。

"你,真是不懂人家的一片心意,你知道我……"何倩马上就不高兴了。然而,不等她把话说完,曹道士原本异常幸福的表情立刻定格在了脸上,紧接着,一张老脸变成了猪肝色……

"呸，呸，这是啥味啊，差点要了我的老命！"曹道士表情痛苦地把嘴里的红烧鲤鱼全吐了出来。

"你胡说什么呢，别因为我没让你吃第一口肉就污蔑我的手艺。"何倩见状，心里隐隐涌起不安，不过她还是气呼呼地夹了一块红烧鲤鱼放进了车大寒餐盘里，"大河哥，你见过世面，你说句公道话！"

"我没有胡说，大河，在吃之前你可要想好啊。"曹道士在一旁苦着脸说。

"哎呀，这有啥呢，让我尝尝。"车大寒没当一回事，夹起红烧鲤鱼，塞进了嘴里。下一秒，"噗"的一声，他也把吃进嘴里的鱼吐了出来。

"不可能，不可能不好吃！"

何倩这下真的急了，狠狠地夹了一大块红烧鲤鱼，塞进嘴里，大口大口地咀嚼了起来。看到她吃得如此津津有味，车大寒和曹道士同时惊呆了，甚至有些怀疑自己的味觉。

"为什么，为什么……"吃着吃着，何倩突然趴在桌上哭了起来。哭了没多久，她吐出红烧鲤鱼，疯狂地尝起了其他的菜肴。

"算了，你们别吃了吧。"过了半天，何倩放下筷子，呆呆地说。

"为啥？我看这西红柿炒鸡蛋就不错，还有清炒莴笋、溜肉段……都不错嘛。"说着话曹道士接连夹起好几个菜肴，狼吞虎咽地吃了起来。给人的感觉就好像他终于吃到了梦寐以求的佳肴。

"是啊，除了红烧鲤鱼，其他的菜烧得还不错。"车大寒也跟着风卷残云地吃了起来。何倩明知他们在骗自己，却挂着泪花笑了起来。

第二天，也就是大年初一早上，打开房门的时候，车大寒看到院子里又落了很厚的雪。庄稼人常说"麦盖三层被，枕着馒头睡"，这两场雪一场比一场大，车大寒的心里充满了喜悦。

然而，就在这个时候，堂屋里突然发出了一声惊呼。

第 18 章　缘分

"曹道士走了。"

不等车大寒问，何倩呆呆地说。

说句心里话，何倩对曹道士其实是充满感激的。要不是曹道士劝说，车大寒也不会让她留下来。要不是曹道士多次插科打诨，以她火辣的性格不知道要和秦富海吵过多少次了。

"走得这么急，也不说一声。"这几乎是车大寒的本能反应。随即，他快步走出了院子。院子外面积雪同样很厚，同样掩盖了曹道士离开时踩踏出来的脚印。望着白茫茫的积雪，车大寒有些不知所措。

"应该是后半夜走的，他给你留了纸条，你自己来看。"何倩在堂屋里说，从盖着旧衣裳的牛皮鼓面上捡起了撕得方方正正的硬壳纸烟盒。烟盒上有歪歪斜斜的蓝色圆珠笔字，却没有落款，但是任谁看了都知道是曹道士留下的。何倩正是看了这些字，才知道曹道士走了。

"鼓先盖着，到十五再敲第一声，不是我吹，这是我这一生做过的最好的鼓。"

这是第一段文字，车大寒看完郑重地点了点头，接受了曹道士的嘱托。如果从买那头牛犊算起，为了做这面鼓，曹道士至少用了 4 年时间。到最后，他一分一文没要，勉强当作要车大寒留下何倩的条件，白白送给了车大寒。

好多人听说了这事，都不理解生活落魄的曹道士为何这么大方，只有车大寒依稀记得曹道士曾经说过，"好鼓还得好槌，没有好槌再好的鼓也埋没了"。这是一种本能的惺惺相惜，这也是意气相投的两个人不用说出口的默契和彼此欣赏。车大寒心知肚明，他打算用一生时间珍惜这面大鼓，用最娴熟、精湛的鼓技，感谢曹道士的付出。

"肯为你下厨的姑娘世上难找，不要轻易错过。"这是第二段话。虽然烟盒大小有限，两段话之间还是明显隔出了一定的空间。因此，车大寒一眼就看出这是两段话，两段不同的嘱咐。不过，曹道士这句话却写得很有意思。就在制鼓这几天里，肯为车大寒下厨的其实是两个姑娘。一个是拉风箱，蒸包子的秦梅，一个是用各种电器做了一桌子年夜饭的何倩。到底哪个该珍惜呢，曹道士却没挑明。

"你看见了吧，曹道士嘱咐你要珍惜我呢！"何倩在一旁说。她自然理解成曹道士要车大寒珍惜自己。

"你有没有想过，这么大的雪，老人是怎么走的，他可是要回到太兴山里的磨针观啊……"车大寒没接何倩的话，呆呆地盯着烟盒上的最后一行字说。

这行字很短，只有六个："雪不大，我走了。"何倩说曹道士应该是后半夜走的，正是通过"雪不大"三个字做出的推测。天气预报说过，昨晚的雪就是从后半夜开始下起来的。

"不行，我要去追他。"

丢下这句话，车大寒顶着风雪出了院子。

"哎，你……"

何倩想说什么，却被吹散在了风里。

两家峪人扫雪向来都是边下边扫的。这么做的好处是，雪下完不至于积得太厚，把路堵实了。因此，车大寒在两家峪走的这段路，还不是太难走。难的是村外到太兴山这一段。

要进太兴山必须经过苦峪口。在2012年的时候，苦峪口还不像现在，修了漂亮、坚实的公路。那时候，路是进山的人们和车辆，用脚踩、用轮胎压出来的沙子、石子路。并且路的左手一侧是陡峭的悬崖，右手一侧是沟深、岸险的河道。在这样的大雪天，深一脚浅一脚不说，稍不留神就有可能栽倒，跌进河道里。车大寒越走神经绷得越紧，并且时不时就会朝河道里张望几眼，他生怕曹道士在路上出了什么岔子。

不过还好，这一路上虽然步履艰难，提心吊胆，却没真的遇到什么不想遇到的事情。到了磨针观外，看到一老一少两个道士在扫雪，车大寒立刻拉住距离他最近的小道士问："曹道士回来了没有？"

"你是两家峪的车大寒？"

小道士还没开口，老道士盯着车大寒问了一句。

车大寒赶忙点头，再次着急地问："曹道士回来了没有？"

"嗯。"老道士点点头，继续扫雪。

"他在哪里？我要见他。"车大寒作势就要往磨针观里走。

"你先留在这里，我让他去给你问问。"

老道士拦住了车大寒，冲着小道士使了个眼色。小道士立刻放下扫帚，跑进了磨针观。工夫不大，小道士站在门槛里说："曹道士说了，他和你的缘分就到这里了。"

"这是啥意思?"

车大寒琢磨了一下问。

小道士看了老道士一眼,用不大的声音说:"他不想见你。"

"为啥不想见我,我又没有得罪他!"车大寒有些莫名其妙,又实在不放心,眉头一皱,咬了咬牙,退后两步,冲着道观里面喊了起来,"曹道士,老曹,我是车大寒,我来磨针观了,我想见你!"

"曹道士既然不愿意见你,喊也没用。"老道士停下扫帚,淡淡地说。听到这句话,车大寒彻底愣在了原地。

就在这个时候,道观里又跑出来个小道士,这道士的神色十分慌张,不过在看到老道士后,立刻冷静了下来。

"曹道士说了,让你敲鼓的时候多卖些力气,他在磨针观里能听见。"刚跑出来的小道士说,说完转过身,不见人了。

"磨针观是清修之地,没啥事的话,你还是下山吧。"老道士望着车大寒说,眼神中有淡然、决绝,还有种说不出的滋味。

车大寒望了望站在门边的小道士,又看了看老道士,叹息了一声,转过了身子。曹道士性子就是怪,自己明明都走到磨针观外了,却不肯和他见一面。缘分,缘分就有这么重要……车大寒望着漫天的大雪,有些哭笑不得。"老曹,我走了!"走出去没多远,车大寒突然喊了一声。听到这声喊,小道士的眼角终于涌出了泪水。

就在天刚刚亮的那会儿,有人把连夜返回的曹道士抬进了磨针观。他喝了不少酒,又熬了个通宵,走进苦峪口没多久,就栽进了大石遍地的河道里。车大寒来的那阵子,曹道士只剩下了最后一口气。他不想见车大寒只是不想让他的心里有悲意。有了悲意,鼓就敲不响了。

第 19 章　复古

此时的车大寒还不知道曹道士离世的消息，他只当是曹道士性子怪，给他来了个闭门不见。下山的时候，还在下雪。但是越往山下走，年味越浓。今天毕竟是大年初一。按照两家峪一带的风俗，这天什么活都不能干，只能尽情地吃喝戏耍。

风雪中突然响了两声雷子（鞭炮，就是二踢脚），紧接着咚咚两声鼓响，欢快的铜锣和镲子（钹）像两只盘旋往复的飞鸟，和鼓声相互应和，不断地向九天之上攀升。

车大寒只听了几声，就知道这不是两家峪的敲打法。像这样不为任何民俗、迷信活动、婚丧嫁娶服务的敲打，被人们称为"闲镲子"。是村民消磨时间的一种方式，也是闲聊时的一种调剂，更是对村居寂寞的一种排遣。

当然了，在正月里敲"闲镲子"又有另一重含义，那就是示威，向村里的社火局施加压力。村民们之所以要这么做，往往是听说了别的村在过年期间有重大的文化娱乐活动，希望自己村里多少也要有些动静。

联想到秦富海过年前就搬进社火局住下了，车大寒不自觉地加快了脚步。看这样子，两家峪今年不只是像往年一样在元宵节当天抬出几桌社火，意思意思，而是要下场子"大耍"啊！也只有两家峪社火"大耍"才能给方圆 30 里这些村子带来如此大的紧迫感。

"哎呀，你咋成雪人了！"

眼前忽然有人发出了一声惊呼，车大寒这才发现自己已经走回了两家峪，并且来到了社火总局门前。"快把身上的雪拍一拍！"发出惊呼的人是齐双全老人，他把车大寒拉到房檐底下，帮车大寒拍打起了身上的雪。

"你二伯要抬社火的事情，你听说了吧？"齐双全问。"社火不是一直都是抬的吗？"车大寒没有马上反应过来。齐双全又说："今年不用蹦蹦车（农用三轮车）了，每桌社火四个人，要人抬，哎，多少年都不这样了，真不知道他咋想的……"

原来秦富海是想恢复以前抬社火的方法，把蹦蹦车机械驮运，改成人工肩扛手抬。车大寒终于明白了。不过，这样可行吗？

先不说现在人的体力不如以前了，单是抬社火中的安全问题就令人十分担忧。机械驮运的好处就在于稳当，只要道路条件好，几乎没有什么颠簸。对于站在社火高处的芯子娃娃，这点尤为重要。社火越迎人，社火设计得就越惊心动魄，娃娃们的安全隐患就越大。有了机械驮运，好些安全隐患立即就消除了。

不过，机械驮运也有它不好的地方，那就是社火的美感，以及那些精巧的设计都会在蹦蹦车庞大的车身，匀速行进中大打折扣。车大寒有时候会想，如果社火一直用蹦蹦车驮运，迟早会变成装点华丽的彩车。到了那个时候，社火还是社火吗？

也许秦富海正是想到了这点，才打算在今年搞一场"复古运动"，让社火重新回到它原有的发展轨道上。可是，人工的肩扛手抬，弊端也不少，除去人们普遍担心的体力问题，还有抬社火的四个人的协作。两家峪人常说"一乘轿子四人抬"，说的是人们彼此之间要相互帮助、扶持。抬社火无疑比抬轿子难多了，抬社火的人会彼此迁就，相互扶持吗？……

想到这里，车大寒突然完全理解了秦富海。如果抬社火的目的是实现全社，也就是两家峪人的和睦、友爱，那么能不能把这几十桌社火抬好不正是一次很好的考验和契机吗？社火就是社和，车大寒对这点非常认同。

"谁劝都劝不动，你来就好了，你二伯从小疼你，你说两句，他肯定会听的。"见车大寒不说话，齐双全继续说了起来。他已经劝过秦富海了，可是秦富海倔得不行，不但不听他的劝，还连一点面子也不给他留，直接来了句"你们老齐家要是没有硬小伙，我们秦家人抬"，就把他轰出来了。其实，齐双全站在社火局外就是在等车大寒，他相信车大寒出面劝说，一定会让秦富海回心转意的。

"那是人家社火局自己的事，咱有啥劝的，他愿意怎么抬就怎么抬嘛，我都支持。"车大寒笑着说。秦富海要开展"复古运动"，合情合理，也非常地有必要，自己不公然支持也就算了，怎么可能出面劝说呢。只是这个意思车大寒不好对齐双全说，因此，他才找了个自己是局外人的借口，拒绝了齐双全的提议。

"大河，你来，我有话跟你说。"齐双全左右看了看，把车大寒拉到了房檐底下的角落里。下这么大的雪，房檐底下根本就没人，齐双全还是这么的谨慎。

"你二伯要退下来了，你知道不？"齐双全拍掉车大寒身上最后一片

积雪，眼睛瓷呆呆地盯着他。

听到这个问题，车大寒先是吃了一惊，紧接着，眼神变得格外复杂。昨天在社火局听到的那些没头没尾的话，还有秦富海的异常举动都让他的心里充满了猜测，可是，他千想万想都没想过秦富海会从社火头的位子卸任下来。

"以后再也不要说社火局的事情跟你没有关系了，你二伯虽然没有明说，但是咱村人都知道，下一任社火头不是你就是望海，你明白不？"齐双全抓住车大寒的手臂，眼里尽是殷殷期待，语气也有些语重心长了。

"望海啥都好，就是气量不行，还有他爱贪小便宜的毛病总改不了，我估摸着以他在咱村的人望，很难竞争过你，你现在最重要的是要在你二伯面前好好表现呢，你二伯年纪大了容易犯糊涂，这时候就靠你在旁边提醒呢……"

话还没说完，齐双全的脸忽然红了："我的意思不是让你去拍你二伯的马屁，在他眼前搞那些虚头巴脑的，我是想说，你得证明自己呢，你得让全村人看看，你大河才是最合适的人选，你知道不？"

第20章 饺子

齐双全的好意车大寒明白,但是车大寒却并不想表现自己,更不愿意和齐望海去争抢。这么些年了,村里的社火都是秦富海和齐望海在张罗,要是没有这两个"海",两家峪的社火根本耍不来,也坚持不下来。村里人即使看不上齐望海的人品,论这份苦劳,也该由他来接任社火头。

反过来看车大寒,最多只能算一个旁观者和鼓手。对于社火如何张罗,如何准备,如何调度,他只是听过、看过,并没有多少实操经验。要是这个社火头由他来担任,对两家峪绝对是有百害而无一利。

另外,车大寒现在回来了,长期待在村里了,如果齐望海耍社火时需要他帮忙,他也是十分愿意,并且会竭尽全力的。当不当社火头,其实没有多大影响。

说到底,现在的车大寒并没把担任社火头当一回事,并且兴趣不大。

"二伯,你现在还能敲锣不?"车大寒忽然问。

齐双全愣了愣,点点头。

"外村的镲子锣鼓我听了一路了,咱村不能这么安静呀,你要能敲,咱敲呱起来。"车大寒提议。"行,敲嘛!"齐双全顿时来了兴趣。

这么些年了,他都没摸过铜锣了。想当年头发没白,脸上还没有皱纹,齐双全也是两家峪的一面好锣。只是这些年上了年龄,一方面碍于身份,实在抹不开面子和年轻人一起敲打;另一方面,已经很少有人还记得他会敲锣,几乎没有人再邀请他了。今天车大寒一提议,齐双全的眼睛都跟着亮了,他要让两家峪人再听听他这面老锣。

随后,两个人从社火总局抬出一架牛皮鼓,取出一面铜锣,在门外的房檐底下相互应和着敲打了起来。原本乱嚷嚷的社火总局院子里,立刻安静了下来,紧接着,好多人拿镲子的拿镲子,取锣的取锣,很快就形成了一个规模不小的锣鼓队。

车大寒望着纷飞的雪花,越敲越卖力,额头上很快就见了汗了。其他人在他的带动下,节奏越来越快,敲打得整个两家峪成了一锅烧开的热水。在这样激越的锣鼓声里,齐双全忘记了自己的年龄,重新回到了青葱岁月,也忘记了对车大寒的劝说,不再考虑谁会成为两家峪的社火头。

锣鼓就是锣鼓，自有它的那一番纯粹。

不用细看，其他人也跟齐双全一样，同样是陶醉、认真的表情。大家现在唯一能感受到的，恐怕只有自己的心跳和锣鼓的节奏。车大寒对此心知肚明，这就是他提议齐双全一起敲锣打鼓的原因，也是他为秦富海解除纷扰的方法。当然了，有人可能觉得车大寒这是在逃避矛盾，但是你有没有想过，大家吵得再凶闹得再厉害，还不是因为对社火的一份热爱。现在车大寒带着大家敲打，其实是想让大家回归那份初心。

这一通锣鼓整整敲了多半天，其间车大寒脱去了外衣，又被四个鼓手轮番替换了下来，最终在何倩的拉扯和众人的起哄下，才回了家。

何倩把车大寒拉回家除了担心他，还想让他尝尝自己包的饺子。昨天的年夜饭做得十分失败，让何倩很没面子。今天在车大寒离开后，她给她妈打了一通电话，把怎么包饺子问了个明明白白，又在她妈的遥控指挥下，才把这顿饺子包了出来。虽然花费的时间过于长，但是何倩偷偷地尝了尝，味道还是不错的。

"怎么样，好吃吗？"看着车大寒把饺子塞进了嘴巴里，何倩的心立刻提到了嗓子眼。她巴巴地望着车大寒，很想听到他最真实的品评，又担心他说出来的话再次让自己感到挫伤。"怎么样，比那顿包子好吃吗？"不等车大寒回答，何倩又问。

车大寒咽下饺子，却笑了："你知道那包子是谁包的吗？那是秦梅她娘的手艺，你的厨艺就是再突飞猛进，也没法和一名围着锅台转了大半辈子的老太婆比吧？"

"也就是不如人家了？"何倩的眼神立刻暗淡了下来。

"倒不是，应该是各有特色吧，秦梅娘的包子让我吃出了家的味道，你这饺子嘛则让我吃出了不一样的风味，味道同样可口。"车大寒实话实说。

"这还差不多。"何倩眼里立刻有了笑意，她开始把饺子不断地往车大寒盘子里堆。车大寒走了不少山路，又在村里卖着力气敲打了半天，实在饿了，何倩往盘子里放多少饺子，他就把多少吃进了肚子里。

看到车大寒如此给自己面子，何倩的笑容就更灿烂了。"哎，我问你……"何倩正想问车大寒有她借住在家里，是不是很幸福，却看到秦梅和一名老女人走进了院子。

"婶，你咋来了？"看到秦梅两人，车大寒立刻放下筷子，迎了出去。和秦梅一起来的是秦梅娘韩惠娥。韩惠娥和车大寒他娘关系最好，在车大寒他娘过世后，车大寒要是想娘了，还会到秦梅家坐一坐，为的就是和韩惠娥聊上两句，就当是见上娘了。韩惠娥能走进自家院子，车大寒当然格外高兴。因为，自从他娘过世后，老人家再也没来他家看过。而且村里有些人还说，有时候必须从车大寒家门前经过，老人家也是绕着走的。这当然不是对车大寒的嫌弃，而是老姐妹之间的感情实在太深，一想起来就让人忍不住掉眼泪。

"我听梅梅说你家借住了个城里姑娘，来看看。"韩惠娥说，把何倩打量了好几眼。

其实来看何倩只是个由头，韩惠娥来车大寒家，真正的目的是让秦梅和车大寒多接触接触。前几天村里流传车大寒破坏了秦梅家庭的谣言，让韩惠娥着实忧愁了一阵。再后来谣言越传越没边，渐渐地也就没人信了。也正是在那个时候，韩惠娥看着自己离过婚的女儿，动起了心思。不管以前怎么样，车大寒现在毕竟回来了，而且他还是同辈人中最有出息的一个。女儿肯定还得再嫁人的，要嫁为什么不能嫁给车大寒呢？

第 21 章　宣战

"秦梅姐，来，你跟阿姨尝尝我包的饺子。"被秦梅娘盯得实在不舒服，何倩索性挽住秦梅的手臂，把她们母女往餐桌跟前拉。

"叫什么姐，我看你俩年龄也差不多，以后直接叫梅梅就可以了。"秦梅娘果断收回视线，转头看着秦梅说，"梅梅，你不是特意给大河炒了几样菜嘛，赶紧端出来，让大河尝尝，大过年的凑凑合合吃几个凉饺子怎么行？"

"妈……"

见母亲言语间处处针对何倩，秦梅马上不高兴了。她本来是不愿意来车大寒家的，被母亲催逼得实在不行了，才跟着过来了。事实上，她能来，还真的是来看何倩的。作为一名城里女孩，头一次在农村生活总有不习惯的地方。秦梅来，是想着看看能帮何倩做些什么。

"原来你挎的篮子里装着好吃的啊！"听秦梅娘这么说，车大寒立刻激动起来。要是篮子里装的这几样菜真的是秦梅特意为他炒的，这无疑是在释放信号，而且还是强烈又令人惊喜的信号。"让我看看都是啥好菜。"不等秦梅走到堂屋的餐桌跟前，车大寒已经从她的臂弯里摘下盖着粉色毛巾的竹篮，在落雪的院子里迫不及待地掀开了。

一墙之隔，齐望海家里。媳妇彩芹早早地就给齐望海收拾了一桌子菜。可是齐望海吃了两口却放下了筷子。

"咋了？"彩芹关切地问。

自己这个丈夫心思活络，不管走路还是睡觉，没有一刻让脑子闲下来的。当年彩芹正是看中了齐望海的头脑，才从距离两家峪 30 里外的黑鱼河嫁了过来。可是结婚之后，彩芹才发现，丈夫不光在自家的养殖事业上动脑筋，还经常在一些莫名其妙的事情上琢磨个没完。就像此时此刻，真不知道他想起了什么事，连一桌子的好菜也不吃了。

"媳妇，你跟我说句实话，隔壁那谁到底有啥好的？"齐望海没有解答彩芹的疑惑，却抛出来一个新的问题。

听到这个问题，彩芹的表情马上就有些不自然了。车大寒的优秀是全村人都知道的。自己要是硬挑毛病，良心上实在过不去，但是按照眼下这情形要是不说车大寒的不是，丈夫心里肯定不好受。哎，怎么办呢……彩芹那两道粗眉毛蹙了起来，眼睛也看向了别处。

同一时间，车大寒家堂屋里。尝了几口秦梅炒的菜，何倩的笑容明显没有原先那么灿烂了。秦梅心里怎么想的何倩不知道，但是何倩很清楚自己的想法——秦梅就是她的竞争对手，从此时此刻开始，她要向秦梅宣战！

"婶，有个事我想跟您商量一下。"车大寒犹豫了一下，还是开口了，"今黑（关中方言，今天晚上）我就搬到社火局去住了，何倩腿上有伤，一个人留在家里我实在不放心，您能不能让秦梅来陪陪她？"

车大寒这句话一出口，三个女人的眼里同时露出惊讶的神情。其中以何倩的惊讶最多。在此之前，车大寒从没提过今晚就要搬到社火局去，也没和她打招呼，事发突然，何倩有些无法接受。此外，这是多么好的单独相处的机会，就这么溜走了，她实在是有些不甘心。

"都答应了帮你照顾人的，为什么不直接跟我说，还要通过我妈……怕我拒绝吗？车大寒，你把我秦梅看扁了。"

秦梅心中暗想，不自觉地瞥了车大寒一眼。她原以为他们两个人青梅竹马，彼此是什么人，相互间都清楚，却没想到车大寒对她的了解并没有自己想象的那么深。由此，秦梅又想起了毕业那会儿车大寒说过的话……"难道我误会他了？"秦梅心里泛起了嘀咕。

"这有啥商量的，我替梅梅答应了。"秦梅娘在惊讶之后，很快露出了灿烂的笑容。她担心的就是车大寒和何倩孤男寡女待在一个院子里，现在好了，车大寒不但自己要搬出去住，还把秦梅叫了过来。这真是老天爷开眼！秦梅娘想好了，就是自己走进这座院子心里有多不舒服，等秦梅搬过来后，她也要经常来看看的。不为别的，只为了给何倩飘几句风凉话，恶心恶心她，让她尽快离开两家峪。

"妈，你不要替我大包大揽。"秦梅说，脸上写满了不高兴。

"咋，你不想搬过来？你不搬了，娘搬！"秦梅娘激动地说。自己这个女儿处处优秀，但是在婚姻大事上，总是让人操心个没完。前一段婚姻闹了个稀里糊涂，这回面对这么好的机会，又不去争取，还一个劲儿地往后退，真是让人不知道说啥好了……

隔壁正房里，齐望海等了半天，也不见媳妇开口，忍不住叹息了一声。

"看来我齐望海不打赢这一仗，往后在村里就没办法活人了！"

齐望海在餐桌上重重地拍了一下，端起手边的酒杯一仰脖子喝干了。

车大寒就是他的竞争对手,他要向车大寒宣战!

　　随后,齐望海继续吃菜,彩芹却无法淡定了。丈夫怎么就不能心胸宽广一些,像村里其他人一样,把车大寒当亲人,当朋友呢?如果这样的话,自家不仅有个别人羡慕不来的好邻居,而且齐望海也算是自己放过了自己。

　　车大寒家餐桌旁。秦梅最终还是答应了车大寒的请求。吃过晚饭,雪终于停了,车大寒果然提着一床铺盖去了社火总局。秦梅家里有事,要过1小时才能过来,何倩百无聊赖地看着电视,越看越觉得冷清寂寞得不行。

　　硬熬了20多分钟,她实在熬不住了,索性穿上衣服,走到了社火总局,打算偷偷地看看车大寒正在干什么。

　　"大河,该说的我都说了,你能不能给句痛快话,到底干不干?"临时居住的卧房里,秦富海捧着保温杯,目不转睛地望着车大寒,等着他表态。

　　就在刚才,秦富海已经把自己即将卸任,想让车大寒接班做社火头的事情说了,可是车大寒的反应却有些平淡。这让秦富海多少有些惴惴不安。如果车大寒不愿意接班,自己就只能选择齐望海了,可是望海的人品、眼界、气量,总让人放心不下。

第 22 章 观音

"我觉得还是望海合适。"车大寒想了半天说,"论对社火的熟悉,我不如他,论对社火的这份热爱,我也不如他,论苦劳……"

"好了,你不用再说了,不用说了。"

秦富海摆了摆手,表情痛苦地叹息了一声。随后两人陷入了长久的沉默。何倩站在窗户外竖着耳朵,忍着冻听了半天,再没听到什么。不过,她心里却萌生出了一个大胆的想法。

日子一天天过,眼看着已经到了初七,该走的亲戚已经走完了,该待的客人也待得差不多了。两家峪人开始数着日子,等着看十五的社火。当然了,大家也在等着两件事情的结果。

第一件自然是秦富海到底会把社火头传给谁。第二件是今年的社火是人抬还是用蹦蹦车驮。关于第一件事,也有人提议像选村干部一样,用集体投票的方式做决定。可是社火头毕竟不是村干部,如果选人不当,可能连继续耍下去都不能了。至于第二件事,村民们渐渐由一开始的坚决反对,变得摇摆不定。秦富海虽然没有做过解释说明,但是越来越多的人理解了他想搞"复古运动"的良苦用心。

说来说去,大伙唯一能做的还是等,等秦富海尽快给出两件事的结果。可是处于事件旋涡中心的秦富海却表现得十分淡然。除了像往年一样,按部就班地做着各种准备工作,秦富海不再发表任何言论。就好像村里的各种传言,都是空穴来风,无稽之谈。

事实上,细心的人会发现秦富海的嘴皮上起了泡,笑起来也十分地勉强。时间分秒流逝,秦富海咋能不着急呢,他之所以不想表现出来,除了生性中的坚韧,还有几分无奈。其实,从当上两家峪社火头的第一天开始,他就感受到了从未有过的孤独。这种孤独不是没人搭理你,没人待见你,而是有些事必须一个人去面对,一个人拿出最好的主意……

"老校长。"秦富海正忙着给一桌子社火配衣服,身后忽然传来了陌生的声音。听到这人叫自己,秦富海用力想了想,才记起来,这人是借住在车大寒家里的城里姑娘何倩。何倩待在两家峪也让秦富海感到十分焦虑。因为她无疑是横在车大寒和秦梅之间的障碍。如果何倩一直不走,秦富海实在担心自己看不到车大寒和秦梅结婚了。

"你又不是我的学生，不用这么叫。"秦富海皱了皱眉，直起腰，转过了身子。他虽然很讨厌何倩，却不好发作出来。"大河不在总局，你去别处找他吧。"秦富海说，作势就又继续忙活。

"我不是来找他的，我是来找您的。"何倩笑了笑，走到了秦富海跟前，"您不是想让车大寒当您的接班人吗，我有个办法……"

两家峪村外，随着气温的升高，积雪已经消融得差不多了。除了视线尽头，终南山绵延凸起的群峰上残存的几点模糊的白色，再也看不到任何与积雪有关的颜色了。

有了融雪的滋润，大河的水流丰沛了许多，虽然还没有完全度过枯水期，却已经发出了哗啦啦的声响。这声响是喜人的，和远处麦地新近涌起的嫩绿色一样喜人。

秦梅站在大河边，望着远山、田野，听着水声，再闻着自己刚刚刨开的泥土发出的清香，不自觉地闭上了眼睛。不知道是不是出现了幻觉，她竟然听到了"算黄算割"（学名四声杜鹃）的叫声，听到了蛙鸣……

从初三下午开始，秦梅就又在大河边忙活了起来。虽然到现在全村人也没法理解她，但是她还是乐此不疲，并且充满了紧迫感。

要说秦梅是孤单的，其实并不准确。因为她已经不止一次和相熟的一位女企业家聊过自己想把大河边的泉眼挖开的事情。那位复姓东方的女企业家反复表达了对秦梅勇于放下一切，回归田园羡慕不已的同时，还给她讲了一个听来的离奇故事。

这个故事的主角自然是一名女子。女子生性善良，爱做好事。一天路过一个地方，听说当地有条河，水深流急，百姓们过河十分地困难。于是便萌生出帮当地人修一座桥的想法。可是要修桥，就必须有一大笔钱。女子身无分文，如果要做成这件事情必须动动脑子。

还好女子足够聪明，第二天她站在河心的一艘船上，对岸边的人说，谁要是能用金银珠宝砸中她，她就嫁给谁为妻。过往的人一听这话，立刻沸腾了，因为女子的美貌世间罕有。没过多久，岸边就下起了一场"金银雨"，无数的珠宝朝着船上飞了过来。

然而，奇怪的是，平日里看起来不算太宽的河面，仿佛被人拉长了一样，无论你怎么扔，也没有一两金银落进河的小船里，更别说砸中女子了。就这么的，从日出一直扔到日落，也没人有幸娶走貌美女子，而落入河里的金银却早就足够修一座桥了……

故事讲到最后,东方问:"知道为什么没人能砸中女子吗?"秦梅隔着电话摇了摇头,都说了是离奇故事,她怎么可能知道原因呢。

"因为这女子是观音的化身。"电话那头东方的语气突然严肃了许多,"你要是把泉眼全挖开了,你就是两家峪的观音了。"

回想起东方曾经说过的话,秦梅不自觉地摇了摇头。她才不想当什么观音呢,她要的只是以前的大河,以前的两家峪。

当天傍晚,秦梅踩着落日的余晖往回走的时候,两家峪乱成了一锅粥。就在半小时前,社火总局门前贴出了一张红纸告示。告示上是两家峪社火局社火头秦富海,和其他四个社火分局的小社火头的集体决定。

告 示

经研究决定,特聘车大寒为社火头秦富海的特别助理,试用期3个月,是否正式聘用,试用期满,另行通知。另外,关于群众关心较多的壬辰龙年上元节社火大耍,社火局已决定采用肩扛手抬形式,希周知,并请村里的精壮小伙踊跃报名,积极抬社火。

两家峪社火局
2012年2月10日

第 23 章　后社

　　这个告示一出，四个人同时踏实了下来。

　　车大寒的踏实在于，不用被迫担任社火头，还能有个说的过去的身份参与到社火大耍中来。齐望海的踏实在于，社火头暂时还没有落到车大寒身上，这让他还能继续看到希望，还有争一争的可能。

　　至于秦富海，则是因为自己和车大寒之间那根绷得很紧的弦，终于松了一些。要是按照秦富海原本的打算，非把车大寒逼得就范不可。但是，那样做真的好吗？真的能使车大寒心甘情愿地承担起那份责任吗？……何倩说的没错，如果对社火有足够的信心，就应该让社火用它独有的魅力去征服车大寒。秦富海忽然间释然了，在释然中获得了久违的踏实。

　　第四个感到踏实的人自然是何倩。她虽然对车大寒能不能担任社火头毫不在意，但是她非常在意两家峪人对她的支持。从秦富海年前走进车大寒家院子的那一刻开始，何倩就知道，这个德高望重的老者，在车大寒心里很有分量，是自己必须争取过来的长辈。

　　可是，不知道是不是眼缘不对付的原因，自己在一开始就站在了秦富海的对立面，更别说获得他的支持了。不过，现在好了，社火局贴出了这张告示就说明秦富海接受了她的建议，欠了她的人情。有了这份人情，相信要不了多久，秦富海心中的天平会发生倾斜的。

　　先从秦富海入手，再扩展到其他车大寒在乎的老人，何倩坚信凭着自己聪明的大脑和优秀的社交能力，一定会给秦梅母女来个釜底抽薪的。事实上，何倩不只是踏实，还有种攻城掠地后的成就感、征服感、畅快感……

　　不管怎么样，在两家峪人头顶上笼罩了多少日子的两团乌云终于散了。现在的两家峪人心里只有一件事——把社火耍好，好到让方圆 30 里的人都把大拇指竖得直端端的。

　　告示发布两天后，也就是正月初十的上午，南社火局按照惯例最先抬出了十桌平头桌子（之所以是十桌，取了个十全十美的寓意）。平头桌子是社火的一种，一桌社火上只立一个画了脸、上披挂的娃娃，其样式相当于社火没了芯子。平头桌子虽然是铁芯子社火的配菜，却有它无可替代的作用。

就像曹道士在制鼓之前祭祀谷神后稷一样，社火为了祈求风调雨顺、五谷丰登，也有它的祭祀对象——社神。社神是土地神，却并不是土地公、土地婆，而是后社，大地之神。

在古长安城的复原图中，我们会发现在含光门的西北边有个地方叫大社，这个大社就是皇帝用来祭祀社神的。位于秦岭脚下的两家峪自然没有大社，但是它却有五座数百年来守护全村的神庙。这五座神庙里虽然没有一座供奉着大地之神后社，但是却在世代的传承中变成了村民们祭祀后社的门路。

既然是门路，就有它约定俗成的顺序，那就是南北东西中。南社火局作为门路的起点，抬出这十桌社火就是要祭告村南真武庙里的真武大帝，今年的"祭社仪式"即将开始了。旧社会的时候，人们也许会相信经过这样的祭祀仪式，会得到真武大帝的赐福。到了现在人们之所以还这么做，除了对传统的坚持，最多也就图个热闹，讨个好兆头。

从这个意义上来讲，平头桌子其实承担了信使的角色，它为社火大耍打着前站，进行着预演。当然了，在搞"复古运动"的今年，这种预演就显得尤为重要了。

看到社火局贴出的告示，村里的年轻人倒是没有一个往后退的。可是，等到用来抬社火的那根杠子压在肩头时，他们才意识到自己要承担的是什么。好在年轻人争强好胜，谁也不愿意被人看扁了。虽然四个人抬的时间一长，难免被杠子磨破了肩，压得喘不过气来，但是却都在咬牙坚持着。车大寒跟在这些年轻人身边，很快就被他们顽强的毅力感染了。他是真的没想到两家峪人竟然有这样的韧劲。

由于承担着信使的角色，也是最早展现在人们面前的社火，平头桌子一般抬的都是历朝历代的名臣名将，比干、魏徵、包公、于成龙、卫青、霍去病、岳飞、杨家将、狄青……都是平头桌子经常抬的名目。当然了，也有装社火的对三国十分痴迷，抬出来的都是三国名人。关于平头桌子抬的这些名目，车大寒大致想过。除了有用这些名臣名将祭祀神明的意思，再就是端正社会风气，教化村民了。

想象一下，这些平头桌子每被抬出来一回，就会吸引无数小孩子的目光，这就是一种"身教"——用行动在告诉两家峪的后辈娃娃们，要想名留千古就得向这些为国家、为社会做过贡献的人学习。

除了白天的平头桌子，初十晚上各个社火局还耍了狮子龙灯和地艺。

这些活动相比平头桌子就自由、单纯得多了，既不分谁先谁后，也不用太考虑教化意义，只要好玩，让人眼前一亮，就可以整出来。因为它们的目的只有一个，为正月十五的大耍预热，营造氛围。两家峪人有个讲究，但凡狮子龙灯和地艺从自家门前经过的时候，条件好点的人家都放一挂鞭炮。这叫"凑兴"，为的是绕着全村转的队伍，能在自家门前停留片刻，做出一两样表演。

　　狮子自然是北狮子，北狮子耍得好同样能爬天梯、跃高台、夺绣球，做出无数惊险刺激的动作。龙就是大家都熟悉的舞长龙，但是两家峪的龙跟别的地方的龙不一样，它会吐火。华夏人以龙为图腾，在表演队伍里最受欢迎的从来都是龙。相应地，如果舞龙的人把龙舞砸了，承担的后果也最为严重。

　　最后是地艺，地艺就是各种化了妆的搞怪和杂耍。两家峪的地艺种类相当繁多。除了传统名目踩高跷、跑旱船、鹬蚌相争、刘海戏蟾，还有水火流星、喷火、扭秧歌、阎王索命、懒婆娘等莫名其妙，看不起来格格不入，又完美地融合到了一起的表演。

　　作为秦富海的助理，车大寒就在全程跟进着这些活动。从他们的创意、装扮到游村表演，再到最后的卸妆回家，他都看在眼里，印在了心里。社火自有它的魅力，只要你走近，它就能彻底征服你，这是车大寒最大的收获。

　　"大河，不好了，出事了！"

　　车大寒正打算回社火总局，却听到有人在背后，急火火地喊了他一声。

第 24 章　春天

是秦富海出事了，具体出事的原因却有些说不清。

车大寒赶回社火总局的时候，原先围了一屋子的人已经散得差不多了，只剩齐望海还站在床榻跟前，不肯离去。

"二伯，您这是怎么了？"看着秦富海那张由于痛苦而变得格外苍白的脸，车大寒隐隐感到自己所有的猜测似乎都得到了证实。

"没有啥，忙乱得忘了吃晌午饭了。"

听到车大寒的问话，秦富海紧闭的双眼立刻睁开了，并且挣扎着想要坐起来，却被车大寒给按回了床上。

"哪里是忘记吃午饭了，你明明是……"不等车大寒再问，齐望海语带埋怨地插了一句。然而，不等他把话说完，立刻看到秦富海正用他那双布满血丝的眼睛瞪着自己。"反正不是因为吃饭。"齐望海小声嘀咕，咽下了嘴边的话，把头转向了别处。

"我真的没有啥，你放心。"秦富海望着车大寒说，眼神里有让车大寒宽心的意思，还有几分让他不要再刨根问底的央求。

车大寒盯着秦富海看了半天，最后叹息了一声："从明天开始，我要提醒你吃午饭呢，你是咱村的社火头，不能在这个时候出岔子。"

"你放心，我睡一觉就好了。"秦富海淡淡地说，缓缓地闭上了眼睛。"大河，我累了，你跟望海走吧。"过了半天，他又说。

车大寒和齐望海对视了一眼，拉灭了房间的灯，相跟着走出了卧房。"望海，你等一下。"在齐望海即将走出社火局的时候，车大寒叫住了他。齐望海犹豫了一下，停下了脚步。

初十的月亮已经亮了一多半，看起来就像极力想要睁圆的眼睛。就在这只清冷而又孤独的"眼睛"底下，车大寒望着天边闪烁不定的繁星，幽幽地问："二伯的身体是不是有了大毛病？"

"你看呢？"齐望海没有正面回答，却反问说，"好好的人能突然晕倒？好好的人能疼成那个样子？"

秦富海晕倒的时候车大寒并没有在现场，他到底有多么的痛苦，车大寒只能靠想象去感受。但是通过齐望海这话，车大寒已然知道秦富海病了,得了大病,而且还很有可能是不治之症。

"天哪,为什么要选择这个时间点让二伯得病,就不能在今年社火大耍结束后,再让他接受如此残酷的命运吗?!"

心里虽然有所准备,车大寒还是无法淡然处之。他突然明白了秦富海为什么如此急迫地想让他接任两家峪的社火头,为什么一意孤行,非要大家放弃蹦蹦车驮运,改为肩扛手抬这种古老的方式去抬社火,还有自己的婚姻问题,秦富海也很想要一个结果……"二伯这是在和时间赛跑,想把所有能了却的心愿全部了却了啊。"

"以后少气二伯,比啥都强。"

丢下这句话,齐望海身子一拧,消失在了夜色里。

此后,很长时间里车大寒都呆呆地站在社火局院子里。他很想把放在自己堂屋里的那面牛皮大鼓抬出来狠狠地捶打。可是他答应过曹道士,不到正月十五绝对不会敲击第一下。没了鼓,车大寒就是褪了毛的公鸡,所有的郁闷、愤恨只能藏在心里,根本无法宣泄出来。

到最后,车大寒在一片寂静中,死死盯着半空中的那只"眼睛"。他把它真的看成了天地的眼睛,他想问问老天爷到底是怎么打算的,到底为什么要折磨如此善良、多才、有担当的老人?

然而,除了早春时节刺骨的寒意,和突然从脚底下蹿起来的冷风,天地再也不给他任何响应。

此后几天,各个社火局按照既定的门路,分别抬了十桌平头桌子,分别祭祀了一座神庙,每天晚上依旧有热闹的狮子龙灯和地艺表演。并且随着正月十五的临近,耍社火的氛围一再逼近高潮。

秦富海实在是个刚强的汉子,他说到做到,第二天一大早就从床榻上爬了起来,还像以往一样忙忙碌碌,看到什么事情不顺心意,立刻红着脸吼两声。车大寒原本打算拦住老人,不让他如此操劳,可是一想到这也许是秦富海人生中最后一次为热爱的事业奔走、忙碌,渐渐打消了想要劝说他的念头。

正月十五,依旧是个晴好的天气。杨树、柳树开始发青,远远地望出去,还能望见田埂上开出了几朵不知名的小瓣黄花。空气中再无寒意,取而代之的是一股淡淡的甜,以及从泥土中涌出来的清香。厚重的棉衣总显得束手束脚,实在没办法穿在身上了,人们开始换上洋气的夹克,或者直接露出了在棉衣底下穿了一冬的毛衣。

春天,曾经以为十分遥远的春天,就这么彻彻底底地到来了。

随着一阵急促而又有些得意的鞭炮声响起，第一桌社火从东社火局抬了出来。当然了，为了给本社的社火助威，在东社火局门前的村道上，锣鼓队、彩旗队、秧歌队已经闹腾了半天了。这时候社火一抬出来，锣鼓敲打得就更凶了，扭秧歌的媳妇、大娘同样格外地卖力。打彩旗的大多是未出阁的姑娘和新嫁过来的小媳妇，这些年轻人站在方阵里原本不住地拉着闲话，卖着眼，这时候也立即挺直了腰杆，收起了笑，把自己由一个闲散人员，变成了肃穆的旗手。

两家峪的老村道十分有特色，按照老一辈人的说法是一把剪刀。作为社火下场子大耍的前奏，五个社火局的社火抬出门后，必须沿着这把"剪刀"游上一圈，才能进入社火大耍的场地——村中心的老戏楼跟前。东村的社火出了社火局，很快形成了一个由锣鼓队、秧歌队、仪仗队、社火队，以及前前后后奔跑不停的开路队伍组成的游街队伍。这个队伍里锣鼓队一身明黄，秧歌队大红大绿，彩旗队五颜六色，开路队的小伙子就像好几团明灿灿的火焰，不住地来回滚动着……

早春时节略显苍白的两家峪，就这么有了颜色。

"走了，陪我在村里转转！"何倩把秦梅从她家院子里拽了出来，她要趁着这个喜庆的日子，和秦梅结着伴在两家峪各处转悠，除了看热闹，她还要让两家峪人好好地看一看，评一评到底谁更漂亮。

第 25 章　蛾子

秦梅对社火虽然没有车大寒等人那么狂热，但是作为乡情的一部分，她还是有着天然的喜爱。被何倩拉着在路边看完东社火局的社火，她便想随着人流往老戏楼跟前走。

两家峪的这座老戏楼据说是清代道光年间修建的，早就像西京城的钟楼一样，成了全村的标志性建筑。村里之所以把社火大耍的场子设在老戏楼跟前，除了场地原因，还有夸耀老戏楼的意思。

"哎，梅梅姐，别着急啊。"何倩再次一把拉住了秦梅，然后，像最亲密的小姐妹一样挽住了秦梅的手臂，"咱们去社火局看看吧，我还没见过装社火呢。"

听到何倩叫自己梅梅姐，秦梅忍不住笑了出来。"你就不怕我妈听见了跟你吵架啊？"秦梅笑着说。在秦梅娘无孔不入的监督、抗议下，何倩终于不敢当着她的面，把秦梅叫姐了。

"不怕，我就想叫你梅梅姐。"何倩说得很认真，不过，马上"咯咯"地笑了起来，"我刚才看见你娘了，她正扭秧歌呢，哪有工夫管我们，再说了，今天村里吵嚷成了这个样子，她不可能听到……"

"谁说的，我盯着你们呢，你再乱叫，看我不收拾你！"

何倩的话还没说完，身后突然传来了秦梅娘的吼声，吓得她赶忙把脖子一缩，拉着秦梅就跑。

两个人不知道跑了多长时间，竟然跑到了东社火局门前。社火一抬走，整条街道都安静了下来，除了一个看场子、抽旱烟的老汉，再也看不到别人了。何倩一看社火局没人，拉着秦梅就要往别处走。秦梅却走进了老汉所在的彩棚里。这样的彩棚一般搭在各个社火局正门一侧，也就是出社火的门洞旁边。面积不过一间房大小，却挂满了字画。当然了，这些字画都是一社人的创作或者收藏。

两家峪虽然地方偏远，可也是能数得上来的文墨之乡。各个社火局之所以把书画展览出来，除了供看热闹的人参观，还有警醒子孙的作用——两家峪的文脉可不能在你们手里断了啊！然而，秦梅在充满旱烟味的彩棚里徜徉、浏览，却并不是为了文脉，而是想从书画主题和元素中窥探村民们的思考和盼望。

"绿水青山就是金山银山"从2005年到现在已经提了7年了，在这7年里无数个环境治理项目作为典型案例，在新闻里、电视节目里轮番报道。秦梅有充足的理由相信，经过7年的熏陶、感染，与生态环境和谐共处的发展理念，已经深入了两家峪人的心灵深处。她看的是字画，关注的却是两家峪人思想观念的变化。

"梅梅姐，你发现了没有，你们两家峪人非常喜欢小桥流水，可那是南方人的生活啊，要我说你们就应该多画画巍峨的秦岭，多写写与塬啊、川道啊、峪口啊什么的有关的诗词，这才是你们的生活，不能这么不切实际，要多低头看看脚下的黄土地呢。"何倩站在一幅画作前有些感慨地说。她虽然有些心直口快，但这却是她最真实的感受。

"你知道个啥，在我年轻的时候，两家峪就是个小桥流水的地方，我们画的不是南方，是我们这儿以前的样子，还有这诗写得多好啊，'稻花香里说丰年，听取蛙声一片'，我们两家峪的稻田，还有青蛙，在十里八乡都是出了名的⋯⋯"听何倩那么说，看场子的老汉立刻不答应了，他在屁股底下木凳子的横档上磕了磕烟袋锅，激动地说了起来。

突然间被一名陌生老汉撑了这么几句，何倩的脸很快红了。她恨只恨自己没有提前做足功课。另外，老汉这么一说，也让她看到了两家峪的另一面。原来这个地方曾经这么美啊。

"大河哥不在这里，咱们走吧。"耐着性子听老汉说完，何倩扯了扯秦梅的衣角，一不小心把自己的真实目的说了出来。事实上，她之所以要拉着秦梅在几个社火局转悠，就是想碰到车大寒，然后，当着他和其他人的面展现自己最美好的一面，把秦梅彻彻底底地比下去。然而，到现在，何倩的目的都没有达到，她实在是有些急了。

"没说要找车大寒啊？"听到这句话，秦梅愣住了。

"不找不找，社火大耍马上就开始了，咱们去老戏楼跟前吧。"何倩立刻改口，拉着秦梅就走。在各个社火局找车大寒恐怕不太现实，她要去耍社火的场子守株待兔，等着车大寒出现在她们的面前。

"嘭，嘭，嘭！"

三声雷子响过，紧接着是噼里啪啦的鞭炮声。

等到鞭炮声彻底落尽，齐望海的身影出现在了临时搭建的舞台上。

"壬辰龙年正月十五，这是一个美好的日子，也是大家期待已久的日子，在这春光明媚的日子里，我们两家峪人经过3个月的筹备⋯⋯"

望着在舞台上念着稿子讲话的齐望海，何倩瞬间凌乱了。来不及了，彻底来不及了！自己3天前去做了头发，今天5点就起床化妆，还特意选了一身最显身材的衣服，为的就是把握这次机会，没想到还没来得及在人前亮相就彻底错过了……

　　"让我们用最热烈的掌声感谢王局长的致辞，接下来，请大家同时闭上眼睛，和我一起倒数五个数。"

　　舞台上的齐望海这么一说，喧闹的现场顿时安静了下来。何倩也在这突如其来的安静中，被拉回到了现实中。与此同时，她也在视线尽头，临近舞台的地方，看到了手持鼓槌的车大寒。

　　虽然只能看到半张侧脸，但是何倩还是能感受到车大寒表情的肃穆。就在人们开始倒数的时候，何倩亲眼看到阳光从天而降，从阳光里飞出来一只土黄色的蛾子。按说现在还不到惊蛰，不应该有这样的蛾子，但是何倩确实看到了，看得真真切切的。

　　这只不为众人所察觉的蛾子，在空中盘旋了片刻，很快就落在了车大寒的肩头，随后，借着一阵风，轻飘飘地落在了崭新的牛皮鼓面上。

第 26 章　斗社

锣鼓结束之后，又有秧歌表演，等到秧歌结束之后狮子、长龙、地艺又来了大会演。大会演进入尾声，真正的社火表演才正式开始了。

两家峪之所以分为南北东西中五个社火局，是因为在最早的时候，两家峪其实并不叫两家峪，而叫作五合村。五合村，顾名思义就是由南北东西中五个村子合成的一个村子。这五个村子原先也各有一个社火局，就是两家峪现如今五个社火局的前身。

社火大耍还有个名字叫"斗社"，就是这五个村的社火相互斗美，看看谁才是这一年的"社火王"。成为社火王的村子将获得一项特权——未来一年里，该村的社火局就是五合村的社火总局。自然来年的社火表演怎么安排，也得听该村社火局的。相应地，这个村的人至少在一年内腰杆都是挺得最直的，脖子也是扬得最起的。至于斗败的四个村子，则灰头土脸，整整一年都觉得低人一等。

由于年代十分久远，村里人已经说不清到底是什么原因，原先的五合村变成了两家峪。总之，两家峪成村没多久，村里就有了常设的社火总局。原先作为斗社彩头的那项特权也跟着不复存在。不过两家峪人却保留下了斗社的传统。因为，正是在五个社火局争抢"社火王"的过程中，才有了社火花样的不断翻新，才让这项传统活动历久弥新。

至于"斗社"如何具体展开，那你要往老戏楼四周的五个彩棚里看，在这五个被看热闹的人围得密不透风的彩棚里，此时此刻正进行着紧张、忙乱而又略带神秘的社火重装。追着社火游街跑了一路的人应该都知道，每个社的社火抬出来的时候，是披挂整齐、上了妆、挂了戏目水牌的。然而，人们追了一路的社火，到了这会儿已经成了过眼云烟。"斗社"讲究的是临场发挥，讲究的是"藏得住，整得出"。所有的社火在后续几轮斗演中都将重新装扮，也都将令人耳目一新。

早些年的时候，为了选出优胜者，主舞台上预先挂了几十条"红"。红，是悬红的俗称，就是我们经常提到的悬赏、奖赏。关中地区从北宋年间开始，深受儒家重要学派——关学的濡染，百姓开化日久，民风再也不是孔子曾经感慨过的"虎狼"。人们在日常生活中更重视精神奖励。

受此影响，红在关中一带早就不是真金白银，而是一匹红绸，进入新社会则变成了一张绸缎被面子。按照惯例，每一轮社火斗下来，坐在主舞台上的嘉宾们都要为最出彩的社火鸣炮挂红。斗到最后，哪个社得到的红最多，自然就是当年的"社火王"。

现如今大家虽然不选"社火王"了，但是对出彩的社火鸣炮挂红却依旧很流行。只不过，为社火鸣炮挂红的对象，从坐在舞台上的乡绅名流嘉宾变成了看热闹的村民们。社火不分老少，更不分内外，谁看上哪桌社火都可以给它点赞喝彩。

"二伯，你觉得我装的那桌社火到底行不行？"车大寒站在架板上，忐忑不安地望着秦富海问。第一轮社火绕场转了一圈后，已经返回了各家的彩棚，眼看着第二轮社火就要抬出来了。在秦富海的强烈要求下，车大寒也在中社的社火里悄悄地装了一桌"西湖借伞"。

"西湖借伞"是根据秦腔名剧《白蛇传》改编的社火，讲的是蛇妖白素贞在西湖八景之一的断桥上，把雨伞借给恩公许仙的那段神话故事。一般来说，"西湖借伞"是一桌典型的"伞社火"，也就是社火桌子上立一个男孩子扮演俊俏相公许仙，再在许仙打的那把绫罗红伞上站一个女芯子娃娃，扮演白素贞。这桌社火一看"俏"，二看"巧"。"俏"当然是扮相了，除了化妆打扮，最重要的其实是选角。"巧"则考验的是装社火人的本事，不光要让看社火的人一眼就能看出社火架子上的那股巧劲儿，还要在细微处巧妙地把"恋人初见"时的羞涩感、朦胧感表现出来——当然了，这就是社火的美感。

为了增加难度，秦富海临时起意，在车大寒动手装社火的前一刻，把这桌"伞芯子"变成了"双伞芯子"。"双伞芯子"理解起来很简单，就是在许仙借来的雨伞上再立一个社火娃。从看热闹的角度讲，秦富海无疑为这桌社火增添了新的看点——稳。从技术角度看，车大寒要做到的其实是平衡，审美的平衡，重心的平衡。

经过一番忙乱后，"西湖借伞"总算是在规定的时间内装出来了。可是车大寒对自己的手艺没一点信心，他真怕自己这桌社火一抬出去，中社所有的社火都要被人下眼观瞧了。

"一辈子不剃头是个连毛子，人总要有第一次的，怕啥！"秦富海横了他一眼，忽然笑了出来，"要不然在戏目水牌旁边再挂个牌子，写上装社火的人是你车大寒，与中社无关？"

"还能这么弄，好啊，你挂。"车大寒赶忙说，要丢人就丢他一个嘛，别让全社的人都跟着他带灾。

"哼，走，出社火！"秦富海面色一沉，冷哼了一声，挥了挥手，"西湖借伞"就被四个壮小伙子抬了出去。"咱可说好啊，挂满五条红才算你通过考验，要不然你车大寒就没出师！"秦富海又说。

"这才学了几天啊，就想着出师。"齐望海在心中嘀咕，不自觉地翻了个白眼。想当初自己为了学装社火，光"看"这一项，就跟在秦富海屁股后面看了3年，更别说动手学着装了。现在车大寒才学了不到10天，秦富海就想着让他出师啊，真是敢想！

"还有个事，我跟你再说一遍，社火这东西从来就没有谁装的一说，旁人说起来只有哪一社哪一村的，你明白不？"

秦富海一脸严肃，望着车大寒说，"今天你车大寒这桌社火装砸了，中社的社火就砸了，两家峪的大耍也就是在自取其辱！"

第 27 章　记者

　　秦富海这几句话无疑给了车大寒很大的压力，以至他在彩棚里实在待不住了。为了缓解心里的焦虑和压力，车大寒开始在熙攘的人群里穿梭，极力追着自己的社火跑。

　　当然了，他也细心地捕捉着人们的每一句议论，如果有人提到"西湖借伞"四个字，或者指了指那桌社火，都会让他的神经不由自主地绷紧。幸好没追出去多远，他就听到了一名外村老汉的夸奖，这让他多少踏实了一些，浑身上下也充满了力量。

　　按说作为社火大耍的主鼓手，车大寒是没有必要，也没有闲暇来装这桌社火的。可是，看着别人装了整整五天社火，他实在心痒痒得难受。这才顺坡下驴，在秦富海的催逼下点头答应了。秦富海的话说得虽然过于吓人，但他盼车大寒出师的想法却是真的。这点车大寒心知肚明。有了老人这份盼望，车大寒也隐隐有所期待。

　　在齐望海看来车大寒似乎只跟着秦富海学了几天装社火。事实上，秦富海对车大寒的培养从自己担任两家峪社火头那一天就开始了。人们都说要学装社火一靠"看"，二靠"练"，三靠"学"。为了让车大寒看得更清，每到过年，秦富海早早地就把车大寒往回叫（六婶虽然一个人在村里生活，但对于车大寒是否回家过年却并不太在意，因此，每年催车大寒回村的也只有秦富海一个人），叫回来后更不会让他在家里闲着，经常把他按在社火局，一按就是好几天。齐望海说自己看社火看了 3 年多，车大寒这一路看下来，恐怕在 10 年以上。

　　再说练，在今天之前，车大寒虽然没有完整地装过一桌社火，但是从选社火娃到拆社火架板——耍社火过程中的每一样杂事，他几乎都干过无数遍。今天秦富海让他装"西湖借伞"，不过是把之前熟练掌握的零散手艺，拼凑到了一起，顺了一遍。

　　还有学，学并不是单纯的学习，而是开阔眼界。为了让车大寒把该学的都学到，生性寡言的秦富海不知道从啥时候开始，竟养成了絮絮叨叨的坏毛病。除了自己的说教之外，秦富海还经常给车大寒打电话，鼓励他在工作之余多到全国各地转转，多体会一下各地的民风，看看人家的民俗活动都是怎么搞的。单是在秦富海的鼓励下，车大寒就在过去几年把全国各地转了个遍。至于学到了什么，只能在往后的日子里慢慢考察，慢慢地让他往出倒了。总而言之，为了培养车大寒，秦富海已经拼尽了全力。车大寒的"西湖借伞"能不能挂满五条红，也是在考察着秦富海十多年的培养成果。

"哎，你是弄啥的？"

齐望海从人群里钻了出来，冲着一名端着相机拍照的男子喊了一声。这男子穿着有四个大兜子的军绿色背心，看起来还挺专业的。

"拍照嘛。"男子左眼紧闭，凑到相机观景窗跟前的右眼瞬间聚焦，果断按下快门。等到确定照片已经拍摄完成，他才转过头打量了齐望海一眼。"你们村的社火弄得不错嘛！"男子冲着齐望海竖起了大拇指，他显然认出了齐望海就是刚才在舞台上当主持的那个人。

"你还知道社火不错呀。"齐望海没好气地说，抬手随便指了指，"那两桌社火不值得拍吗？"

"当然值得拍啊。"男子笑笑，有些莫名其妙。

齐望海眼珠子一转，冷声问："你叫啥，到底是干啥的？"

"刘超然，《西京日报》的记者。"刘超然收起了笑，把自己的记者证掏了出来。人们都说两家峪民风淳朴，没想到还有这么厉害的人。再说了，自己拍的可是两家峪的民俗活动，是好事，如果能见报，绝对可以帮两家峪扬名，又不是卧底采访，调查什么黑作坊。眼前这人根本没有必要反应这么大啊。

"你还真的是个记者啊。"齐望海的脸色好看了一些，稍稍想了想，又问，"是谁让你来我们村的？"

"没谁啊，我本来要到太兴山去旅游，听说你们村在耍社火，就赶过来了。"刘超然淡淡地说。他说的是实情，确实是临时起意。

"你敢对老天发誓吗？"齐望海说。

"啥？"刘超然蹙起了眉毛，这人怕是有病吧。

"咋，你不敢？"齐望海似乎抓住了什么把柄，继续向前逼近。

"这有啥不敢的，我对老天发这个誓了，哈哈。"刘超然没忍住，笑得前仰后合。

静等着他的笑声落尽，齐望海向前走了一步，压低声音说："那我问你，你为啥一直对着车大寒拍个没完？"

"车大寒？"刘超然一脸茫然，他没听过这个名字。

"就是你刚才拍的那个男的。"齐望海提醒。

"噢，原来是他啊，原来他叫车大寒，名字好有特色。"刘超然抬眼在人群里找了找，很快又看到了车大寒的身影。

车大寒身量高大，身形灵动，表情又十分地丰富，简直就是人群中的一抹活色。刘超然正是被在人群中奔跑的车大寒吸引了，才抓住几个瞬间，对他拍个不停。另外，在刘超然看来，社火这种民俗活动，可看之处不仅仅在抬出来的芯子，还有群众眼里的投射，也就是参与其中的群众到底在看什么。车大寒的奔跑、驻足，脸上的焦虑、欣喜、思索，不经意间做出的小动作，都为"投射"提供了很好的素材。

"不能再拍他了，明白吗？"齐望海发出终极警告。他已经把刘超然从头到脚看了好几遍了，从刘超然的反应来看，他可能真的不认识车大寒，对着他拍照也是凑巧了。

"为什么，怎么就不能拍了，犯了谁的忌讳吗？"刘超然反问，他是真的有些生气了。西京的社会风气越来越好，人民群众的法制意识也越来越强，但是总有些人试图干涉记者的采访自由。

"你咋是个这，听不懂人话嘛！不让拍就是不让拍，有啥好给你解释的？"齐望海顿时急了。遇到这么轴的记者，他也是服了。难道要他跟记者明说，不让拍车大寒，就是为了防止记者带节奏，影响看热闹人的判断，从而让车大寒的"西湖借伞"顺利挂满五条红啊！

第 28 章 非遗

"刘超然，刘大记者，咋是你啊！"

不等齐望海再纠缠下去，两人身后忽然传来了何倩的声音。

何倩被高远甩了还没过多久，要是放在一般人身上，她肯定要绕着高远工作单位的人——《西京日报》的记者们走的。可是她偏不这样，她要用自己的笑容和热情，让高远的同事们向他转告：没了你，我何倩活得更潇洒、更滋润！

"没错，就是我。"看到何倩，刘超然立刻有了笑脸。何倩跟大才子高远的恋情在《西京日报》几乎没有人不知道。刘超然虽然和高远只是一般同事，但是他跟何倩也是见过几回面的。

"这位大美女是？"刘超然看着被何倩挽着手臂的秦梅问。

"你连她都不认识啊，你还在西京搞新闻啊，好好想想，咱西京最漂亮的女企业家是谁？"何倩笑着说，就是不肯直接介绍秦梅。

"你是，你是……秦润生物的秦梅秦总呀，哎呀，看我这眼睛，以前见你穿的都是职业装，没想到你穿休闲装更漂亮，哈哈。"刘超然用响亮的笑声掩饰着自己的尴尬。他以前哪里见过秦梅啊，最多只不过是在关于秦梅的采访报道里看过她的照片。

"早就不是什么秦总了，刘大记者，你叫我秦梅就好。"秦梅微笑着说。随后，她的目光落在了齐望海脸上，"望海，你们这是，不会有什么误会吧？"

"没有什么误会，刘记者来咱村采访，我陪陪他。"齐望海表情尴尬地说。眼前这两个女人都跟车大寒有瓜葛。他刚才阻止刘超然拍车大寒的事情，让谁知道都行，就是不能让这俩女的知道。

"刘记者，那咱们去别处看看？"担心刘超然把实情说出来，齐望海赶忙说，说完，巴巴地望着刘超然。

"行，那咱去别处看看。"刘超然是个聪明人，他虽然不知道何倩两人跟车大寒的关系，但是从齐望海急于掩饰的神情里还是读到了很多信息。"两位美女，咱们有缘再见。"刘超然望着何倩两人笑笑，跟着齐望海挤向了别处。

"哎呀，真是的……"

刘超然离开了半天，何倩突然在自己脑门上拍了一下，原来她还没来得及炫耀自己过得有多么好呢，就让刘超然溜走了。

社火大耍还在继续，随着日头的升高，十里八乡前来看热闹的人是越来越多。不光是村道上，广场里，就连老戏楼跟前的房上、树上都站满了人。被太阳晒的时间一长，人们不自觉地脱了好几层衣裳。

锣鼓声、笑声一刻也没停歇，鞭炮声更是此起彼伏。设计精巧，妆扮迎人的"西湖借伞"在场子里只游了不到半圈，就已经挂上了七条红。车大寒心里彻底踏实了。他终于对得起秦富海十多年的培养，顺利出师了。又跟着社火跑了一阵，他就悄悄地走进了总局的彩棚。秦富海已经回到了这里，他想听听秦富海会说些什么。

"大河，你看看这是啥。"在车大寒开口之前，秦富海把一份揉得皱巴巴的报纸递给了他。车大寒拿起报纸一眼就看到了醒目的标题《省第三批非物质文化遗产名录新鲜出炉》。

非物质文化遗产就是对全国各族人民世代流传下来的传统文化活动及相关场所的官方叫法。车大寒对这个概念还是了解的。而眼前这个名录，应该就是省政府打算予以保护的第三批非物质文化遗产。

"这是去年六月的新闻，那时候你还在浦江，估计没关注过这事。"车大寒翻看报纸的同时，秦富海幽幽地讲了起来。彩棚里的人都出去看热闹了，此时此刻，只有他们爷俩。在外面锣鼓喧天、鞭炮齐鸣的反衬下，彩棚里有些过于安静、冷清了。

"是，今天我才知道。"车大寒看完政府的发布通知，直接翻到民俗模块看了起来。社火就是一种民俗活动啊。

"前几年我就听人说过政府要保护老古董呢，只是那时候咱的社火还没起来，根本拿不出手，直到去年，我又动了这个心思。"秦富海说话的声音很轻，有些和车大寒说悄悄话的意思。

"那咱就申报，争取能在下一批里出现。"车大寒不假思索地说。他在目录里看到好几个庙会，人家的庙会都可以，两家峪流传了一千多年的社火怎么可能不行呢。

"还不是时候。"秦富海摆了摆手，叹息了一声："咱的社火也就在方圆30里的农村还有些影响，你到了西京，出了关中，谁知道你是个啥呀？所以，我才想着把咱的手艺齐齐整整地码放出来，让别人，让咱自己都好好地看一看，掂量掂量，咱到底够不够格。"

"人常说酒香也怕巷子深，咱确实应该好好提升一下两家峪社火的影响力呢，就像我在……"

"有些话我不说，你恐怕也猜出来了。"秦富海抬了抬手，话锋一转，眼神跟着暗淡了下来，"二伯的身子骨不行咧，今年能把咱的家当给你娃码齐，摆出来已经尽了全力了。"

"二伯，再别胡说了，你的身体好着呢，咱肯定能……"车大寒顿时动了感情。这些年秦富海待他就像亲生儿子一样，并且在母亲过世后，整个两家峪和他最亲近的人也只剩下了秦富海。

另外，老人家刚强了一辈子，能把这样的话说出口，真有种向命运屈服的滋味，也让车大寒听起来，感到十分不痛快。事实上，任何人面对命运的嘲弄，都有低头的时候。

"有些事情不是你想怎么样就怎么样的。"秦富海嘴角浮起苦涩的笑，望着彩棚外的喧闹，喃喃地说，"二伯知道你对社火的兴趣不大，但是你想过没有，作为两家峪人，你肩膀头上也有责任呢。"

"二伯，我……"见秦富海又要提让他担任社火头的事，车大寒立刻警觉了起来。他并不是想逃避责任，而是人总有选择生活的自由。

"从我退休，你上高中开始算起，到今年，整整15年了，二伯花了15年时间啊，你难道要让我所有的付出都打了水漂，你难道要眼睁睁看着两家峪的社火断了传承？"

秦富海眼眶泛红，让人实在不忍心多看一眼。

"人死后如果真的在天有灵，二伯唯一的盼望就是能在天上看到咱两家峪的社火，也写进这份名录里……"

第 29 章　邀请

"二伯，你刚才说的我都听见了。"

秦富海的话音还没落尽，齐望海的身影出现在了彩棚门口。

"我，我只想问你一句，这个社火头，你是铁了心要让车大寒当吗？"齐望海表情非常复杂，在看了秦富海一眼后，还是鼓起勇气，把想问的问了出来。

"哎，你们都在呀，大河，你装的那桌社火不错嘛，叫我说绝对是拔了尖了……"

就在这个当口，社火绕场游完一圈，返回来了，社火局的人呼啦啦全部涌进了彩棚，要对车大寒表示祝贺。

"都出去吧，我想和望海聊几句。"

不等来人把话说完，秦富海摆了摆手，打断了他。众人看到秦富海脸色不对，相互使了个眼色，全部退了出去。

"大河，你也出去吧。"秦富海又对车大寒说。

车大寒看了看呆愣愣站在原地，眼睛发瓷的齐望海，欲言又止，最后叹息了一声，也走了出去。

此后，彩棚里就只剩下秦富海和齐望海两个人。

据说两人一直谈到大耍结束，才同时走出了彩棚。至于他们具体谈了些什么，到现在也没人知道。秦富海早就化作了八里塬上的一抔黄土，齐望海遇到这个问题，总是支支吾吾，不停地转移话题……

这事到最后成了两家峪一个永远都解不开的谜。

刘超然返回西京后没过多久，《西京日报》就开辟出整整一个版面报道了两家峪社火大耍的盛况。并且还在该版面最醒目的位置，印上了这样一句话：城南第一村地杰人灵，追慕古风，抬出了真正的社火！这句话一印出来，两家峪就有了"城南第一村"的美誉，并且一直叫到了现在。还有"真正的社火"这五个字，简直把两家峪的社火抬举到了很高的位置。虽然秦富海看到这五个字，一个劲儿地摇头。但是他的"社火复古运动"无疑取得了巨大的成功。

另外，在这篇报道里刘超然还是放了一张车大寒的抓拍。抓拍住的这一瞬间，站在人群中的车大寒蓦然回首，眼神中有难掩的窃喜，也有几丝忐忑。让人看的时候总觉得这眼里一定有很多故事。

照片虽然没有指名道姓地点出这人就是车大寒，可是报道一刊发出来，车大寒就成了方圆30里的名人。当然了，那些被刘超然用相机定格下来的芯子，也成了一份珍贵的资料，和两家峪人永恒的记忆。可以说，在这篇报道的推波助澜下，两家峪社火在那一年以一种前所未有的磅礴气势，攀上了一个小高峰。

"喂，你好，请问你是两家峪的齐望海齐先生吗？"

大耍过了半个月后，齐望海突然接到了一通陌生电话，打电话的人十分客气，听起来似乎有求于他。要是放在以往，齐望海一定要端一端，拿出"土秀才"应有的高姿态。可是，在他坐的那张椅子的斜对面，秦富海病歪歪地靠在床头，让他实在没了端一端的心情。

"我就是齐望海，有啥事，你说。"出于礼貌齐望海问了一句。如果这人没啥要紧事的话，他就要挂电话了。

"我是咱芙蓉园的老徐啊，我们想在今年四月搞个民俗游园活动，不知道你们村的社火队有没有时间？"负责芙蓉园演艺策划的徐清远说。芙蓉园的位置在西京的曲城新区，是在隋代芙蓉园和唐代曲江皇家园林遗址上复原、重建起来的隋唐苑囿。不光在西京，在全国各地都很有名气。而西京才子徐清远的名气更不亚于芙蓉园。早在成为芙蓉园演艺总策划之前，他就是著名的作曲家、词人、文化学者。在西京市一提到芙蓉园的老徐，大家都知道是徐清远。

"原来是徐老师啊。"齐望海有些受宠若惊。徐清远的大名他早就听过，简直如雷贯耳。在震惊中，他竟然没意识到这是徐清远亲自打来电话，向两家峪社火局发出了表演邀请。

"怎么样，小齐，有没有空来芙蓉园表演真正的社火，让咱西京市民和全国各地的游客们开开眼？"徐清远再次问。他显然是看了《西京日报》的那篇报道，才动了邀请两家峪人表演社火的念头。另外，对于齐望海的反应，徐清远早就习惯了。其实在徐清远看来，他就是芙蓉园普通的工作人员，至于那些虚名头衔，都不值得一提。

"有，肯定有，你等一下，我让我二伯给你说。"在这样的情形下，齐望海的脑子根本就不转，他先是不假思索地应承了下来，随后，才想到真正拿事的人是社火头秦富海。

秦富海最揪心的就是两家峪的社火耍不开，只能在农村，在方圆30

里内有些小名气,并且还不无遗憾地认为,如果长此以往,两家峪社火要写入省非物质文化遗产名录,势必会成为一种梦想和奢望。不过,现在好了,芙蓉园——两家峪先人曾经扬过名的地方,再次向他们抛出了橄榄枝。如果历史可以重演,又或者先人们真的在天上看着自己的后人,那么,这次的进城表演,绝对是两家峪社火在名气和影响力上突飞猛进的绝佳机会,金贵的机会,必须好好把握的机会!

"去,把大河叫来。"

挂断电话后,秦富海突然坐正了身子。

"你让我叫?"齐望海显然不情愿。

"咋,你俩老死不相往来了?我跟你说,不管咋样,你都得跟大河搞好关系,去,叫人!"秦富海板着脸说。

齐望海还想再说些什么,但看到秦富海那张在短时间内急速、严重塌陷,呈现出一种不健康的蜡黄色的面庞,立刻咽了下去。回想起来,这是他唯一一次不是因为惧怕秦富海的威严,做出的妥协。

20多分钟后,齐望海和车大寒并排站在了秦富海的床前。

"望海嫌我不公平,大河你又不愿意挑担子,这样吧,咱们立个规矩,这回去芙蓉园表演,全村的人任凭你们挑,你们两个各带一支社火队,分别表演,谁为咱两家峪争了光,这社火头就是谁的。"

秦富海表情严肃地说。听到这句话齐望海的眼睛立刻就亮了,他是实在没想到已经成定局的事情,竟然还有翻盘的机会。而车大寒的表情则相当复杂。社和,社和,这不是要让两家峪人相互拆台吗?

"二伯,这规矩不合适,我不同意你的方案。"

车大寒深吸一口气说。

第30章 三十六哭

"有啥不合适的，比一比，心服口服嘛。"秦富海说。

"不用比了，望海想干社火头，我全力支持他。"车大寒表情郑重，接着又说，"包括这次去芙蓉园表演，我都会给他打好下手的。"

"你这又说的啥话，难道要我……不要再撂挑子了，就按我说的吧。"秦富海实在拿车大寒没有办法了，只好来硬的。

谁知道车大寒今天铁了心了。

"二伯，咱要是派出两支社火队会让人笑话的，社火不是耍的社和嘛，咱这两支社火队一出村，就没了和字，和字都没有了，咱还耍的啥？"车大寒看着秦富海那张病入膏肓的脸，心里同样不是滋味，但是该说的话他还是要说。他不能眼看着秦富海在人生的最后时刻犯下这么大的错误。

"我的态度很明确，要么咱推了这次表演，要么咱只安排一支社火队外出表演。"车大寒咬紧后槽牙，把话说完，然后，望着秦富海一脸的倔强。

"娃呀，你咋就不明白我的苦心呢……咳咳，咳咳，你听我说……"秦富海眼睛一瞪，还没把火发出来，就剧烈地咳嗽了起来，"你跟望海谁都离不开谁，你俩都得去呢！"

其实秦富海想说的是，车大寒的翅膀还没硬呢，根本离不开齐望海，只有找个理由让齐望海跟着去了，芙蓉园的表演才能取得成功。只是这层意思，当着齐望海的面他实在说不出来。

另外，秦富海对自己充满了恨意，他恨自己的身子骨实在不争气，为什么在这么关键的时候，却下不了床了。要不然由他这个老将帮一帮车大寒，根本就不用玩这些弯弯绕。

"二伯，二伯！"齐望海叫了秦富海两声，眼泪瞬间落了下来。秦富海对车大寒的这份苦心，车大寒能不能感受到，他不知道，但是这份苦心，却让他感到极度寒心的同时，深深地为其动容。

秦腔经典折子戏《诸葛祭灯》里有这么两句，齐望海最熟悉不过："为江山我也曾南征北战……为江山我也曾六出祁山，为江山我也曾西城

弄险，为江山把亮的心血熬干……"

此时此刻，秦富海难道不是两家峪的诸葛武侯？齐望海望着在车大寒搀扶下，重新靠在床头仍旧咳嗽不止的秦富海，忽然释然了。"不是二伯心偏，而是二伯太认死理了。二伯要的不是我齐望海，也不是他车大寒，他要的是能把两家峪社火传承下去的那个人。当然了，二伯也曾经给过我齐望海不少的机会，可是我都没有把握住……是我没本事，没本事啊！"

齐望海心里翻江倒海，却又从未有如此之清醒。

"社火头我不想了，从今往后再也不想了。"齐望海流着眼泪说，看到秦富海听到这句话咳嗽得更厉害了，立刻表态，"往后的事情往后再说，咱先把眼目前的事情弄好，你放心，我齐望海拍着胸脯向你保证，这回芙蓉园的表演，我绝对会尽心尽力地帮车大寒的。"

丢下这句话，齐望海身子一拧，走出了房间。

秦富海望着齐望海离去的身影，两滴浑浊的泪水无声地淌了下来。齐望海对社火的热爱他看在眼里，对他的那份敬重、爱戴他也看在眼里，但是，他不能因为齐望海有苦劳、有热情，听他的话，就把两家峪的担子压到他的肩膀头上。

其实，秦富海的心也软过，他也想过大河既然不愿意，索性让望海干了算了。可是，望海干了的后果会怎么样呢？最好的情况也不过让两家峪的社火原地踏步走。而大河就不一样了，他有齐望海身上最缺乏的眼光、心胸和魄力。不管车大寒现在愿不愿意，两家峪的社火只有交到他手上，才有希望爬到更高的台阶，才能更好地传承下去。

秦富海的心硬了又硬，可是对齐望海的那份亏欠始终萦绕在他的心头。"下辈子吧，下辈子二伯早早地调教你，一定要把你也调教出一身灵气……"秦富海默默地想，视线渐渐变得模糊不清。

三月底，两家峪社火队进城那天，突然下起了毛毛雨。

除了车大寒和齐望海，所有人脸上都洋溢着幸福、兴奋、幸运的表情。有些嘴巴闲不住的，叽叽咕咕，一路上都在东拉西扯地闲谝着。

"王好比轩辕皇帝哭仓圣，又好比尧舜哭众生。禹王也曾哭水洪，汤王爷家哭五更……"突然间，齐望海开腔唱了起来。他唱的是秦腔《下河东》的经典唱段。这段戏又有"三十六哭"一说。唱腔激昂，唱词悲凉，把从上古年月到北宋初期的名将名相全部哭了一遍。听得一车厢的人很快全部安静了下来。

齐望海之所以要唱如此悲凉的戏，是他憋得难受，实在放心不下秦富海。就在昨天晚上，秦富海被救护车拉进了西京第一人民医院。到现在究竟是个啥情况，谁也不清楚。

事实上，昨天晚上他和车大寒也闹着要去医院陪床的，可是，戴着氧气罩，意识已经有些模糊的秦富海始终死死地盯着他们。让他们最终放弃了陪床的打算。进城表演的日子，秦富海也知道，他死死盯着齐望海两人，就是想告诉他们不要为了一个将死之人，影响了大事。

有人曾经说过，心里越悲凉的人笑起来越发的灿烂。在芙蓉园演出期间齐望海就一直是这种状态。他逢人就笑，笑得又夸张又做作。车大寒则完全相反，他不仅不笑，反而一直板着一张脸，就好像秦富海的那张老脸换到了他的脸上一样。

为了不影响社火队的表演，在秦富海的反复叮嘱下，秦家人把秦富海的病情捂得死死的。全村人无论谁打听始终只有一句话：人好多了，在城里将养着呢。可是，谁都能从二婶的脸上看出她心里的难过。那种难过绝对不是因为老头子的病情，而是发生了更令她悲伤的事。

4月25日，那天也飘着毛毛雨。

车大寒前脚刚带着社火队回了村，秦富海的骨灰盒就被秦家老大抱了回来。事实上，秦富海在住进医院的第二天人就没了。两家峪人讲究入土为安，为了不影响社火表演，秦富海在回光返照那会儿特意留下遗嘱：自己死后，就近火化，等社火表演结束再回村下葬。

第31章　族谱

秦富海入土的时候，全村没有不难过的，就连十里八乡的人听到了这个噩耗，也成群结队赶了过来。虽然只有一个骨灰盒，人们还是扶着白龙灵车哭了一路，一直把秦富海送到了八里塬上。就在这天晚上，大概是后半夜2点，社火总局的院子里突然响起了鼓声，这鼓声一听就是两家峪的路数，可是人人听了，竟生出了无尽的恓惶。人常说黄土年年埋故人，这鼓声怕是见证了无数故人化作了黄土。当然了，两家峪的生生不息，也在这鼓声里。

秦富海一死，车大寒就是再不愿意也成了两家峪的社火头。最最关键的是他不能让秦富海遗憾九泉，他还得带着两家峪人，把社火申请非物质文化遗产这事做成呢。

那天晚上的鼓就是车大寒敲的。白天他也哭了一路，可是总觉得只是用眼泪根本无法宣泄自己的哀伤。因此，到了后半夜他翻身而起，用鼓又送了老人一程。

秦富海临终前最大的担心就是两家峪的社火名气不响。经过在芙蓉园的那几天表演，车大寒相信两家峪的社火已经打出了一些名气。游园的观众买不买账还不好说，至少两家峪的社火队在演出的过程中得到了著名文化学者徐清远的无数次夸赞，并且在演出结束后，还捧回了芙蓉园官方颁发的最佳民俗表演奖。这个奖不是留念或者感谢性质的，而是比出来的。受邀参加游园活动的表演队伍一共有52支，只有两家峪社火获得了该项殊荣。

车大寒现在基本上就住在了社火总局那座由四间毛坯房和两堵墙围成的院子里。搬来的时候，他是受到了秦富海的催逼，为了避嫌，现在倒有种不把社火申遗弄好，就不搬走的意思了。何倩来社火局闹了好几回，还威胁说车大寒要再这么住下去，她也要搬过来。车大寒对此反应平淡，还劝何倩腿伤要是养好了，就尽快离开两家峪。何倩留在两家峪哪里是为了养伤啊，她见闹不过车大寒，也就不再闹了。只是每到饭点她都会给车大寒送饭，大概过个三五天就来社火总局打扫打扫卫生，顺手把脏衣服带回去。

事实上，在不耍社火的日子里，车大寒待在社火总局，并不是无事可干。秦富海下葬第二天，秦家老大就和他的小儿子抬了一口木箱子过来了。车大寒打开后，发现是秦富海这些年搜集、整理的有关两家峪社火的资料。这些资料翔实、庞杂，有些是两家峪社火的历史变迁，有些是对装社火中的某项技艺的探讨，还有不少老一辈社火人的生平事迹，当然了，最多的还是秦富海的日记和所思所想。

"这箱子我爸看得很严，就连开箱子的钥匙都一直拴在裤带上，我们还以为里面放着值钱的家当呢，谁知道却是这些东西。"

秦家老大把儿子打发走，坐在了椅子里抽起了烟。

"我爸这人顾社火不顾儿女，在你们这些爱社火的人眼里，他是个好人、完人，在我们弟兄们看来，未必……"

尘归尘，土归土，人都没了，秦家老大就是再对他爸有意见，也没了脾气。惨淡地笑了笑，他接着说，"老汉闭上眼睛前才让我把钥匙从裤带上解了下来，那时候话都说不成了，不过我知道他的意思，箱子不是留给我们弟兄们的，而是给你的。"

既然这箱资料是留给自己的，车大寒就不能辜负秦富海的良苦用心，他要全身心地投入这箱资料里，把所有的内容吃透。可是，当车大寒真正沉浸到了那箱资料里，却发现没了秦富海，好些内容他都看不懂。文字毕竟是文字，缺乏相应的实践经历，就很难弄懂字里行间的真正含义，甚至有些段落车大寒连想象都有些困难。

他必须尽快找到一个对传统文化有深入研究的人，来帮帮他。想来想去，整个两家峪也只有齐望海有这个本事。

"望海，望海，开门啊，我是大河。"

车大寒拍打着齐望海家的红漆铁皮大门，高声呼唤。原本还有说话声的院子里，立刻陷入死一般的寂静。

在两家峪大白天就没人大门紧闭的，齐望海家更不会例外。车大寒走到门跟前之前，齐望海家的门还敞开着，院子里放的秦腔都能传出二里地，并且他们两口子还在激动地吵嚷着什么。

等到车大寒走到门跟前，两扇铁门立刻就闭了，车大寒还清晰地听到了上门闩时由于金属生锈，而发出的刺耳声响。齐望海虽然没有明说，但是不欢迎的意思已经表达得很明显了。

"我知道你在家呢，把门打开，我找你说两句话，不进院子。"车大寒皱了皱眉，又喊了起来。齐望海在芙蓉园装社火的时候就经常给车大寒甩脸子，不过，他到底是在秦富海面前拍了胸脯的，再怎么不痛快，也没让外人看出来。车大寒更是对他能忍则忍，能让则让，只要不影响表演社火的大局，他连一句多余的话都没有。

　　现在齐望海让车大寒吃闭门羹，就说明他还是没法接受自己没有担任社火头的现实。车大寒对此心知肚明，他今天来除了想求齐望海帮忙研究那些资料，还打算把话往开了说。二伯都没了，他们两邻再因为社火头的事情这么闹下去，会让人笑话的。

　　"咱俩没有话说，你赶紧走，我不想见你。"

　　齐望海终于在门里接了一句。

　　"今天我可以走，往后呢，咱俩永远不打照面啊？"车大寒在门外问，等了等，见齐望海不说话，又说，"二伯给咱哥俩留了一箱子社火资料呢，你就不想看看有些啥？"

　　"不看，从今往后我跟社火一刀两断了，我要修族谱呀！"齐望海提高声音说。他这话似乎不单是给车大寒说的，更多的好像在做着一项伟大的宣言。就好像他齐望海从今天开始要脱胎换骨了一样。

　　"你快别羞先人（关中方言，骂人话，羞辱祖先的意思）咧，还修族谱呀，我要是你就赶紧把门打开，让大河进来，好好的两邻，让你处成厌咧！"齐望海的话音刚落，他媳妇彩芹就跟着骂了起来。原来他们两口子刚才就是为了这事在吵嚷呢。

第 32 章　犟种

"我咋就不能修族谱咧，我们齐家是大门大户，我要让所有人都知道，这是有真凭实据的！"齐望海激动地说。

"齐家还大门大户呢，你这是养猪把自己也养成猪了，我嫁到你家哪天过过大门大户的日子？哎，别的不说，你家里的丫鬟呢，该不会就是我吧！"彩芹的情绪比齐望海还激动。

原先齐望海撂下自家的养殖场总往社火局跑，她就很有意见，现在他又闹着要修族谱，简直就是胡成精！这回彩芹铁了心要把他的想法在苗头阶段就踩死、踩烂！

"跟你说不清，反正我就是要修族谱。"齐望海红着脸说。

他有一点非常地好，就是媳妇再骂也不会还嘴。别人都说他那是软蛋，怕婆娘，只有齐望海知道他这是让着彩芹，对她存着感激。

两家峪从南到北，从东到西，就数齐望海家最富裕，要是有闲人在两家峪弄个财富排行榜，齐望海家绝对是排在榜首的首富。

人人都说是齐望海脑子活络，门路广，齐家才在短短几年时间里有了7位数的存款。事实上，齐家之所以能发达起来，主要是靠彩芹不分白天黑夜的操劳。齐望海对此心知肚明，他心疼媳妇，感激媳妇，早早地就把一家之主的位置悄悄地让了出来。

"你要是敢修族谱，我就休了你！"彩芹威胁说。

听到这句话齐望海顿时不说话了，呆呆地蹲在了廊檐底下。齐望海想修族谱不光是为了给老齐家正名，他更想纪念那些故去的人。秦富海的离世深深地刺痛了他，让他在悲痛之余，真切地感到人类的渺小和生命的短暂。他失眠了好一阵子，最终才萌生出了修族谱的想法。

族谱记录的是一个家族的传承，可以告诉你，我们是从哪里来的，我们的根在哪里。还可以把无数个人用血缘凝聚到一起，形成一种集体记忆。只要家族不至于绝户，家族里的人是不会被人遗忘的。

齐望海抱着这些想法，打算在有生之年，为两家峪的齐姓修一部族谱。当然了，在他的内心深处还是有盖过车大寒一头的打算。在他看来相比于社火，用生命谱写的族谱，应该流传得更久。那么，他即将要做的事情就比车大寒的社火伟大得多。

"望海，望海！"齐双全的声音突然传了进来。

彩芹翻了个白眼，直接把门打开了。齐双全气呼呼地站在门外台阶上，在他身后的街道上，不光有车大寒，还站满了伸长脖子的人。

"我已经说了多少遍了，大河就是咱两家峪的娃，你要是还把他当外人，就别再叫我二伯了。"齐双全阴沉着脸说。

社火局那些事，他管不上，也不想管，但是作为齐家的长者，教育自家的子孙怎么做人却是他的本分和义务。车大寒确实是从大河边捡回来的孩子，没错，但是齐家的子孙却不能这么看待他，尤其是不能比秦家人待他差。两家峪秦齐两姓，秦家人数稍多一些，算起来应该是全村第一大姓。但是秦家人却从来没有因为自家人多，就把齐家人看轻了。为啥？还不是齐家家风好，让人挑不出毛病。

现在齐望海这么对车大寒，齐家人就理亏了，难免让人在背后嚼舌头根子。齐双全赶过来就是想解开这个疙瘩，端正齐家的家风。

"他不是因为大河，主要是生我的气呢，他想修族谱，我不同意嘛。"彩芹赶忙说。关上门她像个母老虎，但是在外人面前却处处维护着丈夫的面子和尊严。

"望海，我说的话你听见了没有？"齐双全看了彩芹一眼，盯着齐望海问。今天齐望海不能在他面前装哑巴，得把话说清楚。

"听见了。"齐望海不情不愿地说。

"那好，你现在跟大河握个手，不管有啥事，到今儿就算翻篇了。"齐双全提议。车大寒立刻就走上了台阶，伸出了右手。

"站住，别往前走了。"

齐望海摆了摆手，站了起来，双手扶着后腰，眼睛眯了眯，"车大寒，要我跟你握手言和也可以，你得答应我一件事情呢。"

"你说。"车大寒停在了原地。他怕的就是齐望海不见他，只要齐望海肯提出条件，他就有把握把他心里那块冰化开。

"你听过廉颇吗？廉颇得罪了蔺相如，他是怎么做的，你能给我来一遍不？"齐望海看了看天，嘴角浮起了笑意。廉颇是战国时期赵国的名将，而蔺相如则是赵国的丞相。有个成语叫完璧归赵，说的就是蔺相如。蔺相如不惧秦王，为赵国立下了赫赫功劳。赵国大将廉颇在得罪了他后，直接脱了上衣，背着荆条向他请罪。

两家峪没有荆条，沟岸上却有成片的酸枣刺，齐望海这么说，意思很明白,就是让车大寒光脊背,背着酸枣刺来给他道歉呢。这个条件有多么地苛刻,齐望海比谁都清楚,他之所以故意提出来,就是想堵住齐双全的嘴,让车大寒知难而退。

"大河有啥错的?"

"全村人都知道社火头是二伯硬让他干的,他连争抢的心思都没有,错在了哪里?"

"你望海没本事,没让二伯看上,怪人家大河啥事……"

大门外很快响起了一片议论声。大家伙十分地气愤,都觉得齐望海这是觉得大河好欺负,在拿他撒气。

"大河,别招识(关中方言,搭理的意思)他了,望海愿意使性子,让他继续使!"

"谁离开谁,还活不了呢,让他活独人嘛……"

紧接着,大伙劝说起了车大寒。

齐双全听到这些议论声,差点没气得背过气去。他这一辈子花时间最多的只有两件事,一是种庄稼,二是教育齐家子孙。没想到教育来教育去,教育出齐望海这个犟种!

"走,跟二伯走。"

齐双全转过身,抓住了车大寒的手腕。他是实在不想在这里多待1分钟了。

"望海,你说的是真的?只要我负荆请罪,你就能把以前的事情全忘了?"车大寒没有跟着齐双全离开,却望着齐望海问。

第 33 章 枣刺

两天后的一个清晨,车大寒带着何倩上了八里塬,来到了沟岸边。八里塬上的沟据说是某个时代地质运动的结果。深的地方能塞下十层楼,宽的地方经常给人一种想要和站在对面沟岸上的人赛酸曲儿的冲动。不过,这沟虽然深却并不陡,从沟岸到沟底都有抹坡。

在抹坡上有蜿蜒的小路,隆起的坟头,也有勤俭的人们在坡势平缓处开出的荒地。当然了,更多的是疯长的野树、野草。车大寒要寻找的野枣树就生长在抹坡上。

只可惜经过几个月的抽枝散叶,枣树枝上已经没有了秋冬时节的干枯、萧杀。特别是原本看起来像狼牙、像钢针的枣刺,在已经长到膝盖头的野枣树上,几乎完全失去了气势。软的毫无力气,嫩的红中带绿,刺也小,根本就没在枝条上长牢,碰一碰似乎还有弹性。

车大寒用大拇指试着枣刺,心中涌起一阵失望。

"走,咱们下沟看看,要是能找到老枝就好了。"

车大寒想了想,很快有了主意。

何倩听他这么说,嘴巴立刻就噘了起来。

两家峪,齐望海家。

刘超然翻看着齐望海整理出来的资料,不自觉地笑出了声。

自从齐望海说他要修族谱,刘超然就开始帮他留意其他地方修族谱的事情。可是,从这些资料的构成来看,齐望海显然不具备修一姓族谱的能力。

"你笑啥呢,有话直说。"齐望海又不是傻子,立刻就嗅出不一样的味道了。

"咋,这些资料都不对?"齐望海试探着问。

"也不能这么说,但是有一点我必须要跟你说明,那就是要真,修族谱就是在整理一个家族的历史呢,不真实的事情,噢,我不是说我不相信你搜集到的这些材料,我是想说,咱们需要核实呢。"刘超然说得很认真,同时顾及齐望海的感受,他的话说得也很委婉。

齐望海听完,愣怔了片刻,拿起资料哗啦哗啦地翻了起来。

过了半天，他浑身的力气好像被谁抽走了一样，无力地瘫坐在了椅子里。

刘超然在他肩膀头上拍了拍，笑着说："修族谱可不是一件容易的事，在咱户县有位老先生为了给自家修族谱整整花了30年时间，把全国绝大多数省市都跑了个遍，最终在他人生的最后两年才算修完了，你这才刚刚开始，也别太受打击。"

"是啊，凡事开头难，这个道理我懂。"齐望海木木地点了点头，眼睛忽然一亮，望着刘超然问？"那老汉真的花了30年时间？"

"是啊，我们报社报道过这事，我印象很深，是真事。"

"哎呀，这可咋处（关中方言，意思和怎么办接近）呀……"齐望海嘀咕了一句，眼神更加地暗淡了。过了半天，他问，"你这回来是要采风？"

"对呀，我想把咱两家峪好好宣传一下，让外地人也知道有这么一处世外桃源，只是，你得帮我个小忙呢……"

"望海，望海在没？"

刘超然的话还没说完，院门外忽然传来了车大寒的声音。

"怎么又来了，烦不烦啊！"齐望海一脸的厌恶。

他本来想借着修族谱打个翻身仗呢，没想到这件事情不但耗时间，还比登天都难。相比来说，耍社火反倒轻巧得多。当了社火头的车大寒这个时候来找他，简直就是在提醒齐望海，他有多么的失败。齐望海本来就不想见车大寒，现在更是连答应一声都不愿意了。

"望海，在屋的话，出来一下。"

很快又传来了齐双全的声音。

齐望海立刻就有些纳闷了，这两个人怎么又搅和到了一起？

"出来，出来！"

"在屋就出来！"

"别当王八，哈哈……"

不知道为什么，齐双全喊完，原本安静的街道上竟然响起了乱嚷嚷的喊叫声、笑闹声。

"你还是出去看看吧。"

刘超然实在忍不住了。都是街坊邻居，有啥大不了的，还躲着不见人了。

"哎，烦死了！"齐望海挠了挠头，走出了偏房，走进了院子。下一秒，他彻底愣住了。车大寒挂着一根木棍，光着上身，站在门外。在车大寒的肩膀头上，身子两侧，分别有无数根野枣枝横七竖八地伸了出来。他，真的负荆请罪来了？齐望海瞪大了眼睛。

"大河，你这是干什么？我当时说的只是一句玩笑话，你何必当真呢？"

齐望海快步走到了车大寒跟前，伸手就要去解车大寒背上背的枣刺捆。

"我想跟你和解呢。"车大寒倒退了好几步，躲开了齐望海伸过来的手，一脸真诚地说，"我仔细想过，没有跟你处好关系就是我的错，为了把咱村的社火申遗弄好，我诚心诚意向你负荆请罪来了，还求你大人大量……"

"大河，你胡说什么呢！你哪有错，要错也是我的错，鼓是我扔砖头砸的，气也是我自己赌的，跟你又有啥关系！"齐望海眼眶泛红，激动地说。他当时只是临时起意，故意刁难人，没想到车大寒真的像名将廉颇一样，负荆请罪来了。

看着车大寒背上尖锐的枣刺，再看看被枣刺划破、割开的伤口，还有不断渗出的血水……齐望海无比震撼，平生第一次意识到自己的器量实在太小了。与此同时，他还不由自主地想，要是换成自己，到底能不能拉下面子，放低身段，忍着钻心的疼痛求得和车大寒的和解？

"跟我有关系呢，社火、社和，耍的就是和，我如果跟你这个邻居的关系都处不好，怎么可能让咱村五个社和睦呢。"

车大寒神情肃穆，接着说，"再说了，你也知道，咱村的社火根本就离不开你，没了你，好些事情我们都弄不明白，你要是还愿意当两家峪的社火头，我现在就让给你，只要你能了了二伯的心愿，领着大伙把咱村的社火申遗弄成，你要我做啥我就做啥……"

"大河，大河，你别说了，咱村的社火头就该你当，只有你最合适。"

齐望海打断了车大寒，眼泪瞬间落了下来，他在自己脸上狠狠抽了两嘴巴子，跺着脚，号啕大哭起来，"我糊涂哇，我对不起二伯啊……"

看到这一幕，原先抱着看热闹心思的人立刻安静下来。人家车大寒和齐望海闹来闹去，还不是为了村里的事。自己如果要看笑话，看的也是两家峪的笑话。

第 34 章　模特

那天之后，齐望海就和车大寒好得要穿一条裤子一样。

而齐双全则有了一个新的习惯，有事没事总爱拿着他那台暗红色的老人机在村里转悠。不知道是他的耳朵真的有些不好使了，还是故意如此，总之，在齐双全经过的地方，你绝对能听到用他那台老人机的最大音量播放出来的，秦腔三意社创始人苏育民的折子戏《将相和》。

"我上回跟你说的事，还记得吗？"

过了一个礼拜，刘超然又来到了两家峪。不过，这回他并没有一走进齐家盖着三层小洋楼的院子，就看到了拿着放大镜研究旧报纸的齐望海，而是在村里转悠了一圈，才在社火局那间狭长的偏房里，把齐望海从一副社火架子底下拉了出来。

"啥事嘛，族谱的事不急，你让我好好琢磨琢磨。"

齐望海不耐烦地说。按说刘超然从西京下乡找他，好坏都应该招待人家一下的。可是，一方面两人已经熟得不能再熟了，齐望海看到刘超然根本就没意识到要像接待远方来客一般，招待他。另一方面，自从答应帮车大寒搞社火申遗，齐望海所有的心思都转回到了社火上，多余的任何事情，他都没了兴趣，就连自己在村里喊叫了好长一段时间的修族谱，也是想起来了，才会动一动。

"不是修族谱，是宣传两家峪，我不是要找你帮个小忙吗，没印象了？"刘超然提醒。

"宣传两家峪是好事，说不定对咱们的社火申遗也有好处呢。"车大寒走了过来。

齐望海答应回归社火局的第二天，滋水县新开发的旅游景点白龙岭大峡谷就向两家峪社火局发出了邀请，并且承诺只要社火队能连续表演7天，就在原有的四万元演出费上再加三万元。

对于这一天一万元的演出费，车大寒倒是没有多大的反应，他毕竟是见过大钱的人。可是这件事情却在村里炸了锅，就连周边几个村子的人也眼红得不行。特别是上次去芙蓉园表演时，态度暧昧，不情不愿的人，这次削尖了脑袋都想要往社火队里钻。

人常说越有钱，越爱钱，更何况齐望海生性吝啬，爱贪小便宜。自从接到了白龙岭的邀请，他更加觉得自己回归社火局是对的。因为现在耍社火不光扬名，还有真金白银进荷包呀。

车大寒是多聪明的人，对于齐望海的小心思，早看得清清楚楚的。

对于这笔演出费，他只提出要留两万元作为社火局的公用，剩下的五万元都由齐望海做主，分给社火队的人。而且，那些闹腾着想加入社火队的人，车大寒也交给齐望海去选拔、留用，自己概不过问。

这么一来，齐望海不但有了足以堵住妻子彩芹那张嘴的进项，还找到了当初受全村人敬仰、抬举的感觉。不过，齐望海也知道，车大寒之所以如此放权，除了表示对他的信任，还有考验他的意思。其实，经过前一段时间在人望上的大起大落，齐望海也想明白了。要想受人爱戴，良心绝对不能偏。良心咋就不能偏呢，首先就要改了爱贪小便宜的老毛病。因此，在内心深处，齐望海也有拿这事考验自己的意思。

说到底，齐望海变了。他做事不再有那么强的功利心，心胸也跟着开阔了起来。车大寒看在眼里，更加觉得自己的负荆请罪很值得。

"就是啊，我做这个选题，就是为了帮你们，人常说……"

"哎呀，老刘，你啥时候变得这么啰嗦了，凭咱俩的交情，就是对两家峪没有好处，我就不帮你了？"齐望海翻了白眼。

车大寒给刘超然搬来一张凳子，倒了一杯茶水，笑着说："有啥需要我们帮忙的，你尽管说，咱两家峪满街走的都是热心人。"

"好，那我不客气了。"刘超然端起一次性杯子，吹了吹漂浮起来的茶叶浮沫，"景美人美才是好地方，我想这个道理你们都懂，另外，按我对摄影艺术的理解，在构图中如果有人物出现，会更加地灵动，就像著名的摄影大师……"

"老刘，你能痛快点不！"齐望海还着急拾掇社火架子呢，他实在没有耐性听刘超然讲什么构图，什么摄影大师。

"我需要一个模特。"刘超然尴尬地笑笑，说出了自己的请求。

"模特，你的意思是想让我们帮你请个模特？这种资源我是真的没有，不过，如果你确实需要的话，我想办法打听一下。"不等齐望海开口，车大寒先接了一句。刘超然请求的对象虽然是齐望海，但是他要做的事情却是为了两家峪，车大寒自然是能帮尽量帮了。

"老刘，你上回要我帮忙的就是这事？"齐望海突然瞪大了眼睛。

刘超然面色微红，喝着茶水点了点头。

"我的天哪，你真的是看得起我，就凭我一个养猪的农民，咋可能认识那些扭屁股扭腰的洋媳妇呢，我要是你，还不如直接从西京带一个过来，也让咱长长见识嘛。"齐望海咂着舌头，半开玩笑地说。

"城里的模特不行，要用就用咱两家峪的。"刘超然说。

"可是两家峪哪来的模特啊？"齐望海和车大寒同时疑惑起来。

刘超然放下茶杯，笑着说："有啊，我看秦总就最合适。"

秦总不就是秦梅嘛，齐望海表情暧昧，下意识在车大寒脸上扫了一眼。刘超然说了半天，原来是在打秦梅的主意。齐望海听来只是觉得有些意外，有些莫名其妙。但是在车大寒却是踩了他的老虎尾巴。真不知道这个性如烈火的家伙会有什么反应。齐望海直咬牙，暗暗留着小心。等下车大寒一动手，他一定要抢先护在刘超然身前……

"你是想把秦梅打造成两家峪的代言人？"没想到车大寒没有动怒，反而兴趣更大。

"对呀，好多地方都是这么搞宣传的，村花打造得好，就成了一个村落的标识和名片，我要做的就是让大家以秦梅的眼睛为眼睛，以秦梅的身影为方向，全方位地、立体地感受两家峪的美好。"说着说着，刘超然激动地站了起来。

上次来两家峪拍社火大耍的时候，他就发现两家峪不仅风景十分优美，最难得的是，它还保留着原始村落的传统格局。于是，情不自禁地萌生出了要让更多的人了解两家峪的想法。

没想到他把这个选题往上一报，主任立即就批了。

因为，就在前几天的一次传媒业大会上，省市宣传部门的领导提出了一项伟大的构想，要利用媒体力量，为全省打造1000个美丽乡村。

第 35 章　狠人

"既然是这么好的事，你直接去跟她说呀，我不相信她不同意。"齐望海说。秦梅自小就识大体，这事全村人都知道。在齐望海看来，只要刘超然张嘴，秦梅立马就答应了。

"其实，我跟她联系过，秦总委婉地拒绝了。"刘超然的眼神很快暗淡了下来，他坐回了凳子上，身子向下一压，搓着手说，"后来我也想了想，她以前的公众形象毕竟是个成功的女企业家，你现在突然让她去当模特，放在谁身上都有些别扭。"

"秦梅不是这样的人，我了解她。"车大寒斩钉截铁地说。凭着他对秦梅的了解，她是不可能因为担心公众形象受损而拒绝刘超然的。她要是在意公共形象，也不会断然和高远离婚，更不可能直接返回了两家峪。这其中一定另有隐情，车大寒暗想。

"不管怎么说，秦总已经拒绝了我，而我却偏偏觉得她是最合适的人选。"刘超然仰起脸，望着齐望海和车大寒，笑了笑说，"所以，我才想让你们帮我劝劝她，兴许听了你们的劝，她就答应了。"

"那咱去劝劝？"齐望海瞟了车大寒一眼，试探着问。车大寒和秦梅的关系，以前好得人人羡慕，现在就有些说不清了。村里人看在眼里，谁也不敢乱掺和。因此，在提议劝说秦梅这事时，齐望海也留着小心。他倒不是害怕谁，只是有些担心车大寒未必肯去。

"也行，咱俩试试。"车大寒眼珠动了动，点点头。

随后，刘超然留在社火局继续喝茶，车大寒和齐望海满世界找起了秦梅。然而，奇怪的是，两人找完村里的角角落落，又沿着大河找了好长一段距离，竟然不见秦梅的身影。就连平日里像跟屁虫一样跟在秦梅屁股后面的何倩也不见了踪影。

"这是知道刘超然来村里了，故意躲他吗？"齐望海暗自嘀咕。

可是有这个必要吗？难道秦梅遇到了什么麻烦？齐望海又想。

不等他把这个可怕的猜测说出来，车大寒打了无数遍的何倩的电话终于拨通了。

"快，来老鸹窝村，梅梅姐被人围了！"何倩在电话那头说。

在她说话的同时，车大寒清晰地听到有人大吼了一声"你算是个弄啥的！"

听到何倩说的，再听到这声吼，车大寒立刻就急了。

"走，去老鸹窝村！"

电话还没挂断他就飞跑了起来。齐望海见状，不敢耽搁，跟着就跑。

两家峪周边一带，从老一辈开始，就流传着一句话"好事不进老鸹窝"。说的就是但凡进了老鸹窝村的人，都不会遇到好事。事实上，从解放后到现在，老鸹窝村民风的剽悍在秦岭脚下也是出了名的。车大寒还记得小时候第一次在老戏楼底下看公审大会，其中就有一多半人是老鸹窝的。现在秦梅偏偏和老鸹窝的人起了冲突，并且还进了一向排外，向着本村村民的老鸹窝。车大寒是真的为她担心。

"大河，到底咋回事？"齐望海忍不住问。两人奔跑的时间一长，他渐渐意识到他们即将赶往的似乎是一个不该去的地方。

"秦梅，秦梅和何倩被困在了老鸹窝，被人围了。"车大寒说。

"啥！"齐望海的脸色立刻变得煞白，"咱俩不行，得喊人呢。"

"喊人的话，事情就闹大了，不能喊。"车大寒摆了摆手。

"不喊就出人命了。"齐望海急得都能哭出来，"大河，你继续往老鸹窝赶，我给咱喊人去。"丢下这句话，齐望海转身就跑。

"回来，真的不用喊，哎呀，你……"

车大寒想拉住他，却没拉住。齐望海像条泥鳅一样，身子一闪已经到很远的地方了。车大寒想把他追回来，又害怕秦梅出事，一咬牙只好加快速度往老鸹窝赶。现在只有一个办法可以阻止事态进一步恶化，那就是他要赶在两家峪人闯进老鸹窝之前，把秦梅救出来。

同一时间，老鸹窝最有钱的陈老皮家宽敞的院子里。

秦梅被闻讯赶来的老鸹窝村人围了个里三层外三层。就连站在远处一脸惊恐的何倩，也被几名身体壮实的妇女环抱着双臂，看住了。

"你在我家鱼塘边上乱掏乱挖，我都没说你，你还得寸进尺，跑到我家叫我把鱼塘填了，填了鱼塘我吃啥呀，用啥呀？"

自从有了斑秃后就剃了个油亮光头的陈老皮，一脸愤怒，指着秦梅的鼻子说："我认得你，你就是两家峪那个六亲不认的祸害，要不是你眼红人家，背地里乱告状，你村的沙石站也不会关，咋，还嫌自己祸害的不够啊，跑到我们老鸹窝找软柿子来了？我告诉你，多少年了，我们老鸹窝就没出过软脚虾，都是横着走的！"

"你说完了没有？"秦梅面不改色，沉声问。要是放在一般农村妇女身上，被老鸹窝人这么一围，又被陈老皮指着鼻子，破口大骂，早就吓得捂住脸蹲在地上失声哭了起来。可是秦梅毕竟不是一般的农村妇女，她有她的理想和坚持。当然，这也是她的底气。

"咋，你不服呀？"

秦梅的话音未落，陈老皮的二儿子陈星星就冲了上来。

"啪！"

陈老皮抬手就是一巴掌："这里哪有你说话的份儿，一边待着去！"

"爸！"

陈星星捂着脸，一脸委屈。儿子为老子出头难道错了吗？

"我说的话，你听不见？"陈老皮阴沉着脸问。

"唉……"

陈星星不甘地叹息了一声，这才闪到一旁，继续恶狠狠地瞪秦梅。

"老陈叔，我问你，你家的井有多深？"

看着陈老皮示威似的用最粗暴最原始的方式教训完儿子，秦梅皱了皱眉问。

听到这个问题，陈老皮愣住了。

"咋，你还想往我家的井里跳啊！"陈星星突然跳了起来，像条疯狗一样冲着秦梅咆哮。紧接着，老鸹窝的人七嘴八舌地说："没看出来啊，长得漂漂亮亮的，竟然是个狠人。"

"梅梅姐，你千万别胡来，我已经跟大河哥通过电话了，他马上就赶过来了！"何倩在人群外喊。听了这些人的议论，她也有些担心秦梅要用死来威胁这些人了。

"老陈叔，回答我的问题。"

看到陈老皮细长的眼窝里涌起了狐疑，右眼皮跟着不由自主地乱跳，却不说话，秦梅催促了一句。

第 36 章　鱼塘

"姑娘,你该不会真的要跳井吧?"陈老皮问,眼神十分复杂。有对自己不够狠的厌恶,也有对秦梅的几分服气,当然了,还有更多的担忧。现在早就是法治社会了,大白天在自家院子里逼死个人,可不是闹着玩的。

"老陈叔,你先回答我的问题。"秦梅固执地说。似乎陈老皮不回答这个问题,这事就过不去了。

"龙,你说,你家刚打的井有多深。"陈老皮回头看向了站在包围圈里的一名年轻人。"咱村的情况都一样,知道你家的,全村的井有多深就都知道了。"像是在劝陈龙说话,又像是在向秦梅解释,陈老皮又说了一句。

"29米,马上就30米了。"陈龙想了想说。提起打井这事,陈龙到现在都心有余悸。与他家紧邻的陈亮家的井是3年前打的,打到15米,水就咕嘟咕嘟地往出涌。而他家过了20米还是干的。打井的师傅当时就说了回话,劝说着让陈龙换个地方再下钻。陈龙气不过,又是加钱,又是好吃好喝的招待,才求得打井师傅继续忙活了起来。祖宗保佑,在30米之前水出来了,要不然,陈龙真的要疯了。井旺人旺,井不旺,一家子就没盼望了。

"29米。"陈老皮望着秦梅的眼睛,把陈龙给出的答案重复了一遍。

"以前呢,我是想问最早的时候,老一辈人手里的事情。"秦梅点点头,又抛出了新的问题。陈星星一见秦梅给脸不要脸,还问个没完了,立即又要吼叫。谁知道,秦梅的话音刚落,就有一名妇女自作聪明地说:"不到2米嘛,我记得我小时候经常用桡拘(关中地区一种常见的农具和生活用具,杆长1米到2米,末端固定一个向下弯的铁钩,用来远距离或高空勾取东西)提水呢!"

"原先不到2米,现在29米,中间应该不到50年吧,最多也就是两代人的时间,变化就这么大,老鸹窝人就没想过个啥吗?"

秦梅幽幽地说。她问井有多深,就是想引发老鸹窝人的思考。关中人世代眷恋乡土,她不信爱抱团、重乡情的老鸹窝人,面对本乡本土水文发生如此巨大的变化会无动于衷。

"能为啥呀？还不是因为最近几年雨水少，旱得不行！"有人马上给出了答案。

"胡说啥呢，你忘记去年秋天的连阴雨了？把人都能下霉，旱啥呢，肯定不是因为旱！"大家伙还没来得及细想，很快就有人把这个说法否定了。

"那你说因为啥！"原先说话的人马上就不答应了。当着这么多人的面，被人撑了一句，放在谁身上都会感到很不爽。

"要我说，村北的老庙就不该拆，影响了咱老鸹窝的风水嘛。"这人挠了挠头，又给出了一个说法。听到这句话，人群里立刻响起了议论声。有些人还挤眉弄眼地往陈星星那边瞟。虽然是村委会的决定，但是动手拆庙的人却是陈星星一伙。其实老鸹窝拆老庙，主要因为年久失修，再不拆的话，弄不好会砸死一两个初一十五进庙烧香的老太太。

"有个屁风水，老庙要是有那个本事，自己也不会塌成了那个尿样子！"发现好些人都用奇怪的眼神看自己，陈星星习惯性地来了个猛虎回头，冲着乱嚷嚷的人群吼了一声。

"如果不是因为风水变了，还能因为啥呀……"过了半天有人嘀咕了一句，老鸹窝人同时陷入了沉思中。就连战战兢兢的何倩也不由自主地思考起了这个问题。

"姑娘，有啥话，你直说吧。"

还是陈老皮心思活络，在沉思了半天也没个确切的答案后，他立刻意识到，秦梅既然能把这个问题抛出来，那她一定有答案。

"正是因为你家在大河边开的那五口鱼塘啊。"秦梅面沉似水，很认真地说。

"哎呀，你这个祸害还真有本事，绕来绕去，又绕到我家鱼塘上了，咋，不把我家的鱼塘填了，你死不瞑目啊！"

陈星星的怒气分秒不停地往上蹿，要不是自己老子在场，他真想在秦梅脸上狠狠地扇几巴掌。太岁头上都敢动土，活腻歪了！

"滚，你给我滚出去！"

陈老皮瞪了儿子一眼，指着院外说。

"爸，咱不能让人这么欺负呀，爸……"

"滚！"

陈老皮眼睛一眯，陈星星立刻闭上了嘴巴。不过，陈星星实在是不甘心,在走出院子前,还用右手食指对着秦梅点了点。这意思很明显,那就是:走着瞧!

"我知道你看我们家鱼塘不顺眼,但是,咱说话办事要讲证据的,你在这里红口白牙地说我家的鱼塘影响了村里吃水,就影响了?"

在老鸹窝人的窃窃私语中,陈老皮收回了视线,目光又落在了秦梅脸上。

事实上,秦梅的话一出口,老鸹窝人就炸了锅。别的道理大伙不一定明白,但是鱼塘用水量大,明摆在那里,要说对村里的吃水没有任何影响,根本不可能。只不过,让大家震惊的是,这竟然是各家井水越挖越深的原因。

另外,刚才陈龙说话时,一度被他羡慕的陈亮没好意思开口。他家的井打的时候确实是将近15米,可是用了不到半年,就干了。现在是边吃水边淘井,要是仔细量一量估计也要到29米了。其实,这种情况在老鸹窝很常见,家家户户都是边吃水边淘井,要是一家家量过去,比29米浅的估计已经没几家了。

"老陈叔,你想过没有,咱们井里的水是怎么来的?"秦梅深吸一口气,又呼了出去,轻轻咬了咬嘴唇,幽幽地说,"天上下的雨渗下来的,地上大河里的水补充的,是不是?"

这两句话简简单单,谁都明白其中的道理。何倩还以为秦梅要给老鸹窝人上地理常识课呢,听她这么解释,不由得心生敬佩。要让老百姓明白复杂的道理,就该这样解释。

"站住,你是个弄啥的?"

众人正在思考秦梅说的时,大门外突然传来了陈星星的暴喝。紧接着,又听他激动地说,"我认识你,你就是两家峪的社火头嘛,好啊,还来我们村,给女祸害撑腰来了……"

第 37 章　规划

"你让开，让我进院子看一眼。"

车大寒看了看拦住自己的陈星星，就要往院子里走。院子里乱嚷嚷地站满了人，虽然看不清里面的情形，但是，车大寒敢肯定，秦梅要是真的来了老鸹窝，很可能就被困了在这里。

"我让你个锤子！"陈星星当然不答应了，他使出浑身蛮力，朝着车大寒扑了过去。在院子里有人管着，出了院子可就自由了。陈星星说是在阻拦车大寒，其实却是在发泄刚才在院子里积蓄的怨气。

可是，就在他即将扑过来的那一刻，车大寒的身子忽然向右一闪。紧接着，"扑通"一声，陈星星不但扑了个空，还来了个狗吃屎。

"狗日的，我跟你拼了……"

在自家门前栽这么大的跟头，实在过于丢人。陈星星的眼睛立刻就红了，他擦了擦淌出来的两管鼻血，又要往车大寒身上扑。

"你想弄啥！"

不等他扑到车大寒跟前，陈老皮的身影出现在了门边。

一看到自己老子那双老鹰一样锐利的眼睛，陈星星一身的火气顿时消散了一大半，紧跟着，人也蔫了下来。

"爸，他打我，把我的鼻血都打出来了。"陈星星委屈巴巴地说。都是快 30 岁的人了，受了委屈，还寻求老子的帮助，他也不嫌丢人。

"还不是你自找的。"陈老皮翻了个白眼，不再看自己的儿子。"大河，你来了。"陈老皮打量了车大寒一眼，勉勉强强挤出了一丝笑。在农村，最受人尊敬的向来都是民间组织的头头脑脑。因为，这些人一不拿工资，二不求升官，做的任何事情都是为了一村人的脸面。陈老皮鱼塘开了快 10 年了，说起来也是场面人。见到车大寒这个两家峪的社火头，他就是心里再不痛快，也得有个好脸色给人看。

"大河哥，大河哥，真的是你啊，你总算来了……"车大寒正想开口，院子里传出了何倩的哭声。她倒不是受了多大的委屈，而是确定车大寒终于来了，心松了，紧绷的神经没了那股劲头，人的情绪也就失去了控制，说是喜极而泣倒是有几分接近。

"是我，你们没事吧？"车大寒看着陈老皮犹豫了一下，还是先问了何倩一句。老鸹窝别处已经没有人了。车大寒进村的时候，很想找人问问到底发生了什么事情。谁知道一路走下来，连个人影都没看见（说起来，陈星星算是车大寒看到的第一个人）。看来秦梅两人的处境并不乐观，她们很可能被老鸹窝全村人围住了。在问话的同时，车大寒的心不由自主地悬了起来。这正是他料想的最差的情况。

"我们没事，你放心。"这回是秦梅的声音。只闻其声，不见其人。看来秦梅多半被人控制住了，车大寒判断。

"嗯，没事就好。"车大寒应了一声，望着陈老皮问，"老陈叔，你们这是在弄什么？我记得咱两个村的关系还不错嘛。"

"不是我们想弄什么，是那个祸害没事找事，非要让我们填了鱼塘！"陈星星用手背擦了擦残留的鼻血，激动地说。

"是啊，大河侄儿，你村的秦梅确实找上门，让我家填了那五口鱼塘。"陈老皮这次没有呵斥儿子。他想了想又说，"而且我们也没有起冲突，大家有理讲理，正掰扯着呢。"

"那好，咱们把道理掰扯清，省得心里的疙瘩解不开。"车大寒淡淡地说。擦着陈老皮的肩膀头，走进了院子。

车大寒这话有两个意思。一是给陈老皮说的，让他不要记仇，要明白秦梅来就是来讲理的，并不是和他个人有什么恩怨。另一重意思则是说给秦梅的。提醒她有理讲理，实在讲不通道理，也别得罪人。当然了，关于秦梅为什么要来老鸹窝让陈家人填鱼塘，车大寒稍稍一想就明白了。她肯定是为了村外的大河嘛。弄不好正是因为这些鱼塘的存在才影响了大河的水量。秦梅这是先啃硬骨头，车大寒理解她。

"姑娘，要讲大道理，咱们庄户人确实说不过你，可是你想过吗，这五口鱼塘一填，我家的损失有多大？老鸹窝村损失有多大？"有车大寒在场，陈老皮说话的语气更加和缓了。他不再质问秦梅，态度明显诚恳多了。

"老陈叔，填了那五口鱼塘并不等于今后就不能养鱼了，我的意思是说，您得重新做下规划，不能光图面积大，要讲质量呢。"秦梅笑了笑。

走进院子那会儿，她刚把填埋那五口鱼塘的事情说出口，陈老皮就炸了毛，紧接着是他儿子，和所有的老鸹窝人。至于填以后该怎么办，她根本就没机会说。不过，现在好了，陈老皮终于冷静了下来。

"重新规划，咋规划？"陈老皮问。

不等秦梅回答，他又说，"鱼塘靠的就是面积，没有面积就没钱赚，你说的讲质量，咋讲质量呢？我还是头一回听说。"

"怎么规划，你不用管，只要你答应我填了那五口鱼塘，重新开一口鱼塘，我请人帮你做最好的规划，你把鱼塘重新开出来，绝对是养鱼和涵养水源两不耽误。"秦梅郑重地说。

"如果是这样，那倒是可以考虑考虑。"陈老皮的声音不大，却算是松了口。其实刚才秦梅提说老鸹窝的井越打越深的事情时，他就有些明白了。只是，填了鱼塘，自家的损失太大了。他就是再深明大义，也狠不下这个心。"不过，你说的讲质量……"陈老皮嘀咕了两句，目不转睛地望着秦梅，希望她能把这个事情解释清楚。

"老陈叔，你是行家，你跟大伙说说一斤草鱼多少钱，一斤娃娃鱼多少钱。"秦梅的嘴角浮起笑，提示了一句。

"娃娃鱼，你想让我不养草鱼，学人家人工养殖娃娃鱼呀？"陈老皮顿时瞪大了眼睛。按照行情娃娃鱼一斤能卖到四五十元，草鱼就是再卖也卖不到这个价。

"可是，娃娃鱼咋养啊，咱就不懂嘛。"片刻之后，陈老皮的眼神暗淡了下来。草鱼完全是个粗犷式养殖方法，只要保持水质不会太差，按时投喂饲料就行了。娃娃鱼那么地金贵，单是鱼苗就价格不便宜，要是养不成，那可就亏大了。

第 38 章　误会

"不会养，咱就学嘛，谁又跟钱没仇。"秦梅笑着说，"我请教过市里有关专家，咱们大河的水质好，富含多种矿物质，最适合养娃娃鱼这种名贵的水产，你要是愿意养，我给你找最好的老师！"

大河的水是从秦岭深处流出来的，这是谁都知道的事。野生娃娃鱼就生活在秦岭深处，有些人进山，还经常能看到一两条，也是谁都知道的事。把这两件事情联系到一起，用最笨的脑袋想一下，同样能得出大河的水确实最适合养娃娃鱼的结论。

陈老皮开鱼塘，自然是靠山吃山，靠水吃水，他塘里的水就是截流大河的。这样的塘水，不就是为养娃娃鱼准备的嘛！后悔这些年浪费了宝贵资源的同时，陈老皮恍惚看到了一捆捆红堂堂的票子。

"填，今天就填！"

陈老皮向来干脆，事情一想明白，大腿一拍，立刻做出了决定。

"爸，爸，你是不是疯了，被人家忽悠了两句就断了咱家的财路呀！"陈星星顿时傻眼了。他这小伙子年轻气盛，只讲意气，基本不动脑子。刚才秦梅说的那些话，他连听都懒得听。现在一听自己老子要填鱼塘，直接一蹦三尺高，恨不得拽住陈老皮的领口质问。

"这话说的，还真的以为老鸹窝改姓陈了，你家开鱼塘倒是把钱赚了，全村人吃水的事情，就不管了？"陈龙没好气地说。

紧接着，好些老鸹窝人激动地喊嚷了起来。

"你爸填鱼塘填得对对的，再胡来咱村人就要渴死了！"

"你这娃还是叫你爸没收拾够，简直掉到钱眼里去了！"

"填，老皮叔，你的决定对着呢，不管你填鱼塘还是弄新的，大家伙都去给你帮忙，不让你寒心……"

听着村里人的喊嚷，陈星星愣在原地。他终于意识到，自家那五口鱼塘已然触了众怒，再开下去已经不可能了。

"都怪你，都怪你！"

陈星星眼珠子突然一抡，疯狗一样，朝着秦梅扑了过去。

"你想咋，以为我们两家峪没人吗？！"

就在这个节骨眼上，齐望海带着两家峪人，气势汹汹地冲进了院子里。车大寒一见这阵势，这才记起来齐望海回去搬救兵的事。

"都站住，别胡来！"

车大寒先对两家峪人吼了一声，紧跟着，护在了秦梅身前。

"有事你冲我来，别难为她。"他对陈星星说。

陈星星被迫停下脚步，"呼哧呼哧"地喘着粗气。他已经彻底傻眼了。

身前有车大寒拦着。秦梅肩膀头斜后方，自己的老子瞪着他。左右手两边，老鸹窝人不但没有帮他的意思，对他的举动同样十分愤怒。至于身后那些两家峪人到底是个啥表情，他已经懒得想了。

前段时间全村人都在看《甄嬛传》，他也耐着性子，跟在人家屁股后面看了几集。这电视剧最让他闹不明白的就是，好好的皇上咋就成了人嫌狗不待见的恶人了。现在他忽然明白了。皇上跟他一样，犯了众怒了。

"可是，两家峪那死女人要填自家的鱼塘，还煽动全村人跟自己对着干，我陈星星难道不该给她点颜色看看吗？！"

陈星星平生第一次感受到了什么叫委屈。和车大寒两人，相互对视着僵持了片刻，他突然"哇"的一声，蹲在地上号啕大哭起来。

他要是继续闹，大家还有心理准备，可是他这一哭，弄得大家伙顿时有些手足无措。到最后，还是陈老皮尴尬地笑了笑，走到儿子跟前，拍着他的后脊背劝说了起来："好了，别哭了，人家也是为了咱家好，养草鱼的人越来越多，每年的鱼有多难卖你不知道啊……"

"爸，我知道！"平生第一次听到老子如此柔声细语地跟自己说话，陈星星心里的委屈就更大了。仰起脸看了陈老皮一眼，索性抱着他老子的大腿哭了个没完没了。

到最后，众人实在没办法，各自远远地望着陈老皮同情地点点头，三三两两，蹑手蹑脚地走出了院子。

"我的天呀，你是不是把秦岭脚下的人全叫来了！"

前脚刚迈出陈家的大门，车大寒就吃惊地瞪大了眼睛。街道上熙熙攘攘的全是人。这些人中有老杨村卖甑糕的侯跛子，有白狼沟出了名的精明人老锄头，有大峪岭的二流子王憨娃，还有清泉村的干部田建材……真是群英荟萃，弄啥的人都有。

"我没有，我只是在老戏楼底下喊了一嗓子。"

齐望海说，看到这么多人，他也十分地震惊。

"你喊啥了？"车大寒问。

"我,我……"在说出自己喊的内容之前,齐望海的脸先红了。不过,他还是在自己脑门子上抓挠了两下,用不大的声音说,"我说出人命了,老鸹窝的人把咱村的社火头围了。"

"啥!"车大寒既吃惊,又有些无语。没想到这个齐望海为了帮秦梅解围什么话都敢说。经过这些日子对社火资料的研究,车大寒发现,从有社火那天开始,社火头就是一村的精神领袖。齐望海站在老戏楼底下,对着全村人喊本村的"精神领袖"被外村人围住了,还要闹出人命,无异于告诉两家峪人:老鸹窝要向两家峪全面开战!

早些年,为了灌溉的水源,为了确定田地的分界线,也可能是为了争取一些稀罕的生活资源,村与村之间,确实发生过大的械斗。但是,现在已经进入法治社会了,经过多年的普法宣传,以及义务教育的普及,像老几辈人那样的大规模械斗再也没有发生过。齐望海这么一喊,简直就是放了一个惊天炸雷。人们不赶来才怪呢。

"大河,没事吧,说清了吗?"田建材关心地问,下意识把车大寒从头到脚打量了一遍。在来的路上,他已经和汤泉镇派出所的赵所长联系好了,这边一有异常,他们马上就出警。

"一场误会,事情两句话就说清了。"车大寒赶忙解释。

众人看到他毫发无伤地走了出来,又听他如此说,悬着的心顿时放了下来。说实话,新农村建设已经搞了这些年了,镇与镇之间早就有了比较。如果汤泉镇真的闹出了两个村大械斗,那汤泉镇的名声就臭了。作为汤泉镇人,大家伙无论是居家还是出门在外,脸上都没了光。其实,大家伙赶过来,真的不为看热闹,就是来劝架的。

"等一等,既然大家伙都在,能不能听我说两句。"

不知道啥时候,秦梅竟然站在了路边的碌碡("liù zhou",用石头做的圆筒形农具,关中一带以前用来碾麦子的)上。

第 39 章　疾呼

"哎，梅梅姐，你啥时候站得这么高！"对于秦梅突然出现在碌碡上这事，何倩也感到很惊讶。然而，不等她细问，秦梅开口了。

"我要说的是大事，天大的事。"

秦梅望着无数张或熟悉或陌生的面孔，习惯性地蹙了蹙略显浓密的眉毛。随后，她深吸一口气，用尽浑身上下所有的力气，大声疾呼："救救大河吧！"

听到这句话，原先眼神躲闪，窃窃私语，会在不经意间朝着秦梅这边张望两眼的人们，瞬间安静了下来。

"大河是老祖宗留给咱们的宝贵遗产，再不保护就来不及了。"秦梅回望着无数双或浑浊或清亮的眼睛，继续说着在自己心里憋了很久的话，"我了解过，咱们这些村子都是自然形成的，可是大家有没有想过，咱们这些村子为啥要沿着大河两岸往前延伸？是因为大河滋养了我们，是因为我们离不开大河呀！"

"现在大河成了啥样子，大家伙应该能看见，我，两家峪的秦梅站在这里，是想告诉大家，咱们该有所行动了，该为保卫大河做些事情了……"

秦梅大声疾呼的同时，田建材凑到车大寒耳边悄声问："你村秦梅是不是受了啥刺激了，前一阵我听人说她天天扛个镢头在大河边乱挖乱掏，今天又在这里喊叫这些，人该没事吧？"

"没事，她就是想为大河做些事情。"车大寒略显尴尬地说。秦梅突然站在碌碡上呼吁大伙保护大河，也让他感到十分意外。

"大河也不是一天成了现在这个样子，要治理起来不容易啊。"田建材摇摇头，抱起膀子，有些感慨地说，"不瞒你说，我也动过恢复大河生态的念头，可是，仔细一研究就打了退堂鼓，情况太复杂，又涉及河岸上好些村子，根本不是说些煽情话就能搞定的。"

"是啊，想把大河治好不容易。"车大寒非常认同田建材说的。治理大河确实是个系统性的大工程，根本没有秦梅想得那么简单。

"哎，妹子，你说完了没有？"

人群里发出一声喊，打断了秦梅。众人寻声望过去，是大峪岭的二流子王憨娃。

王憨娃侧身站着。一只眼充满期待地望着人群，一只眼暧昧地扫着秦梅。意识到自己已然成了众人的第二个焦点，他的嘴角浮起了得意的笑。"说完了，听我说两句。"王憨娃用右手在自己后脑勺上摸了两下，笑嘻嘻地说，"你说的话都没错，大河咱肯定是要保护的，可是就凭咱这伙庄稼汉能干啥，除了后半夜抱住婆娘冷瓬地轻狂，还能干啥？"

"哈哈……"

人群里立刻爆发出了笑声。原来严肃的氛围，也被王憨娃这几句话说的，变了味道。

侯跛子常年走街串巷卖甑糕，凭得就是他那张诙谐、爱开玩笑，又不把门的嘴。听着众人的笑声，他立刻就有了好几句更好笑的话："秦梅，你说的是哪个大河，要是……"

"笑啥呢，有啥好笑的，傻子笑多，母猪尿多！人家秦梅的一片热心都让你们笑失塌（关中方言，坏了，失去功用、作用的意思）了。"不等侯跛子显摆自己的怪话，老锄头在临街的红砖墙上磕了磕烟袋锅子，激动地说，"你们今天能笑出来，就说明都是些短视的东西，大河是谁的大河，还不是咱的，咱要是不管，就没人管了！"

"老锄头，你这话就说得不对了，啥叫没人管了，咱的政府可操心着环境保护呢！"田建材马上回了一句。田建材吃了半辈子公家饭，最见不得的就是一些没见识的老农民，胡乱发表观点，只图个嘴里痛快。

"政府操心着大河我知道，咱都知道，可是政府的世事大得多，要管要治的地方又不是咱这一块儿，我的意思是萝卜一行，青菜一行，咱不能干等，咱得要在政府的规划落实前，有行动呢。"老锄头语重心长地说。看来他和秦梅是同一类人，都是真心并且急切地想为大河做些事情的人。

"老叔，你不是出了名的精明人嘛，那你说，你当着大家伙的面说说，咱能做啥？"王憨娃接了一句。刚才老锄头那么一呵斥，他的脸面算是在秦岭脚下丢尽了。再不想办法找回场子，恐怕以后都很难在这一带混了。

"这我还没想过，总之要有行动呢。"老锄头红着脸说。说实话，他仔细想过这个问题，可是想来想去也想不出个名堂。到最后只能承认岁月不饶人，自己确实老了。

"看看看，说来说去还不是空话嘛，我当你们早想好了，原来只是喊了几句口号。"侯跛子挤眉弄眼地说。

有时候你明明想到了很好的笑话，只要一说出来，肯定就是满堂彩。可是，偏偏有些人不长眼睛，非要横插那么一嘴，让你没办法把笑话说出口，只能硬生生地憋在心里。这种情况下，其实是最难受的，胸口闷，心里窝火，从头到脚都不舒坦。就好像一只母鸡想下蛋，明明鸡蛋已经到了沟门门（关中方言，沟，在这里专指屁股）却找不到空闲的鸡窝。侯跛子就是这只下不成蛋的鸡，他恨老锄头，因为老锄头的掺和让他没法痛快下蛋。

　　"这还是精明人呢，能把人笑死，我看这精明就是喊口号，唱高调弄出来的嘛。"王憨娃跟着说。他跟侯跛子连眼神都不用交流，很快有了默契。只要让人把老锄头看扁，他的面子就算找回来了。

　　"要做的事情很多，首先咱们要把沿河开的那些鱼塘全填了，然后做统一规划……"

　　秦梅接了一句。刚才众人说的那些话她都听在耳里，记在心里。要把大河治理好，就得大家伙先做出牺牲。至于，某些人因此而遭受的损失，她愿意尽可能地补偿他们。

　　"原来是想让咱填鱼塘呀！"一些人恍然大悟，开始窃窃私语。特别是那些在大河边上开鱼塘的人，再看秦梅时，眼里就有敌意了。

第 40 章　种子

"大姐，填了鱼塘大河就能好啊？"有人提高声音问。这人家里就有两口鱼塘。他虽然还没听说陈老皮要填鱼塘的事，但是众人对治理大河的反应还是让他感到很不安。生怕哪天突然冲出来一伙人，打着为了众人好的旗号，直接就把他家赖以谋生的鱼塘给填了。

"不一定能好，但是填了鱼塘大河的水流会丰沛得多。"站在碌碡跟前的何倩抢着说。说完，她还不无得意地看了秦梅一眼。

"这么说只是为了增加大河的水量啊。"这人挠挠头，又说，"去年夏天雨那么大那么急，咱这一带流进大河的水不说，光山里冲出来的水，就跟老虎一样，把人都能吓死，大河的水量该够了吧，也没见它好起来啊。"

"要解释清楚这个事情，咱们必须先从……"

"你就别再忽悠俺们了，要我看填了鱼塘也是白搭，纯粹瞎折腾！"

"就是的，瞎折腾！"

"心是好的，事情不是咱能做的。"

"哪里黑了哪里歇，还是等政府吧。"

……

秦梅还想继续说下去，在开鱼塘的人和王憨娃、侯跛子等人煽惑下，人们喊嚷了起来。在喊嚷声中，开始有人成群结队地离开了。

"哎，你们回来啊，等梅梅姐把话说完啊！"何倩急得直跺脚。可是，眼前的人还是越走越多，很快就没剩下几个了。

"怎么办，梅梅姐，你赶紧想办法呀！好不容易有这样的机会，咱们得好好地把握啊！"何倩望着仍然站在碌碡上的秦梅，急得快要疯了。当初在街道上公开表态支持秦梅的时候，她只是抱着想为车大寒所在的村子做些什么的单纯想法。今天听秦梅这么一呼吁，再听了老锄头等人的议论，何倩忽然意识到保护大河确实是一件值得去做的"大事"。

她此时此刻的着急是真的着急，是为大好的机会擦肩而过感到惋惜和不甘。

"我们已经把握住了。"望着远去的人群和西沉的夕阳，秦梅嘴角浮起了笑意。

　　在商场打拼了那么多年，秦梅早就不再是幼稚、单纯的少女。她知道人心的复杂，她更清楚要推动一项宏大、庞杂的工程需要怎样的耐心，承受怎样的压力。不管是磨刀不误砍柴工也好，还是千里之行始于足下也罢，要想让秦岭脚下的人们真的动起来，确实需要时间。

　　她今天之所以站在碌碡上，像鲁迅先生当年大声疾呼"救救孩子"一样，呼吁大家救救大河。就是想为尽可能多的人们来一场精神洗礼。大家伙听了她说的究竟会不会有所触动，有所行动另说，她必须要尽可能早地在大家心头种下一颗种子——治理大河的种子。

　　无论是王憨娃的下流玩笑，还是侯跛子想说没说出口的怪话，以及田建设和老锄头之间关于"等，还是自己先干"的争执，都给了秦梅很好的反馈。让她坚信，种子已经埋下了。

　　"女子，老叔支持你，不管你弄啥，老叔都支持你！"看到秦梅下了碌碡，老锄头把收起的烟袋锅往上衣口袋里一塞，快步走了过来。今天他的收获最大。要不是闹了这一出，老锄头真不敢相信年轻人里面还有这么着急让大河好的后生。

　　"有了你的支持，咱们就有三个人了。"何倩笑着说。按照她们目前的处境，无论是谁，多一个人支持保护大河，总是好事。哪怕这人驼背弓腰，一身的旱烟味。

　　"老叔，谢谢你。"秦梅真诚地说。老锄头的热心，让她看到了希望，并且十分地敬佩。因为老锄头要保护大河的想法，完全是自发的，天然萌发的，是一种本能。秦梅要激发众人的，正是这种基于乡土情结的本能。

　　"客气啥，我听说你最近在大河边掏挖泉眼呢，这是怎么打算的，明天继续挖不，老叔还有一把子力气，去给你帮忙啊。"老锄头绛紫色的脸瞬间红了，好似被人用刀刻出来的皱纹跟着晚霞一同绽放。他是实在没想到自己还能因为主张保护大河而被人感谢。

　　"我们掏挖泉眼就……"

　　"秦梅，能和你聊几句吗？"

　　何倩正打算解释，车大寒走了过来。他们三个刚才聊天的时候，车大寒一直被田建材拉着说话呢。田建材一会儿附到车大寒耳朵跟前小声嘀咕，一会儿又揽住车大寒的肩膀头，在他后背上颇有暗示性地连着拍打好几下。事实上，车大寒早就想走过来了，却一直无法脱身。还好，就在人走得差不多的时候，田建材望了车大寒一眼，郑重地说："拦着点，别把事情弄大了。"说完，终于跟着本村人走了。

"聊什么？"秦梅淡淡地问。有何倩在场，她故意收起笑，表现得很冷漠。虽然，在陈老皮院子里，车大寒挺身而出，护住她的那一瞬间，让她的心猛然间动了一下。

对于车大寒，秦梅心中仿佛正行进着一乘小舟，百转千回，曲折往复，总也找不到可以停泊的渡口。面对这种无法自拔的折磨，秦梅不自觉地想，也许只有把何倩和车大寒撮合成一对，成全了他们，自己才会彻底断了念想，获得解脱。心里这么想着，她也就尽可能地避免着和车大寒的各种接触。

"治理大河的事。"车大寒看着秦梅的眼睛说。秦梅是标准的丹凤眼，眉毛又有些浓，除了漂亮，还有一股英气。

"好吧，聊聊吧。"秦梅点点头。凭着曾有的多年的默契，从车大寒的眼神里，她还是读出了他和她私聊的意思。

"你是不是真的疯了？"

两人在何倩复杂不安的眼神里，在老锄头欲言又止的干笑里，走向了远处。令秦梅没想到的是，两人还没走出去多远，车大寒突然压低声音，来了这么一句。

"为什么这么说？"秦梅愣了愣，转头看向别处，轻咬着嘴唇问。

"你知道要开一口鱼塘需要花多少钱吗？还有陈老皮填了那五口鱼塘的损失，你难道也要赔给他吗？这还只是一家，要是大河两岸的鱼塘全部填了，重新规划，你秦梅就是有座金山也不够往里填补的……"

没想到车大寒越发地激动，看样子马上就要跟秦梅吵嚷起来了。

第41章　图谋

"我要是有金山银山估计就够填补了。"秦梅忽然用不大的声音嘀咕了一句。

听到这句话，车大寒顿时安静了下来。在他们亲密无间的那些日子里，秦梅要是想避免和车大寒的冲突，就会像这么半撒娇似的说些幼稚的话。此时此刻，车大寒既熟悉又陌生。仿佛和过去的某个时间点发生了重叠，又好像走进了一个遥远的梦境里。

"大河，我知道你为我担心，但是你想过没有，如果咱们这一代人不去干这些事，下一代人想干的时候，恐怕就来不及了。"

秦梅深吸了一口气，鼻翼间立刻有了淡淡的麦花香。已经到了小麦扬花的季节，每到傍晚，特别是最后一抹夕阳横在天边的那一刻，麦花的香气就特别浓烈。清甜、绵软，又不失悠长。秦梅已经闻过好些年了，只觉得今晚的麦花特别的清新，特别的提神。

"可是，可是……"

"时间不等人，你就让我试试吧。"秦梅浅浅一笑，不再向前走了。

车大寒看了她一眼，目光转向远处，跟着停下了脚步。两人视线的尽头，天光猛然一亮，彻底黑了下来。车大寒不自觉地想起有一年夏天，秦梅在学校上了自然课，回家后非要闹着看星星。车大寒正是从天黑的那一刻开始，坐在村东的塬棱上陪着她看到了后半夜。

又过了半个月，差不多到了社火队即将要去白龙岭演出的日子。刘超然突然急火火地闯进了社火总局的院子。

"她答应，答应了！"

刘超然激动地见人就拥抱，就握手，谁要是和他不熟悉的话，肯定就以为他向某个漂亮的姑娘表白了好些年，终于获得了成功一样。

"她真的答应了？"齐望海正在清点东西，看到刘超然轻狂的样子，多少有些纳闷。刘超然还能因为啥事这么高兴？当然是秦梅答应给他当模特嘛！只是，秦梅怎么就同意了，让齐望海既感到意外，又有些想不通。

那天车大寒和秦梅聊完，众人结着队往两家峪走的时候，齐望海东拉西扯半天，还是把刘超然想让秦梅当模特，宣传两家峪的事情说了出来。谁知道秦梅的反应大得不行。任凭车大寒和他怎么劝，秦梅始终只有一句话：让她拍这样的照片，就是把她往城里赶呢！

"梅梅姐，你不是希望两家峪好吗？怎么就不肯帮忙呢？再说了，这跟把你往城里赶有什么关系？"同样的话听了好几遍，何倩当时就忍不住了。她问的也是齐望海最想问的。

"对两家峪好的事情，我当然要支持，只是我回村就是为了躲清净，如果拍了那些照片，恐怕就清净不了了，说不定，我又得做回以前的秦梅。"这是秦梅给出的解释，齐望海到现在都记得清清楚楚。

听的时候，他还不太明白其中的复杂意味，时间一长，渐渐琢磨过来了。人家秦梅毕竟是电视上常说的公众人物。作为公众人物怕的就是被人惦记，一旦被好多人惦记上了，即使住在深山老林，也别想清静下来。又何况距离西京只有20多公里的两家峪呢。

秦梅当了模特，就是往苍蝇堆丢了一摊打碎的鸡蛋。完完全全是在给别人制造惦记她的由头。她不当模特，只是为了留住眼前难得的清净，不被任何人打扰，干些自己想干的事。

齐望海自以为完全理解了秦梅，觉得她的拒绝既明智又合情合理。没想到今天事情竟然来了个一百八十度大转弯。

"是啊，她终于答应了，就在我犹豫着要不要放弃这个选题时，她竟然答应了，而且还是她主动给我打的电话。"

已经被齐望海强行按进凳子里喝了半杯茶水了，刘超然还是坐不住。一想起秦梅给他打电话时的情形，刘超然再次像个点着的窜天猴一样，蹭的一下站了起来。

"她说拍照的地方要由她来选，这有啥，不是更好嘛，她到底是两家峪土生土长的，肯定比我这个外地人有眼光！"

几句话说完，刘超然忍不住又要找个人热情地拥抱、握手，齐望海看在眼里表情十分尴尬。不过，他还是从刘超然的话里听出了弦外之音——秦梅答应是有条件的。

秦梅的条件听起来格外简单，就好像怀着感恩的心，要帮着成全刘超然一样。可是，齐望海还是凭着他敏锐的嗅觉，闻出了别的味道。一种另有图谋的味道。秦梅是多聪明的人，她能主动找上门，主动松口，就说明她已经做过了仔细的盘算。只是，这盘算会是什么呢？齐望海一时半会儿却猜不透。

"老刘,你们打算啥时候开拍?"齐望海想了想问。如果时间来得及,他一定要跟着去看看。不为别的,只为弄清楚秦梅的图谋。

"等下就开始,要不然我大老远从西京赶过来为啥?难道真的只是为了在你面前显摆两句?"刘超然把杯子里的茶水一口气喝干,背着他那套长枪短炮就要出门。

"你等下,我跟着你去见识见识。"齐望海说,放下手头的事情跟了出去。

也不知道是两家峪根本就藏不住秘密,还是有些人好奇心重,总之,报道过两家峪铁芯子社火的《西京日报》大记者刘超然一出现在街道上,立刻就有一大堆人围了上来。齐望海本来想把这些人劝说走的,转念一想,放弃了。刘超然干的又不是什么见不得人的坏事。让两家峪人知道了就知道了。

"哎,望海,你知道你为啥越来越受人待见了吗?就是因为你娃有种,敢砸大河的牛皮鼓,要不是你砸鼓,二伯还下不了决心让大河当社火头,咱村也不会经常来这么大的记者,说到底,还是你那一砖头,让咱村转运了!"

秦三宝淌着涎水凑到了齐望海跟前。在他看来,齐望海跟在刘超然屁股后面,看起来像刘超然的狗腿子,实际上却是两家峪的功臣。只是,他常年受糖尿病折磨,不但口齿不清,说出来的话,也让人很不舒服。

第42章 三宝

"三宝，你来，来，我问你句话。"齐望海想了想，冲着秦三宝招了招手。

"说嘛，说嘛，我听着呢。"秦三宝也没多想，摇摇晃晃，挂着亮晶晶的涎水，跟着齐望海走到了僻静处。

"咱俩可是一起耍大的，我问你句话，你一定要照实说，可不敢哄人啊。"齐望海揽住秦三宝的肩膀头，压低了声音。

"你放心，我不哄你，不哄你！"秦三宝想拍拍自己瘦骨嶙峋的胸脯，却看起来好像哆嗦得更严重了。但是，他认真的表情，还是让齐望海放心了许多。

"我以前真的不受人待见？"

"不是我一个这么说的，不信你去问……"

听到齐望海问的是这话，秦三宝立刻提高了声音。村里是非多，秦三宝就是再傻也明白这个道理。他生怕齐望海以为是自己在背后造人家的谣，作势喊个人来证明自己的清白。

"别喊，千万别喊！"齐望海赶忙制止住秦三宝，面庞微微泛红，"我信你，三宝，我也知道这些话不是你传出来的，咱俩可是知根知底的好兄弟，我只想听你一句实话。"

"嗯。"秦三宝忽然用力地点了点头。

齐望海的第一反应是想问"嗯是啥意思？"，然而，下一秒他立刻就明白了。

"好，谢谢你好兄弟。"心里的猜测得到了证实，齐望海的眼神变得更加复杂。

"你就不想问为啥？"秦三宝瓷瞪瞪地盯着齐望海的眼睛说。

齐望海摇了摇头。

"那我跟你说，那个鼓你要赔呢，不赔你的脸拾不回来。"秦三宝叮嘱说，完全是一种知己朋友的规劝口吻。说实话，在没得糖尿病之前，秦三宝体格魁梧，外形俊朗，能说会道，在外面还有一份正式工作。别人见了他经常哥长哥短地叫着。

到现在，他人瘦了，腰杆子挺不直了，棱角分明的面庞也只剩下了皮包骨头，涎水流个没完没了，嘴里的腥臭隔着老远都能把人熏吐。当然，曾经让他感到过自豪和高人一等的工作也丢了。秦三宝在两家峪就是在垃圾堆里翻吃食的病狗、脏狗、流浪狗。

今天此时此刻，他的心忽然一暖，没想到在两家峪还有人把他当人看。

"我知道，我赔。"齐望海若有所思地点了点头。人心隔肚皮，秦三宝心里起的波澜，齐望海自然是不知道的。更何况秦三宝给他的触动，未必比他给对方的小。

"望海，望海……"人常说病人心思重，容易动感情，秦三宝到底还是没忍住，抓住齐望海的手"哇"的一声就哭了。秦三宝一哭，齐望海立即就慌。他是实在弄不明白这家伙到底为什么要哭。不过，回望着众人好奇的目光，他还是带着尴尬的笑，劝慰起了秦三宝。

人生中有好些事情往往是歪打正着。秦三宝这天受了齐望海的待见。没过多久竟然成了除何倩、老锄头之外，秦梅的第三名最忠诚的追随者。有人就这个事情，也远远地问过秦三宝，秦三宝说："人家祥林嫂都懂得捐个门槛，我还不知道帮村里做些事啊，等到大河变成了以前的样子，我秦三宝估计也不在了，不过，我就不相信别人提说起治理大河的事，不会想不起来我秦三宝……"

事实上，秦三宝是从齐望海身上得到了启发。他觉得齐望海都能通过为村里做事，重新找回面子，自己肯定也能用同样的方法获得尊严。可是社火毕竟是个抛头露面的事，自己要是跟着掺和，弄不好尊严没找回来，反而被人当成了笑话，给两家峪社火抹了黑。

想来想去，秦三宝终于扛着一把铁锹去了大河边。秦梅向来不会另眼看人，秦三宝的加入当时就得到了热烈的欢迎。不过，秦三宝也是个明白人，不管秦梅几个怎么劝说，总是在干活时和众人保持着一段距离。

说实话，在大河边掏泉眼相比于给社火局跑腿，确实苦得多累得多，特别是作为一名糖尿病重症病人，更加地艰难。

可是，秦三宝的心情却一日比一日好。总算是找到了一个不用出头露面，还可以在两家峪留名的事情。如果回看秦三宝人生最后3年，这无疑是他做出的最明智的决定。

当然，这些都是后话。那天被齐望海劝说得不再掉眼泪后，秦三宝还是跟着乱嚷嚷的人群去了秦梅拍两家峪宣传照片的地方。

作为第一个取景点，肯定是秦梅经过深思熟虑后选择的。那是大河的一段，唯一一处水流平缓、水量丰沛的地方。

平时两家峪人看的时候，还不觉得有什么。直到穿着白碎花纱裙，长发从鬓边自然流淌下来的秦梅，往河中央的大青石上一蹲，再小心翼翼地用她手里的狗尾巴草，轻轻地在水面上点了两点。水纹在阳光下荡漾开来，立刻就十分地醉人了。秦梅无疑是全村最美的姑娘，叫她村花，谁也觉得对对的。可是，最美的秦梅似乎就在她用狗尾巴草轻轻点水的那一刻。

早在两天前，陈老皮家那五口鱼塘，已经开始填埋了。秦梅本来想站在村西的老杨树边拍第一张照片，这样陈老皮家繁忙地填埋工地就会出现在照片的背景里。可是，这么做意图似乎太过于明显。于是，秦梅思量再三，还是以自己为眼睛，让两家峪人和更多的人看到大河的美好。你只有发现一件事情的美好，才会在失去时感到惋惜，才会在还有挽回机会的时候痛下决心，不由自主地想为它做些什么。

经过这些日子的努力，秦梅渐渐意识到，相比于找到老泉的泉眼，补充水量，唤醒两家峪人对大河的眷爱更重要。这也是她突然改变主意，主动联系刘超然的原因所在。

"望海，望海在这儿吗？快往回走，大河为了一顶帽子和春生吵嚷起来了！"

齐望海刚刚觉得自己品咂出了秦梅的图谋，回村的小路上忽然有人喊了起来。

第 43 章　春生

春生就是齐春生。

在两家峪，绝大多数人只知道他是个懂得一些果树嫁接技术的矮个子农民。只有齐望海和少数几个热爱社火、对秦腔十分痴迷的人清楚，齐春生还从父亲手里继承下了制帽的手艺。

制帽当然不是指的编草帽，用机器缝制布帽、毡帽，而是制作戏曲、社火披挂会用到的官帽、将帽、老帽的传统手艺。这手艺看起来十分轻巧，好像你看张演戏的照片，看一桌社火，就能照猫画虎描出来。实际上，里面的讲究多如牛毛，每个门道都能抠出无数的道理。齐望海曾经下过决心，想把制帽的门道一次性全部弄清楚。谁知道两个人零零碎碎聊了3个月，话题始终还停留在官帽的帽翅上。

事实上，齐春生之所以门清，完全得益于他是童子功，从小就跟在他爹齐友贤屁股后面看着，学着。

什么人戴什么帽子，什么帽子用什么材料，这些材料怎么准备，是缝呀，粘呀，还是穿插，拼凑，镶嵌在一起……齐友贤都是边做边说，说不清的地方就让齐春生看着他做。到了齐春生也能动手帮着制帽时，齐友贤基本上就不说话了。他的手里多了一根杨木棍，一旦发现儿子做的不符合他的心意，就是一棍子。

就这么的，用了31年时间，齐友贤把家传手艺，硬生生砸进了儿子的脑子里，手指间。为什么是31年时间？因为就在齐春生31岁那年，齐友贤因为脑溢血去世了。要不然这一教学过程还会更加的漫长。

至于他家的手艺为什么不被两家峪人广泛了解，其实是有历史原因的。

最开始的时候，老戏刚刚兴起来，社火还没怎么耍，政策也不太明朗，齐友贤的营生几乎都是大白天躲在偏房里，偷偷摸摸完成的。即使有人走进他家院子想说两句闲话。齐友贤也是把他那些正在完成的活计藏得严严实实的。到后来，政策一放开，戏曲、社火日益繁荣，齐家手艺硬，名声也做了起来。和他们有来往的，却又固定在了很小的一个圈子里。

再加上齐友贤和齐春生一个比一个木讷，根本不懂得自我营销。时间一长，他家就只落了个声名在外，经常见面的人却大多不知道。

"到底是咋回事？"

齐望海赶回社火总局，很快就把车大寒和齐春生拉开了。车大寒呼哧呼哧喘着粗气，齐春生气得又是咬牙，又是攥拳头。

"他啥都不懂，乱指挥。"齐春生激动地说。

"我怎么不懂了，官帽难道不该和官衣放在一口箱子里吗？"车大寒质问。他虽然对社火队的人事安排一向不过问，但是齐春生这个管披挂的实在让人看不过眼。平时问他些事情不是含含糊糊说不清，就是爱自作主张。动不动就按自己的意思改了这个改那个。社火队是一盘棋，商量好的事情，哪能胡乱改动的。车大寒今天之所以没忍住，其实是忍无可忍了。

"帽子是帽子，衣裳是衣裳，二伯在的时候从来都是分开放的。"齐春生又说。

听到这话，齐望海下意识看了车大寒一眼，走到了引起两人争执的那口服装箱跟前。

"大河，春生是对的，帽子、衣裳要分开放呢。"齐望海盯着箱子里的服装说。原先这些事都是他在管的。今天他还没把服装装完，就临时出去了，这才引起了车大寒两人的吵嚷。

"分开放会多出不少箱子，不嫌麻烦啊！"车大寒不懂这里面的门道，还在坚持。

齐望海眼珠子一动，把车大寒拉到了一旁。不知道两人说了些什么，车大寒再看齐春生时，眼神都不对了。

"春生，你说的对，服装这块儿以后都听你的，按你……"

"不用，我还有事，先走了。"

齐春生没好气地说，径直走了社火局。随后两天，始终不见他的人。眼看着社火队就要出发了，车大寒只好硬着头皮上门劝说。

"不对，翎子不对，这是个宋代的女将，你好好想想这样的人该用什么翎子……"车大寒刚走到院门外就听到了齐春生的说话声。他正在用父亲用过的办法，教育自己的儿子。

"那就是这样的。"齐明轩沉思了片刻，用橡皮擦干净白纸上的帽样图形，重新画了一副。按说他只需要擦掉翎子，重新画一对就好，可是老爸齐春生早就有言在先，错一个地方，哪怕再小也得重来。

"这回对了,爸再问你,官帽最怕啥?"齐春生已经用眼角余光瞥见车大寒走进了自家院子,却对此视而不见,继续考自己儿子。当然了,他之所以出这个题目,肯定是故意的。

"当然怕压嘛!"齐明轩得意地说。不光是官帽,所有的帽子都怕压,一压就失型了。这是最基本的常识,齐明轩一口就答了出来。

"那爸爸再问你……"

"不用再问了,这些道理我都懂,二伯给我讲过,我想起来了,我生气不是你说的没道理,而是你的做事习惯……不过,这已经无所谓了,只要你能继续在社火队帮忙,其他的都好说。"车大寒打断了齐春生,快步走到这对父子跟前,笑着在齐明轩的小脑袋上摸了摸。

他的毫不避讳,让齐春生愣怔了片刻:"我的习惯是不好,所以,我主动退出。"想了想,齐春生还是把脸沉了下来。

"春生,咱的社火队离不开你,你就别使小性子了,跟我归队吧。"车大寒一脸真诚。千人千面,人的性格都是天生的。想让齐春生短期内改变做事习惯,实在不现实。只要自己注意到了这个事情,车大寒相信他一定有办法让齐春生变得合群。根本没有必要着急一时。

"要我归队也可以,看到我儿子画的帽样了吗?你啥时候把它做出来,我啥时候归队。"齐春生很认真地说。

"啊!"不等车大寒做出反应,6岁大的齐明轩先吃惊地张大了肉嘟嘟的小嘴巴。

第 44 章　技和

"行，那我做。"车大寒没有任何含糊直接答应了。他答应得如此痛快，又让齐春生愣怔了片刻。距离去白龙岭演出已经剩下不到两天时间了，社火队还有好多事需要处理。按说车大寒应该心急如焚，根本耐不住性子的。

"好，轩，去把我准备好的东西拿过来。"齐春生眼神有些复杂。不过，他还是让儿子把放在正房八仙桌上的蓝绒布包袱，提了出来。不知道是不是包袱过重的原因，齐明轩提的过程中，一直咬着牙，脸也是红扑扑的。

"拆。"

儿子使出吃奶的劲把包袱甩起来，终于放在了桌上。齐春生立刻抬起眼皮说了一句。由于是看向车大寒的，这话当然是给车大寒说的。至于儿子有没有累到，他根本就不问。

车大寒有些心疼孩子，抬手在齐明轩肩头拍了拍。齐春生对此却无动于衷，再次直勾勾地盯着车大寒的眼睛说："拆。"

车大寒不知道他是有意锻炼孩子，还是在给自己摆脸子，干干地笑了笑，拆开了包袱。包袱里有袋装的，有罐装的，有像毛线团一样，缠成一疙瘩的，还有各种各样稀奇古怪的工具。最吸引车大寒的要数包袱里的纸。光纸就有六七种，大多数还是车大寒没见过的。

"纸板不用你打了，从夹纱开始吧。"齐春生指了指放在廊檐底下，阴凉处的硬纸。

"那你还给我大河叔看这些纸。"齐明轩忍不住说。打纸板是制帽的头一道工序。现在市面上好些人为了省事，为了赶工，大多把这道工序省了，他们直接买来硬板纸备用。只有齐家还在坚持着老手艺。齐春生常说"慢工出细活"，这个道理齐明轩懂，对于坚持老手艺这事，他也认为是对的。只是，齐春生明明已经打好纸板了，并且晾得干干的，还把用来打纸板的那些纸塞进包袱里给车大寒看，就有些让人没法理解了。

"不给他看，他就不知道打纸板的不容易。"齐春生看了儿子一眼，又说："要不是时间紧，我真想让他体验一下打纸板的难唱（关中方言，难处、辛苦的意思）。"

车大寒听了他们父子的对话，立刻激动地说："我知道你们不容易，你放心……"

"抓紧时间夹纱。"齐春生打断了他，想了想，解释说，"这是第三道工序，打完纸板，你得晾干，晾干的时候正好备料，料也不要你备了，我替你备好了，包袱里都有。"

"夹纱就是在纸板上盖上纱，咱这个盔头，噢，我爸说盔头是正式叫法，咱平时就叫戏帽，用那个纱正好，那个瓶子里装的是我家秘制的糨糊，你闻闻是不是有一股墨香，可以提神醒脑呢，你用它粘，把纱粘到纸上。"

担心车大寒像自己第一次夹纱时那样手足无措，齐明轩在一旁当起了小老师。父亲齐友贤的早逝无疑给了齐春生极大的打击，让他对自己的寿数隐隐有了几分担忧。为了避免家族手艺失传，他比父亲早了两年，也就是在儿子齐明轩4岁，刚刚懂了点事时，就开始了对他的培养。还好，齐明轩虽然没有齐春生父子两代人木讷寡言——最适于"慢工出细活"的性格，却天生早熟，头脑聪慧。基本上是一教就会，记忆力更是出奇地好。

齐春生对儿子始终严厉，很少流露出怜惜的神情，可是在他内心深处却时时因为拥有这样的儿子而自豪，并且因此对老天心存感激。

车大寒照着齐明轩说的，取出纱布和糨糊，趴在纸板上忙活了起来。忙着忙着，他突然意识到一个问题。"春生，你咋知道我会来找你？"在忙活的同时，车大寒问。

见车大寒糊得好好的，突然变得三心二意，齐春生下意识蹙起了眉毛。"你先停手，咱俩把话说完，你再继续。"说着话，他还把装满糨糊的大罐头瓶子挪到了一旁。

"干啥事都要专心呢。"车大寒自嘲地笑笑。今天接触下来，他突然发现齐春生不是脾气怪，而是爱较真。

"你肯定会来找我的，你大河能拉下脸给齐望海来个负荆请罪，我就不相信你会把我晾在一边不管了。何况望海很可能已经跟你说了我家有这手艺，你要弄社火申遗，离不开我。"齐春生淡淡地说。本来只是在陈述自己的判断。给人的感觉却像是吃定了车大寒一样。车大寒对此倒是没觉得有啥。不过，从齐春生说话的口气上，他隐约觉察出，这大概是齐春生在社火队里，经常不合群的原因之一。

"你让轩轩画的盔头,还有这包袱和纸板都是为我准备的?"车大寒又问。

齐春生点了点头。

"那我要是今天不来呢,轩轩不是白画了?"车大寒问,心中暗想难道齐春生能掐会算,料定自己今天会来?

"不会白画的,我爸准备了好几个包袱呢,你碰到哪个盔头,我就去拿哪个。"齐明轩在一旁说,"其实,从老爸不去社火局的第二天开始,他就为大河叔的到来做起了准备。"事实上,齐明轩还有一个更大胆的想法:"也许在老爸和大河叔起争执的那一刻,他就萌生出了让大河叔来家里做盔头的念头。"

"原来是这样啊……"车大寒喃喃自语,低下头,作势要继续夹纱。

齐春生忽然说:"你不是经常爱说,社火看的是一社的和睦嘛,今天我要告诉你,一社的和睦里,除了'人和',还有'技和'两个字……"

齐春生看着车大寒,停顿了数秒,接着说,"耍社火跟演一台秦腔戏没有区别,有在台上表演的,就有在后台忙活的,我们这些做盔头的,准备服装道具,给社火娃装扮、勾脸的都是幕后人员,你要把社火耍好根本离不开我们,你要把社会耍出花花更离不开我们。"

"我们这些人看起来都是打杂的,可你要是往深里琢磨,我们个个可都是行家、专家、技术能手,是不是?大河,你要是想把社火申遗做成,我劝你还是在我们这些老手艺上多花些工夫,这样,你才能做到技和啊……"

最后这几句话,齐春生一改往日生硬的口吻,言语间充满了语重心长。

第 45 章 外行

"你说的没错,这也是我上门来找你归队的原因。"齐春生边说,车大寒边点头,等到齐春生不再开口了,车大寒笑着说,"倒不是我车大寒习惯不好,喜欢给人道歉。"

"你还爱给人道歉呀,我听我爸说,你 9 岁那年看不惯有人虐待老人,拎着一条棍子就进了人家家里头,谁知道那家兄弟六个都在,直接就把你按在了地上,人家说了,只要你认个错就放你走,可是你却死活不给人道歉,到最后还是我二爷赶过去替你解的围。"

齐明轩马上接了一句。在他和村里小朋友们眼里,车大寒不但有大本事,骨头还最硬。好多人都说,他们长大后要像车大寒那样顶天立地。

"要说的我已经说完了,你继续吧。"敏锐地觉察出三个人之间,似乎要蹿起闲谈的苗头,齐春生赶忙说了一句,把苗头掐灭了。

车大寒本来还想和聪明懂事的齐明轩聊两句的,看到齐春生的面孔板了起来,立刻把嘴边的话咽了回去,心思也跟着收了起来。

然而,就是把纱布粘到纸板上这么简单的事,也并不好做。纱布看起来十分平整,但是往纸板上一覆盖,总有微微皱起的地方。车大寒是经常见社火盔头的人,不用齐春生父子点明,他也知道纱布一定要抹到最平,抹到和纸板毫无空隙地紧紧贴好在一起才行。因为,自己在制作的其实是盔头的骨架。骨架不够结实,不能拧成一股,盔头就戴不住。

除此之外,抹在纸板和纱布之间,起到黏合作用的糨糊,抹起来总有稀稠不均匀的时候。只要存在稀稠不均匀,纸板和纱布同样没办法紧紧贴合。

就这么的,三张直径不到半米的纸板,竟然让车大寒从午饭后,忙到了天黑。

"算了,就这样吧。"

院子里的灯亮了起来,齐春生的声音从廊檐底下传了过来。车大寒刚开始夹纱的时候,齐春生还坐在桌子跟前看了一会儿。看着看着,他就从车大寒身上看出了那股较真、不服输的劲头。这是干好他家营生,必须要有的劲头。齐春生满意地点了点头,拍了拍自己儿子的肩膀头,父子两人轻手轻脚地走开了。齐家父子制帽的时候，向来都是全身心地投入。因此，直到天彻底黑了下来，他们才记起来车大寒还在院子里夹纱。当然了，车大寒也在全身心地投入，他同样忘记了一切。

"别算了啊，我好不容易把夹纱弄完，你赶紧跟我说下一步弄啥，我要尽快把穆桂英的花帽子做出来。"车大寒挺了挺又酸又硬的腰杆，激动地说。你还别说，做手工活，还真的容易上瘾。此时此刻的车大寒心里只有一个念头，那就是把穆桂英的七星额子做出来。

"大河叔，你真是个外行，你以为把夹纱做完就万事大吉了，我告诉你后面还有漏花、合拢、裹铁丝、刷底料、走粉、着色、装点……至少还有20多道工序，就凭你一个没有任何功底的人，根本就做不出来。"齐明轩笑着说。

今天是礼拜天，明天就要上学了。有了车大寒的突然来访，齐明轩这周末的学习比以往有意思多了。说句实话，制帽里面确实有学不完的东西，但是要把自己所有的课余时间都用在这事上面，齐明轩还是有些不情愿的。只是这话，他从来没有和父亲说过。不过，要是经常有车大寒这样好玩的人来家里，齐明轩就不觉得学制帽有多么的枯燥了。

"怎么就做不出来，你们让我试试，我不信做不成！"说着话，车大寒就在包袱里翻了起来。这些纸板显然不能直接当帽子戴，它们肯定需要用特制的刀子裁开。车大寒要找到那把刀子，在纸板上刻出七星额子需要的花形。

"拿铅笔，照着轩轩画的帽样，在白纸上画，大小要合适，要试的话，你可以试试。"齐春生见儿子劝不住车大寒，幽幽地说了一句。车大寒这才放弃寻找刻刀，拿起了铅笔。

齐春生要车大寒画的自然是七星额子需要的花形，也可以说是七星额子的零件。车大寒拿起齐明轩画的帽样端详了半天，终于动笔了。然而，一些看起来非常简单的线条，让他画出来时，总差了那么点意思。齐明轩今年才6岁，他就是再有绘画天赋，也不可能比一个生活经验丰富的成年人强多少，更何况这个成年人还终日浸泡在由各式披挂妆点出来的社火里。车大寒不断地提醒自己，千万不能连一个娃娃也比不过。可事实却是，他的眼睛都发花了，落在纸上的花形还是别别扭扭的。

"还要继续吗？"齐春生又问。

这时候月亮已经爬到了树梢上，齐家父子已经望着抓耳挠腮的车大寒吃过晚饭了。当然了，齐春生媳妇敏娟给车大寒端来，放在桌上的饭菜，

也早就凉透了。

"大河哥，大河哥，你在院子里吗？"

车大寒揉了揉眼睛，还要继续，院门外忽然传来了何倩的喊声。

"在呢，你进来吧。"

村里人爱传闲话，为了避免何倩继续喊他，车大寒先答应了一声。

"要不然我把这几张纸板带回去，等我弄好了，再送回来？"看到齐明轩哈欠连连，车大寒知道自己再也不能在人家院子里待了，于是提议说。

"不行，我家的东西没做好前，绝对不能流落到外头。"齐春生摇了摇头。

"那你，那你……这几天还回不回社火局？"车大寒犹豫了一下问。毕竟他们有言在先：车大寒做出穆桂英的七星额子，齐春生才会答应归队。现在忙活了半天，七星额子的骨架都没做出来，车大寒真担心自己不能在社火队去白龙岭演出前，满足齐春生提出的条件。

"啥东西这么神秘，还不能流落到外头，快让我看看。"话音未落，何倩快步走到了众人面前。"呀，真漂亮！"她拿起齐明轩画出来的帽样，忍不住夸了一句。

"没想到啊，大河哥，你还有这手艺！"何倩笑吟吟地冲着车大寒竖了个大拇指。随后，她皱着眉头拿起了车大寒画的花形，"老哥，你的决定非常明智，像你孩子这绘画水平，真该和我大河哥好好学学……"

她显然弄反了这两样图画的绘图人。

第46章　偶遇

"要不然今天先到这里吧。"车大寒一脸尴尬。何倩这么一比较,终于让他意识到了业余和专业之间的差距。齐明轩年龄虽然小,可他毕竟受过专业的训练。这是不争的事实。车大寒要想在短时间内超过他,基本不可能,更别说完成七星额子的制作了。

"急啥,你们还没告诉我啥东西那么神秘,还不能流落到外头呢。"何倩着急地说。似乎不满足好奇心,她今晚上就睡不着了。

"时间不早了,不能再打扰人家了,你要是想知道,我在路上跟你说。"车大寒巴巴地望了齐春生一眼,推了何倩一把。两个人这才走出了院子。车大寒最后那一眼的意思,齐春生最清楚,那是欲言又止,那是无可奈何却又丢心不下。车大寒盼着齐春生归队呢。

院门外,村道上,远处漆黑一片,只有偶尔碰到的路灯和从临街窗户里投射出的灯光,才能让眼前的世界清晰一些。不知名的虫子拼了命地叫着,猛然间还能听到几声猫头鹰瘆人的叫声。

静谧,空灵,又有几分神秘感。何倩原本迫不及待地想要满足自己的好奇心,现在却突然安静了下来。

"大河哥,两家峪真美。"说话的同时,何倩下意识就要伸出左手去挽住车大寒的手臂。

"是啊,非常地美。"车大寒虽然想着心事,何倩的小动作还是被他察觉到了。为了不伤彼此的情面,他突然蹲下身子,捡起一颗石子,朝着猫头鹰叫声传来的方向丢了出去。

"夜猫子(猫头鹰的俗称)进宅,无事不来,我从小就烦它。"车大寒说。也许真的被石子砸中了,猫头鹰的叫声戛然而止。

"还记得我想隐居的那个梦想吗?"何倩收回空落落的左手,在有限的光亮里,望了望车大寒高大、宽阔的背影,"这些天在两家峪住下来,我的梦已经圆了。"

"既然梦已经圆了,你何不……其实,你还这么年轻,有好多好多的事等着你呢,真的没有必要,一直待在两家峪,会埋没你的才华的。"车大寒回过头,望着何倩寒星一般的眸子,语重心长地说,"你不是学民族器乐的吗，就没想过在这方面发展一下？"

"大河哥，你想说什么，我都知道，可是我，我走不出两家峪……"一句话刚开头，何情的眼眶忽然红了。事实上，她已经不止一次下定决心要离开两家峪，离开车大寒了，可是临到出发时，却总是会乱了心弦，乱了阵脚。

"大河哥，你就让我留在这里吧，我喜欢两家峪，真心地喜欢。"何情擦着无声滑落的泪珠，央求似的说。车大寒当然能听出弦外之音，那就是何情根本放不下他。哎……车大寒默默地在心里叹息了一声，他实在有些后悔，偏要在那天走进苦峪口。

"那你……"

"大河。"

听到何情的声音有些哽咽，车大寒的心立刻又软了，他正想说两句软和话，耳边却意外地传来了秦梅的声音。

秦梅的声音是从斜巷子里传出来的，当然了，也可能是她在斜巷子里犹豫了半天，才喊了这么一声。

"梅梅姐，你怎么来了？"看到秦梅从背黑处，走到了灯光底下，何情赶忙擦干了眼泪，露出了灿烂的笑容。整个两家峪谁看到她的眼泪都可以，就是不能让秦梅看到。最近一段时间，在全村人看来，何情基本上已经成了秦梅的影子、跟班，大家都觉得她们两个好得跟亲姐妹一样。甚至还有不少人私下议论，何情现在留在两家峪已经不是为了追车大寒了，而是想帮秦梅治理大河呢。只有何情始终保持着清醒，她知道自己的初心从未改变过。

"打扰到你们了吧。"秦梅的表情略显尴尬。在这样的夜晚，一对青年男女走在光线暗淡的村道上，你很难不往别处想。更别说秦梅清楚地知道，何情深爱着车大寒。

"没什么打扰的，我在春生家里多待了一会儿，忘记吃饭了，何情来喊我了。"车大寒赶忙解释，表情同样很尴尬。

"梅梅姐，照片拍得怎么样？今天去看热闹的人太多了，我都没挤到跟前，要不然，让刘超然给咱这对姐妹花也来一张，哈哈。"何情笑着说。她故意笑得很大声，这样秦梅无论怎么看都看不出来她刚刚哭过。另外，她还突然向前一跨，娇俏俏地站在了车大寒身边。不管秦梅留不留心，她都要给秦梅一个她和车大寒刚才有过亲密接触的错觉。说实话，这些小动作都是不由自主做出来的。何情发现，只要是她、车大寒、秦梅三个人都在场的情况下,自己就变成了这个样子:一个醋坛子、一个蹩脚的演员。

"照片拍得还行,等下次再拍时,我给他说一下。"秦梅淡淡地说,一双丹凤眼不受控制地望着车大寒的眼睛。秦梅不是何倩,她不会承认自己是醋坛子,她更相信自己对车大寒的爱意早就随着时间的流逝变得苍白和淡漠。然而,此时此刻,她竟有些怀疑自己。她甚至希望车大寒能斩钉截铁地告诉她自己和何倩没什么。

令车大寒意想不到的是齐春生竟然在第二天一大早就来到了社火局,并且还像以前那样,默不作声地忙活了起来。他虽然没做任何解释,但是谁都能看出来,他已经正式归队了。

"春生,大河的七星额子还没做好呢,你咋就回来了?"有人挤眉弄眼地问。车大寒亲自登门劝说,以及春生出题难为他的事情,早就在社火队传开了。人们惊讶于这个闷人竟然也有端起来,耍豪横的时候,同时,人们更好奇是什么促使这头犟牛来了个大转弯。

"我不回来,难道继续给他管饭呀。"齐春生白了问话人一眼,忽然笑了起来,"说实话,我还真是怕了,大河较起真来,十个我都比不上。"事实上,真正促使齐春生返回社火队的原因,是他心焦得实在在家里待不住了。

能主动加入社火队,帮着忙活的人都是爱社火的人。在这些人的生活中,社火就是油泼辣子,一顿不吃你能忍住,两顿三顿不见辣子,可就有些折磨人了。当初齐春生负气回家,心里想的唯一一件事情就是车大寒早日上门,自己想办法让他意识到打杂的重要性,然后,尽快归队。谁知道车大寒硬生生过了好几天才上门,这一下就把齐春生急成了炒锅里的黄豆。人虽然按部就班地忙着手里的各道工序,心却越来越焦。还好,车大寒在他即将达到承受的极限时,把他解脱了。人常说自作自受,齐春生不踩着这个台阶,及时归队,还等啥,难道要自己把自己憋死,煎熬死?

不管怎么样,能在社火局看到齐春生,车大寒的心情好了许多。为了凸显对管理盔头、服装、道具、化妆等杂事的人员的重视,车大寒索性学城里秦腔剧团的做法,在每个行当里都明确出了一名负责人,并且给他们分别安上了总指导的名头。如此一来,反倒给人一种错觉,在两家峪社火队里,打杂的比出头露面的地位高出许多。

"春生,哎,不对,应该是负责盔头的齐总指。"

"咋，眼红啊，眼红把你的负责化妆的秦总指转给我。"

自从有了这些名头，社火局里相互开玩笑的人越来越多，就连一向板着脸的齐春生，似乎也开朗多了，合群多了。车大寒原先还打算想办法帮齐春生融入团队的，看来已经没有必要了。

对于这事，车大寒做过认真的反思。原先齐春生等有一门手艺的人之所以看起来像混进鸡群的大白鹅一样，又呆又傻又爱叫唤。主要是因为他们不被理解，不被重视，甚至经常被社火队的人看成爱没事寻事。现在好了，他们有了各自的身份，也清楚谁跟自己是一伙的。如果再遇到看不惯的事，不但可以名正言顺地出面解决，还能有个帮腔帮手的。分工协作，没有明确的分工，哪有好的协作。

日子在笑闹中过得更快，没几天，两家峪社火队就如期出发了。

第 47 章　诱惑

两家峪社火队在白龙沟的表演同样获得了满堂彩，甚至有人还说社火队交到车大寒手里，又向前跨了一大步。

原先说好的演出的极限时间是 7 天，可是真正演完已经将近 1 个月了。

除了受天气影响，主要因为游客的反响实在太好了。好多人来白龙岭游玩之前都是先打听，今天有两家峪的社火表演没有，有，就来，没有，直接换地方。闹得白龙沟的人实在没有办法，又是加钱，又是寻情转弯地求车大寒几个。众人早就累得不行了，可是考虑到社火靠的就是口碑，游客越喜欢，两家峪社火的名气就越大，等到社火申遗的时候，这就是"深受群众喜爱"的明证。车大寒和众人商量了一下，也就答应了。

不过，这趟社火耍下来最高兴的还算人家齐望海。社火表演满打满算，整整 22 天。除去给社火局留下公用的 2 万元，社火队每人都能净落 6000 元。不到一个月，挣下 6000 元，这在农民中间早就引起人们眼红了。齐望海不是一般农民，他是两家峪的首富，养殖大户，这 6000 元对他来说，确实不算大钱。可是这 6000 元，却足以向妻子彩芹证明，社火绝对不是失闲杆（关中方言，游手好闲，浪费时间的意思），社火也是能下金蛋的鸡！

除了 6000 元本身，这 6000 元在两家峪大人小孩中间，产生的社会影响力，更让齐望海心花怒放。社火队的人是齐望海一个个选出来的，是他点了头才能正式加入的，也就是说，这些人挣钱的机会是他给的。齐望海如今行走在大街小巷里，遇到的都是讨好、谄媚的目光，就好像村北的财神爷附在了他的身上一样。

也正是在这个时候，有人提出要在两家峪组建一支正式的演出队。除了为村里筹备每年正月十五的社火表演，其他时间全部用来走穴挣钱。

这件事情按照常理想，对村里人确实是件好事。可是车大寒却隐隐有种担忧，他生怕演出的次数一多，观众的审美会疲劳，演出的质量也跟着会下降。到最后，大家再看两家峪社火，就跟看普通的社火表演没有区别了。因此，众人找到车大寒的时候，他直接回绝了。

没办法，众人又去找齐望海。没想到，齐望海头摇得像拨浪鼓一样，

态度比车大寒的还坚决。"社火不是油泼面，越吃越上瘾，社火是羊肉泡馍，顿顿都吃，腻得不行，偶尔吃一回，才能赛过活神仙。"这是齐望海的原话。他的话生动活泼得多，但是想讲的道理跟车大寒的担忧一样：社火不能多演，要演就得少而精。

接连被与社火有关的、正式的民间组织的领头人拒绝后，人们很快自发地聚拢在了一个思想最野、闹得最凶的人身边，并且硬生生地成立了另一支两家峪社火队。这支被戏称为"杂牌军"的社火队，是由齐春生的二哥齐心远担任的社火头。

就在齐心远带着"杂牌军"走出两家峪的第三天，齐望海独自一个人走进了苦峪口。他打算用刚刚赚到的 6000 元钱，为车大寒好好地做一面鼓。自然，他找的人也是曹道士。

算起来，从过年到现在，曹道士好像一直都没再来过两家峪。齐望海还听说，车大寒大年初一那天，追曹道士追到了磨针观门口，都没见上人。不过，曹道士性子怪是谁都知道的事。齐望海对此最多只是摇摇头，无奈地叹息一声。至于曹道士究竟在忙活什么，齐望海心里最大的猜测就是他又看上谁家的牛了，弄不好正跟牛培养感情呢。

"有人没有？"

看到磨针观里面冷冷清清的，连个人影都没有，齐望海清了清嗓子喊了一声。"有，有。"工夫不大，一名小道士跑了过来。原来道士们正在做早课，道观里正好没有香客，才显得如此冷清。

"曹道士在没有？我要见他。"

齐望海望着小道士问。他虽然不是啥虔诚的香客，却在 3 年前磨针观修缮的时候，出了不少力气。因此，站在这处空旷的院子里，齐望海的底气十分地足，说话的口气里甚至带着几分颐指气使的意味。

"好，你稍等。"小道士点点头，小跑着离开了。

没过多长时间，小道士领着一名身形瘦高的年轻道士走了回来。

"这就是曹道士，你找他有啥事？"小道士问。

瘦高道士淡淡一笑，微微地点了点头。

"去，叫你们方丈出来，拿我当傻子嘛，我要见的是曹道士，你难道不知道是谁吗？！"齐望海激动地跳了起来。这个小道士看起来老实巴交的，却在拿他开玩笑，作为曾经的功臣，齐望海忍不了了。

第 48 章　保护

"我真的没拿你当傻子，他就是曹道士，不信你看他的身份证他就是姓曹。"

小道士一脸委屈，转过头就对瘦高道士说："师兄，你去取身份证给他看，咱不能让人把磨针观小看了。"

"好，你等一下。"瘦高道士倒也没有多余话，点点头，转身就走。

"等下，你们真的没有耍我？"齐望海将信将疑，打量着小道士两人。现在这年轻人无聊的时候多，一有机会就拿别人开涮。齐望海见过好几回了，但那都是发生在别人身上，而且被戏耍的人大多不是呆愣就是脑子糊涂。

今天他要是被戏耍了还是小事，主要是一旦被人划入呆愣或者糊涂一类，好不容易重新获得的良好的自我感觉，势必会荡然无存，那他还怎么活呀……因此，他刚才才会有如此大的反应。齐望海看重别人对他的尊重，实际上是活在别人的嘴巴底下。别人的赞扬、夸奖、奉承、谄媚给他以精神力量，相反，别人的轻看、蔑视、诋毁、厌弃会让他格外沮丧，甚至一蹶不振。这是齐望海的天性，也是关中地面上好些农村人世世代代的生存"营养线"和底线。

"真的没有，咱磨针观就这一个姓曹的。"小道士很认真地说。他干知客的时间虽然不长，但是磨针观有谁没谁还是清楚的。

"以前那个姓曹的呢，就是会制鼓那个。"齐望海想了想说。

"以前还有个姓曹的吗？"小道士下意识转头望向了瘦高道士。他才来磨针观不到3个月，对于观里以前发生的事情，大多一知半解。住持真人让他干知客，也有让他熟悉磨针观的意思。

"有，不过，年初就走了。"瘦高道士说。其实，以前大家都叫他小曹，不知道从哪天开始，别人再叫他时竟成了曹道士。

"走了？"齐望海隐隐有种不祥的预感，但是却没敢往那方面想。

"人受了很重的伤，被送回来没过多久就走了……"

现如今的曹道士虽然生性寡言，但是回想起大年初一那天发生的事情，还是滔滔不绝地说了一大堆。齐望海也正是在他的讲述中，确定自己要找的那个曹道士已经没了。

"你也会制鼓？"缓了半天，齐望海忍不住问。似乎在他心中，凡是被称为曹道士的人都会制鼓。

"没研究过。"眼前的曹道士摇了摇头。

"你们观里还有谁懂得制鼓吗？"齐望海不甘心。

小道士和曹道士同时摇了摇头。齐望海的心一下子就凉透了。牛皮鼓确实不是啥稀罕玩意儿，但是一面好牛皮鼓却可遇不可求。现在曹道士走了，自己再想赔车大寒一面好牛皮鼓已经不可能了。当初秦三宝劝他赔鼓的时候，齐望海就在想自己一定要赔给车大寒一面这世上最好的牛皮鼓。如此一来，不但把欠人家的还上了，把失去的面子挽回了，还会让人觉得他厚道、讲究，值得拥有更大的赞誉。最最重要的是，还一面好鼓，那一砖头砸出来的所有污点就彻底抹清了。

可是，曹道士却意外地不在了。齐望海想了又想，只好把赔鼓的打算继续压在心里。走走看吧，要是老天爷有意成全，总有能办成的一天。要是老天爷有意给我使绊子，那就把这个污点带进棺材里吧。

齐心远的"杂牌军"一出村，原先的两家峪社火队立马就有些捉襟见肘了。车大寒一向务实，再有人邀请演出，基本上都拒绝了。实在推脱不掉的，他和齐望海等人会用心用意地装出几桌精品。数量虽然不多，但是质量却一次比一次高。邀请的人对社火的规模自然不太满意，可社火一抬出来，立刻就合不拢嘴巴了。齐望海还记得那桌后来引起全省轰动的"枪挑铁滑车"，就是他们在这段时间琢磨出来的。

就这样，在"杂牌军"打着两家峪社火队的旗子，满世界走穴的同时，原有的正牌社火队并没有因此而消沉。它开始走上了一条由外向内，不断下沉，不断钻探，在反思、检讨、抛弃中创新的道路。当然了，也正是在这些日子里，车大寒不知不觉间已经把传承、推广社火这门传统民俗文化活动，当成了自己的毕生事业。

"大河，要不然咱还是把他们告了吧。"

2013年初冬的一个清晨，齐望海终于把琢磨了很久的想法说了出来，"电视上成天都有人打假呢，咱就不能也来个打假？再说了，这也算是保护咱的品牌吧。"

"告什么，里外里都是咱两家峪人。"

车大寒不以为然，莫名其妙地问，"今年元宵节的社火怎么样？"

"好得很啊，要是说起来，恐怕是这些年耍得最好的一回。"齐望海实话实说。2013年农历正月十五到二月二，两家峪社火连耍半个月，是前所未有的盛况。

"你能看出来是两支社火队在表演吗？"车大寒又问。

齐望海仔细回想了一下，摇了摇头。

"那你想过没有，今年为啥会耍得这么好？"这回不等齐望海回答，车大寒马上给出了答案，"还不是因为人家心远一伙既捐了不少钱，还表演得十分卖力啊。这不好吗？咱成立社火队为了啥，难道不是为了好好地耍社火吗？"

"可是，可是……这不是一回事！"

"咋就不是一回事了？大家都是两家峪人，又都是想把社火耍好，那就是一回事。"顿了顿，车大寒嘴角浮起了笑，"除非你对咱的社火队没有信心。"

"怎么可能呢，咱的社火是艺术、是精品，他们那些只是些大路货、快餐！"齐望海激动地说。

"那好，那你把前几天我问你的社火大耍的老讲究给咱仔细讲一下。"车大寒表情暧昧，意味深长地说。

齐望海的脸上立刻露出了不可思议，又涌动着惊喜的神情："你想好了，咱要开始申遗了？"

"嗯。"车大寒郑重地点了点头，认真地说，"要想保护两家峪铁芯子社火，最好的办法不是和自己的乡党打官司，而是要把它写入非物质文化遗产名录里，获得官方的保护。"

"哎呀，大河，你终于跟我尿到一个壶里了！"

齐望海一蹦三丈高，心情好得要飞起来了。

第49章　种树

"按照老规矩，咱村的社火是十年一大耍，五年一小耍，平时的话，总局也会统筹安排，但是基本上以五个社的自由发挥为主，谁想抬了，就抬几桌子，日子也不一定固定到正月十五……"

"也就是说到了二伯手里，为了让社火繁荣起来，改了规矩？"

"是啊，你别看二伯干巴巴一个老头儿，胆子大得不行，人家传了千百年的规矩，你说改就改了？有好些老人都在私底下跟我说过，当年为这事，咱村不少人还当面锣对面鼓地跟二伯吵嚷过。"

"到最后还是没闹过二伯，随了他的心意。"

"哼……"齐望海忽然笑了，有些感慨地说，"咱村人都是拿眼睛当秤呢，眼睛上过得去了，就觉得斤两足了。"

"大耍的话，是不是总共三天，第一天踩场子，也就是预演，第二天大耍，正式表演，然后第三天，第三天……"

那个词儿就在嘴边，车大寒回想了半天，竟然没记起来。

"封神，就像咱现在大耍前各个社去祭庙一样，抬几桌平头桌子就行了。"齐望海接口说。车大寒的忘词儿，让齐望海很有存在感。如果车大寒是两家峪的刘皇叔，那他齐望海绝对是能掐会算的诸葛武侯。想起诸葛武侯，齐望海不自觉地回想起了二伯秦富海临终的那几天。"算了，两家峪只有一个诸葛武侯，那就是二伯，我齐望海最多只是个狗头军师。"齐望海在心里对自己说，人就有些走神了。

车大寒正想问他有啥心事，何倩就风风火火地走进了社火总局的院子。

"大河哥，出事了，梅梅姐跟人吵起来了！"

"哎，你咋来了？"

车大寒和齐望海看到何倩，比听到她说的这句话还震惊。

早在今年9月，何倩就回城了。从2011年冬天到2013年秋初，何倩至少在两家峪待了一年半时间。在这一年半里，她用或温和或极端的方法对车大寒穷追猛打，却始终没办法走进车大寒的心里。到最后，还是在她爸妈的多次催逼下，何倩才勉勉强强回到了西京。听说她爸妈托关系把她又送回了音乐学院，她也继续当起了音乐老师。

其实，车大寒的心也是肉长的，何倩对他的好，他全部能感受到，并且充满了感激。只可惜，一个人的心里，始终只能装得下一个人。车大寒的心早就被秦梅装满了，怎么可能再多出空间留给何倩呢？

"我怎么就不能来，今天是星期天，我来村里转转。"何倩解释了一句，着急地说，"你们还愣着做什么，赶紧啊，难道等着梅梅姐受人欺负啊。"

"走，走走，赶紧走！"齐望海催促说。何倩对车大寒的那份痴情，两家峪人都看在了眼里，齐望海自然不会例外。对于何倩的突然返回，齐望海隐隐有种预感——何倩很有可能割舍不下车大寒，又要卷土重来，展开更为凶猛的攻势了。

只是，这么做有必要吗？天底下难道真的就再没有比车大寒更优秀的男人了？又或者像村北的瞎老婆说的那样，何倩这是从苦峪口跌下来时被狐仙附体了，来还情债的？

天底下最说不清道不明的就是男女之间这些事情，齐望海唯一庆幸的就是他和彩芹早早地就结了婚，再也不用为这些花花事烦心了。

"不能栽，栽不成！"

"这是我家的自留地，你们栽的什么树苗！"

"现在是不能种庄稼了，以前可是产稻子的，你说栽就栽啊！"

……

车大寒几个赶到大河边的时候，吵嚷声已经响成了一片。秦梅、老锄头、秦三宝三人被愤怒的人群围在了一块河边的荒地里。在众人的脚底下横七竖八地倒卧着一大片被折断、推倒，又无情地用脚踩了又踩的杨树苗。除此之外，老锄头身上穿的棉袄似乎被人撕破了，好几处都露出了白花花的棉花絮子，他的脸上也有几道清晰的抓痕。

令人感到奇怪的是，秦梅和秦三宝虽然在不断地被人指责着，却衣衫完整，不见伤痕，好像并没和谁发生过肢体冲突。

"咱村人就是这厌样子，本村人之间再生气，也只动口不动手，对外村人却爱下狠手呢，这就是民风，哎，让人没办法说……"大约是看出了车大寒的疑惑，齐望海感慨了两句。

"我们栽树不是为了挣钱，大河需要这些杨树固化河堤，涵养水源呢。"秦梅的嗓子已经十分沙哑了，她还在重复着同样的话，极力给村民们解释着。经过这一年多时间的努力，大河沿岸的鱼塘虽然没有填埋多少口，但是他们却把河道里那些坑坑洼洼填了个七七八八。最近一段时间，秦梅买了一批树苗，打算在河岸的沙地里种满杨树，以改善环境。

谁知道还没怎么开始，就遭到了极大的反对。

"你们两家峪人还讲不讲理，平时地荒着的时候，不见你们人影，现在我们想给荒地里种树，你们就冒出来了！"老锄头手里攥着没了脑袋的铁锨杆，作势又要扑向人群。

"老叔，有啥话咱好好说，再不敢乱来了！"秦梅赶忙护在了他的身前。刚才要不是老锄头闹得凶，两家峪人也不会对他动手。

"哈尿，哈尿，一个个都是哈尿……"

秦三宝含糊不清又格外激动地骂了起来。他平时涎水就流得凶，现在情绪一激动，流得更加止不住了。人们原本还想还两句的，看到他如此模样，同时笑了起来。

秦梅望着这些笑脸，再看看自己的两名伙伴，心情格外复杂。老锄头已经受了伤，秦三宝的状态非常不好，自己就是喊破嗓子，也未必能说动一个人……再这么闹下去，不但毫无意义，而且很有可能会出事。面对艰难处境，秦梅本能地打起了退堂鼓。

可是，难道因为村民的反对，树苗就不栽了吗？要知道只要这些树苗在今年冬天栽下去，过不了几年大河边就会长起一片茂密的树林。凭着树林的涵养，大河的水流势必会更加地丰沛。河流周边的生态环境也会因此而发生巨大的改变。这是国内外无数个地方，用实际行动证明过无数次的成功经验，要是就这么放弃了，实在是太可惜了。

"大家听我说，听我说两句。"

就在秦梅心焦得不行的时候，车大寒从人群外走了进来。

第 50 章　合同

"大河，这事你就别管了吧。"有人在车大寒开口之前说。众人阻止秦梅栽树时就想到了车大寒会来帮忙。但是，这个事情，关乎到自家的切身利益，不是给车大寒面子就可以睁只眼闭只眼的。再说了，秦梅有钱啊，别的事情不说，单是因为填鱼塘的事，她给陈老皮赔的钱就多得让人咋舌。俗话说肥水不流外人田，秦梅要是钱多得没处花，也该花在本村人身上。这些话大家谁也没挑明了说，但是彼此心知肚明。要不然，闹腾个啥，难道真的就在乎那几分荒地？又或者存心难为低头不见抬头见的秦梅？

"我肯定要管啊。"车大寒笑了笑，目光落在了老锄头身上。"我再不管咱两家峪的名声就臭了，你看看你们，一群人欺负一个女人，一个老汉，和一个病人，还把外村老汉打成了这样，哎……我不管，不行啊。"

"那是老锄头自己扑过来的！"

一名中年妇女激动地说。看样子老锄头脸上的红印子就是她抓出来的。她这个时候出声，就是给自己壮胆，让她看起来不那么心虚。毕竟刚才抓的时候，她也只是趁乱逞了个能，并不是跟老汉有多大的仇，更不可能不知道打老年人是不对的。

紧接着，又有人说："我们跟梅梅和三宝就没动手，一直在这儿讲理呢，只是谁也说服不了谁，说话的声音越来越高。"

"你妈，你妈……"

听到这人的话，原本稍稍平静下来的秦三宝立刻激动地骂了起来，嘴角的涎水很快又成了一条河。显然，他对这人的说法很不认同。

"既然这样，大家听我说……"

"还是听我说吧。"

秦梅看到众人见到车大寒，没有刚才那么不讲理了，马上又动了劝说的心思。事实上，车大寒的到来让她看到了希望和转机。然而，不等她继续说下去，车大寒打断了她。

"秦梅这些树苗我全部买了。"车大寒表情严肃，很认真地说。

这话一出口，秦梅的脸色瞬间变了。秦三宝的骂声停了，他和老锄头同时露出了尴尬、惊愕，乃至失望的神情。他们三人实在没想到，一向刚直的车大寒，竟然提出了这么个和稀泥的办法。

"大河哥，你胡说什么呢！梅梅姐的树苗不需要你来买！"就连何倩都忍不了了。秦梅是缺这几个钱的人吗？她要的不是有人把她的树苗买走，以解开眼前的困局，而是无论如何都要把树苗种在众人脚下的荒地里。说实话，在这一刻，何倩有些后悔叫车大寒来了。

"我要买的不是树苗，而是长成材的杨树。"车大寒解释说。窃窃私语的人群很快安静了下来。有人提高声音问："生意你跟秦梅做了，我们没有意见，可地是我们的，你总不能把我们白完（关中方言，与不付出任何代价、补偿的意思近似）了吧？"

听到这个问题，车大寒笑了："你说错了，生意我不是跟秦梅做的，而是跟你们这些地主老财做的。"话到这里，车大寒忽然提高了声音，"我车大寒把话放在这里，但凡是大河两岸荒地里长出来的木材我全收了。"顿了顿，他又说，"至于你们是从秦梅手里买现成的树苗，还是想别的办法，我管不了。"

"大河这是疯了吧？"

"要帮秦梅也不是这么个帮法！"

"你们别忘了人家大河这两年虽然在村里常住，可前些年一直都在浦江挣着大钱呢……"

车大寒的声音还没落尽，人们已经议论了起来。对于车大寒有没有这个经济实力，大家基本上不怎么怀疑。车大寒的经历和本事都在那里放着呢，两家峪人谁不清楚？只是树苗要长成材可不是一天两天的事，等到可以卖木材的那一天，至少要到十一二年后。人常说夜长梦多，谁知道这十几年里会发生什么。到时候单凭车大寒今天说的这一句话，就让他买木材，实在是有些靠不住……

"大河，你真的没有必要这么做，我有信心说服大家。"秦梅眼神十分复杂，轻轻咬了咬嘴唇说。她刚才把这件事的可行性仔细思量了一下，发现车大寒要把大河两岸的木材全部买下来，确实需要很大一笔资金。不管车大寒是意气用事也好，还是他真的有这个经济实力，秦梅都觉得这么做实在不妥当。至少她会觉得欠他的人情。这是在他们两人感情的天平上不该出现，也不能出现的砝码。

"大河哥，我喊你来，也不是来做这些的。"何倩跟着说。让她感到不安的是，她有些怀疑车大寒之所以放出这样的"豪言壮语"，很可能是受了她刚才说的那句话的刺激。想了想，何倩又说，"我只是想让你来解围，种树的事……"

"大河，你刚才说的事算数不？"不等何倩把话说完，有人代表众人问了一句。与此同时，乱嚷嚷的人群彻底安静了下来。

"当然算数了，我车大寒一口唾沫一根钉子。"

"你想过没有，收树苗可是好些年以后的事情，到时候，到时候……"

"哎呀，你啰唆得很，有啥话就不能直说！"

有人听得实在不耐烦了，接过话头说："大河，你能给我们个凭据不？"

"凭据，啥意思？"齐望海直接听糊涂了。他刚才一直没说话，就是想看看车大寒到底怎么收场，如果他实在没办法把说出去的话收回来，齐望海倒是有个胡搅蛮缠的主意。

说句题外话，齐望海现在虽然和车大寒好得跟一个人一样，但是遇到事情的时候，明显留了心眼。他往往让车大寒先表态、先处理，如果车大寒实在搞不定了，他再走到人前擦屁股。这样的话，在不影响正事的前提下，既帮车大寒解了围，还不露痕迹地抬高了自己的身价。只可惜，截至目前，这样的机会一次也没出现。车大寒的威望越来越高，齐望海渐渐混成了他的影子、跟班和狗头军师。

"就是得有个白纸黑字嘛。"在老锄头脸上抓了几道的中年妇女，扭动着日益臃肿的身子说，说完这话后，立刻把脸转向了别处。

"不就是收购合同嘛，放心，我和大家签！"

车大寒表情严肃，很肯定地说。

第51章　春燕

"大河,你真的要跟他们签合同啊,咱这大河可长着呢,你有多少钱,你真的要把所有的木材买完呀?"齐望海实在无法淡定了。作为车大寒的狗头军师,他不能眼看着车大寒吃这么大的亏。

秦梅咬着嘴唇的牙齿越陷越深,她的内心纠结到了极致,为了阻止车大寒犯更大的错误,她真想说这个树她不种了。可是,掠过围住他们的那无数个肩膀,她看到了进入枯水期的大河。大河正无声地孱弱地流淌着,它什么也不说,却把想说话的摆在了秦梅眼前。为了大河能够得到涵养,秦梅的嘴角已经渗出了殷红的血水。她在用承受的极限把内心的煎熬不断拉长,直到她猝然放弃,或者冷漠接受。

其实,车大寒并不是心血来潮,意气用事,又或者是为了用金钱买回秦梅的真心。他的决定里有智慧,也有对故土的一份眷爱。大河两岸原有的风貌,同样深深地印在了车大寒眼里。他虽然没有下秦梅那样的决心,要让青山绿水重回两家峪。但是,河岸上荒芜的田地却一再地刺痛着他的心。农民,农民,当然是以务农为本。骨子里流淌着农民血液的车大寒,最不能接受的就是对田地的漠视和轻贱。

第一次看到秦梅在大河边掏挖泉眼时,车大寒就动过想办法把河岸上的荒地重新利用起来的心思。只是,沙石站在的时候,河道遭到破坏的同时,两岸上的荒地也有不少地方被人掏得坑坑洼洼的,而且由于要运输沙石,有些地方已然被纵横的车辙压实了,板结了。直到现在,沙石站已经关了一年多了,荒地上还是满目疮痍,实在很难找寻出曾经有过农作物在这片土地上茂盛生长的痕迹。

除此之外,河道遭到破坏后,水流没了章法,一到夏天河水就会暴涨、溢出、乱流,并且水流惊人地湍急,携带的力量无比强大。这些漫过河道的黄浆泥水,以肉眼可见的迅疾在荒地上掠过,自然而然地裹挟走了大量的土壤。实际情况就是,河岸荒地的水土流失已经到了令人不忍直视的程度。再不想办法巩固沙土,这些地恐怕要彻底消失了。

是秦梅和被众人踩在脚底下的杨树苗给了车大寒灵感。他要用一纸合同,为两家峪人留住这片土地。说实话,凭着车大寒的能力,十一二年后，不管秦梅的梦想有没有实现，他都有办法把这些木材卖出去，甚至还能给两家峪人带来一笔丰厚的收入。不管签不签合同，他都有把握兑现承诺，不会让父老乡亲吃亏。然而，眼下更重要的却是尽快把荒地利用起来。如果大家觉得白纸黑字比他车大寒的一句承诺更让人心里踏实，这合同他就跟大家签了。

"那是我的事情，你们不用管。"车大寒笑了笑。

随后的日子里，但凡在河岸上有荒地的人或者大白天大大咧咧地走进车大寒家的院子，开门见山，有事说事，或者选择午饭时间，端着粗瓷老碗，以串门闲聊的形式，无意间提起买树合同的事，又或者在家人的催逼下，选择夜深人静时分，厚着脸皮来找车大寒……

总之，大家陆陆续续地都和车大寒签了合同，河岸上的荒地也在一个冬天的时间里，种满了杨树苗。甚至杨树村、老鸹窝、白狼沟、大峪岭，那些外村在河岸上有荒地的人听说了买树合同的事，也找上了车大寒。一个村子的树是买，一河滩的树也是买，一想到能让更多的荒地被保留下来，车大寒索性来了个来者不拒，谁来就跟谁签合同。

"大河哥，要是那些木材卖不出去，全部砸在了你手里，该怎么办？"听说了车大寒的打算后，何倩不自觉地为他担心起来。她现在虽然不在两家峪住了，但是一有时间就打着给秦梅帮忙的旗号往两家峪跑。大家伙看在眼里，都知道她又缠上了车大寒。

"大不了都不卖了，让它们永远长在河边。"车大寒笑着说。眼下已经到了阳春三月，小树苗在春风和暖阳的轮番照拂下，早早地就发了嫩绿的新芽。一些人害怕树苗活不下来，让自己白签了合同，还经常来河边浇水、松土，照顾得简直比最打粮的地里的庄稼还好。车大寒看着成片的新芽，看着忙碌的人们，回到家后，心情好得不能再好了。

"永远长在河边。"何倩翻了白眼。她手里捧着一本冯唐的小说，说话的同时连翻了两页，冯唐的文字虽然机巧，富有哲思，却只能让她胡思乱想，根本没法解开她最烦心的爱情难题。"你以为你们两家峪都是傻子啊？"

"十几年啊，十几年后河边的树林就和两家峪融为一体了，我不相信看惯了成片杨林的人，会狠下心让我伐光它们。"车大寒自信满满地说。自从社火申遗提上日程后，他们目前的主要工作就是整理申报材料。

为了让这件事情显得更正式一些，车大寒把自家中堂底下的八仙桌摆在正对门的位置，又搬出来四条长凳和一个小书架。平日里车大寒、

齐望海、齐春生等人就围着这张八仙桌整理小山似的堆满小书架的各种材料。

今天何倩一来，这些人各自找了一个理由，全部溜走了。此时此刻，八仙桌向南一侧和向西的一侧，隔着八仙桌一角，分别坐着翻看冯唐小说的何倩，和神情专注、忙活着整理申遗材料的车大寒。在两人的斜上方，房檐底下一条水泥横梁的一侧，两只刚从南方归来的春燕，正叽叽喳喳，排行往复地构筑着巢穴。

"这么说你从一开始，就没打算买那些杨树啊。"何倩恍然大悟。

"也不能这么说，实在不行，我还是会买的。"车大寒说。

"那你到底是想买还是不想买？"何倩索性把淡粉色封面的小说放下，用左手支撑起了下巴。这样一来，她就可以肆无忌惮地欣赏车大寒棱角分明的侧脸，和他全情投入、奋笔疾书的样子。

"当然是……"

"七叔，你怎么又来了，我不是都给你解释了嘛，你的齐，不是我这个齐！"

不等车大寒继续解释，一墙之隔的齐望海家院子里突然传出了喊嚷声。车大寒听到"七叔"两个字，立刻站了起来。"走，咱们也去见见七叔。"他对何倩说。

第52章 井莺

"那你再找找，认真找找嘛。"有人故意说。

七叔的脑袋上顶了一圈花白的头发，被花白头发包围的中央地带寸草不生，是个名副其实的地中海。再加上他的西装又旧又大，脸上还安着一疙瘩蒜头似的酒渣鼻，就让他的一举一动看起来十分地滑稽。刚才七叔一本正经地说他有一样东西要给人家齐望海看，结果在口袋里掏了半天，屁也没掏出来。大家在失望的同时，立刻就把他刚才一系列的表现当成了丑角戏表演。

"实在不行，你把鞋脱了，弄不好藏在鞋垫底下呢！"

"鞋垫底下不保险，我听说城里人的内裤都是牌子货，上头带个有拉链的暗口袋，你快背过身，解皮带呀！"

"头发少就不能藏东西了，真是的，你挠挠头……"

有一个打岔的，就有几十个打岔的。人们越闹越疯，笑声一浪高过一浪。一开始，七叔还以为这些人热心，他们提个建议，他就在自己身上摸摸，到后来，他终于反应了过来，立刻就怒了。

"你们，你们……"

七叔气得浑身发抖，连话都说不利索了。可是他最恨的还是他自己。要是出门前仔细检查一下，把东西装得更严实一点，要是到了两家峪不那么急于宣泄内心的兴奋和激动，去喝那多半瓶剑南春，也不至于被人当成混吃混喝的老流氓，更不会遭遇此刻的嘲讽和奚落。

"我，我，唉！"

吐了那么一堆后，又出了一身的汗，七叔的酒劲早就没了，他跺着脚叹息了一声，无助地蹲在了地上。

车大寒看他在众人的笑闹中，歪着脑袋，把两条手臂往咯吱窝底下一夹，一脸的沮丧，顿时起了恻隐之心。无论怎么说，这么大一群人去欺负一个人，总不是什么长脸的事。再说了，要是七叔说的是实话，他可是大老远跑来给望海提供修族谱线索的。

"好了，大家别闹了，再闹就有些过分了。"车大寒走到七叔身边，冲着众人说。随后，他蹲下身子，把七叔搀扶了起来。"俗话说货离乡贵，

人离乡贱，你们就没想过自己也有一天一个人流落他乡啊？到时候人家也像咱一样，一群人欺负你一个，你心里咋想？"

听到这几句话，闹哄哄的人群顿时安静了下来。车大寒搬过一张椅子，按着七叔让他坐了下去，继续对众人说："大家都知道咱村已经开始在弄社火申遗了，社火申遗要想成功，除了靠咱的社火实打实的实力，还要靠各位呢……"

"靠我们？"人们同时露出不可思议的神情。

"我记得2012年咱们社火大耍，上了《西京日报》，人家刘大记者高看咱，给咱戴了一顶'城南第一村'的帽子，不知道大家仔细想过没有，人家夸咱是"城南第一村"只是因为咱的社火耍得好吗？"车大寒没有解开众人心中的疑惑，反而抛出了新的问题。

"肯定不是嘛，那是夸咱村村风好，村风好才配得上'城南第一村'的美誉。"这个问题的答案一想就明白，很快就有人抢着回答了。

"对呀，刘大记者看咱的社火好，就觉得咱村的村风好，才给了咱那顶高帽子，这就说明社火和村风息息相关。"车大寒先把问题的关键点透，这才接着说，"人家非遗的评委们也懂得这个道理，除了看咱的社火，还要看咱的村风呢，这就是我说的要靠大家的原因。"

"叫他们看嘛，咱两家峪是名副其实的城南第一村！"有人自信满满地说。

"就是的，咱的村风好得很，是名副其实的城南第一村！"许多人跟着说。

回望着众人，车大寒笑了。他走到七叔身边，轻轻地在七叔肩膀上拍了拍，什么也没说，却足以击穿在场所有人的信心。

"路还长着呢。"齐望海感慨了一句，把给七叔倒好的茶水端了过来。就在刚才，车大寒提到社火申遗要靠大伙时，他就醒悟了过来。来的都是客，七叔就是再难缠，他也不该见面就给人甩脸子。

"可他明明就是个骗子呀。"

看到众人都不说话，何情忍不住插了一句。两家峪的村风好不好是一回事，七叔是不是来骗吃喝的是另一回事。两家峪人的村风再怎么建设，也掩盖不了七叔前来骗吃喝的事实。

"他不是骗子。"

人群里刚刚起了议论声，远远地就有人说了一句。众人循声望去，是一名身段婀娜，面容姣好的陌生姑娘。

"小莺你怎么来了？"听到姑娘的声音，七叔立刻站了起来。眼里有惊讶，也有难以掩饰的慌乱和紧张。

"你把东西落在了床头柜上了，我不来，你能说得清？"井莺面容清冷，淡淡地说，虽然有些埋怨的意思，却听不出任何怨气。

"噢。"七叔点点头，下一秒，忽然仰起脸，紧张地问，"那你妈她，她知道不？"

"你放心，我一个人来的。"井莺停下脚步，把手里的布包递给了七叔。七叔扯着带子打开布包看了一眼，一颗心放了下来。"那你，那你，吃了没有？"嘀咕了半天，七叔看着井莺问了一句。

"这是我的事。"井莺不再看七叔，身子一转，清冷的目光落在了车大寒脸上，"你就是车大寒？"

"嗯。"车大寒点点头。

井莺的出现让他不自觉地想起了秦梅。两个人都是要模样有模样，要身段有身段的大美女，但是秦梅显然更有亲和力。如果说秦梅真的有个另一面的话，眼前的井莺就是另一个冷若冰霜的秦梅，冬季版秦梅。

"我是梨花寨的井莺，我们村也在准备社火申遗，到时候可以比比。"井莺幽幽地说，声音不大却清晰地落入了包括车大寒在内的在场所有人的耳朵里。下战书吗？就连何倩都意识到了这点。

"好，比就比。"虽然不符合礼仪习惯，车大寒还是习惯性地伸出了右手。井莺虽然没说明自己的具体身份，但是他有种预感，井莺一定在梨花寨社火申遗中发挥着举足轻重的作用。

"不用了，记住你说的话，别再把谁都当成骗子了。"丢下这句话，井莺细长的眼睫毛缓缓落下，像个丝织的盖头一样，一点点覆盖住了她那对漆黑、明亮的眸子。随后，在众人的注视下，她走远了。

"走了……"

有人忽然叹息了一声，众人这才悻悻地收回了视线。

"东西看不看？"七叔问。

"看看，这就看。"齐望海下意识朝着门外张望了一眼，目光落到了坐在椅子里的七叔身上。七叔小心打开布包，掏出了一个秤砣。众人看到秤砣一脸的失望。

"看清了没有，有'简礼'两个字呢。"

七叔在身上擦了擦手，小心翼翼地把秤砣捧了起来，"我打听过，简礼是咱老齐家的堂号，简礼堂嘛。"

第53章 水盆

就这么的，七叔把祖传的秤砣交到了齐望海手里。虽然秤砣上那两个字的确切含义还存在着争议，虽然秤砣并不是在两家峪某户齐姓人家里发现的，但是它无疑给齐望海的修族谱事业提供了一件实物性的证据。并且，这件事在精神层面的激励作用远远大于它的实际价值。

此后，齐望海在整理社火申遗材料之余，对修族谱事业更加地热心。他已经揣着秤砣进了好几回城了。今天他又来到了正对着古城墙的新闻大厦。《西京日报》编辑部就在这栋历经风雨的苏式九层小洋楼里。上次来的时候刘超然跟他说，可以帮忙借到一部内乡齐氏族谱的影印件。因此，这次走进新闻大厦时，齐望海充满了期待。

"主编说了，这期还不行。"

齐望海刚刚顺着磨得都可以照见人脸的水泥台阶爬上五楼楼梯口，就听到有人连个声调都没有，宣读死亡通知单似的说了一句。

"这都多长时间了，当初我报这个选题的时候主编可是点了头的，他还说这是走在政策前面，推动舆论攻势呢。"

紧接着，齐望海毫无心理准备地听到了刘超然的声音。出于礼貌，也出于好奇，他把伸出去的右脚小心翼翼地缩了回来，然后，屏住呼吸，扶着把手，站在了通往五楼的最后一级台阶上。

"我知道你对两家峪有感情呢，可是工作就是工作，千万不要夹带私货。"原先说话的人阴阳怪气地接了一句。齐望海侧着身子，偷偷瞄了瞄，是个戴着眼镜、皮肤黝黑、小鼻子小眼的年轻姑娘。

"皮蔓，你说谁夹带私货呢，我刘超然在咱们报社干了这么些年了，啥时候因为自己的私人感情影响工作了？"

皮蔓的话显然刺激到了刘超然，他把手里的文件夹往身子右侧的水泥护栏上一拍，胸脯立刻剧烈地起伏了起来，"我知道你想推广梨花寨呢，可你也不能接连三四期都把着版面吧！"

"刘超然，请你尊重自己，尊重记者这个职业。"皮蔓翻了个白眼，交叉起双臂，转头看向了别处。片刻后，她的声音压低了许多，带着些许无奈和伤感，"咱俩结束了，我希望你认清这个现实，我知道这对你打击不小，但是，彼此放过不也是好事吗？"

"哼！"听皮蔓这么说，刘超然发出了一声冷哼。"只要我在《西京日报》干一天，我就会让《终南醉人处，芳华两家峪》发出来的！"

"我看你不是想发选题，你是被照片里那个狐狸精给迷住了，哎，哎……"不等皮蔓继续说下去，刘超然已经走向了楼梯口。

皮蔓气得直跺脚，却又无可奈何。作为刘超然的前女友，她很清楚自己这个前男友有多么的固执。事实上，皮蔓之所以仗着主编对她的赏识，一直把着版面不让刘超然发推广两家峪的选题，确实有几分故意。她吃风景照里那个叫秦梅的漂亮女人的醋，因为她偷走了刘超然的心，让她们固若金汤的恋情陷入危机，最终走向了土崩瓦解……

"算咧，咱回吧。"

看到刘超然有事，齐望海只好灰溜溜地返回了两家峪。

2014年的初夏，大河边的小树苗长了起来，绿油油的小叶子在暖风中哗啦啦地响，任谁听了心情都格外地好。在秦梅几个人的努力下，河道又平整了一些。就在大前天，秦三宝一镢头下去，竟然挖出了很浅的一口泉眼。说真的，不是他们找对了地方，而是大河的生态环境真的发生着变化。

"要不然咱们再去和钱大头聊聊。"秦梅的视线从杨树林上挪开，落在了秦三宝、老锄头两人的脸上。何倩不来两家峪的时候，追随她的就这么两个人。另外，秦梅提到的钱大头是老杨村的养鱼大户。为了劝说他填了紧挨着大河的那十二口鱼塘，秦梅三人已经上门找他谈了不下七八回了。并且秦梅还以陈老皮为榜样，一再对钱大头承诺，只要他肯填了鱼塘，条件随便他提。可是这个钱大头把他那颗硕大的脑袋摇得跟拨浪鼓一样，死活不肯松口。

"还，还要去啊？"秦三宝的表情立刻凝固在了脸上。他倒不是害怕见钱大头，而是有难言之隐。

"就是的，别去了，咱不能总往同一面墙上撞吧。"老锄头跟着说。现在是劳动间隙的休息时间，老锄头习惯性地蹲在河边抽起了旱烟。人生在世终究是失去的东西多，能守住的实在太少，老锄头看着眼前水流日益丰沛的大河，多少还是欣慰的。

"撞吧，再让我撞一回，实在不行，我也死心了。"秦梅说着，从她坐着的大青石上站了起来。在她原先坐过的地方，那方蓝色的碎花手帕像一只体型稍大的蝴蝶一样，静静地见证着眼前发生的一切。

第54章 过河

很可能是被秦梅的韧劲打动了，也可能是自己同样不死心，老锄头和秦三宝最终还是同意再去和钱大头谈谈。

进入夏季以后，气温持续升高，又加上连续晴了好几天，走在路上就热得不行，特别是对秦三宝来说，简直就是一种折磨。不过，三宝似乎并不在意这些，能走多快就走多快，尽量追着秦梅和老锄头。

"哎，三宝，我问你个话，你可要如实说啊。"看到秦三宝走得十分艰难，老锄头忽然有些可怜他，不由自主地又想去搀扶他。然而，前几回自己把手伸进秦三宝胳膊弯时，三宝的愤怒还历历在目。出于无奈，也是对秦三宝的尊重，他变通了一下，打算找个话题，转移一下注意力，让秦三宝走路时能舒服一点。

"好，老叔，你说……"

秦三宝在呼哧呼哧喘粗气的同时，尽力提高声音，很痛快地说。

"咱把大河修好了，如果人家《西京日报》的刘大记者要采访你，让你谈谈感受，你咋说呀？不会也说两句套话了事吧？"

"我，我……"

"扑棱棱！"

路边蒿草丛中突然蹿出来一只羽毛鲜亮的野鸡。这野鸡少有的漂亮，蹿出来后，"嘎嘎嘎"地叫了三声，片刻不停地飞向了远处。

就在野鸡即将消失在众人视线尽头时，老锄头和秦梅几乎同时听到秦三宝含糊不清地说了一声"好"，紧接着是"扑通"一声闷响。

"三宝，三宝！"

眼睁睁看着秦三宝扑倒在了地上，老锄头和秦梅立刻扑了过去……

秦三宝和糖尿病并发症整整斗争了6年，最终还是向命运妥协了。说实话，这天早晨，鸡叫四五遍的时候，秦三宝的感觉就很不好。因为他努力了大半天，也没法让自己的眼睛睁开。到最后还是狠了狠心，又用放在枕头边的剪刀在大腿上扎了一下，才咬着牙，带着急促的呼吸，看到了从窗户外投射进来的日光。

人对自己的出生有没有预感，谁也说不清，但是对于死亡，却有种莫名其妙的未卜先知。这就像我们面前始终有一条湍急、深广的河流，而我们的使命就是从河对岸走过来，做短暂的停留，然后再回归河对岸，成为某种永恒。而出生和死亡就好比河上突然出现了桥梁和渡船，并且还有某个声音在不断地催促我们过桥或者上船。

在这天早上，走出自家院门的时候，秦三宝无疑看见了桥，看见了船，还听到了催促声。基于对自己宿命的强烈感知，秦三宝很想一整天都在大河边度过。这样在他猝不及防地被迫度过人生的河流时，也可以把最后的记忆定格在恋恋不舍的某片河滩，某段河流，某只悄然掠过的水鸟，以及生命力旺盛到遭人嫉妒的杨树林一角……

这就是秦三宝的难言之隐。

他不甘心，他看不够，他想和大河融为一体，更想让自己在生命之河的鲜活面就能成为永恒——两家峪人尽可能长久的记忆。然而，秦梅的倔强打乱了这一切，也让秦三宝带着无尽的遗憾离开了人间。由于父母早就不在了，又没有兄弟姐妹，没有妻子、儿女子嗣，秦三宝的葬礼简单而仓促。只留下用来打墓的3天时间，供人们吊唁，到了第4天中午，八里原上新隆起的坟头，已然成了秦三宝的全部。

秦三宝的离世显然给了秦梅很大的打击。她甚至也意识到秦三宝反对她继续去劝钱大头，只是为了弥留之际能在大河边多待一会儿。然而，尘归尘，土归土，一切都来不及了。

正是在这个时候，车大寒走进了秦家过于安静的院子。

"唉……"车大寒正打算提高声音喊秦梅一声，却清晰地听到了秦梅娘的叹息。秦梅娘韩惠娥正在偏房里缝补着一件鹅黄色的外套，一想起女儿秦梅自从秦三宝过世后就一直窝在家里，心里实在憋得慌。

"婶。"车大寒没有继续喊，而是走到了偏房窗边。韩惠娥在车大寒心中的分量不轻，听到老人叹息，车大寒的心里实在不是滋味。不管老人遇到了什么烦心事，他都想劝劝她，宽一宽她的心。

"哟，大河来了。"看到车大寒，韩惠娥的脸上立刻有了笑容，原先蹙到一起的眉毛瞬间舒展了开来。她放下手里的活计，摘下老花镜从炕上溜了下来，"梅梅在她屋里呢，我给你把她喊过来。"

"不用，我在您这边待会儿。"车大寒说。他原本是急于见到秦梅的，因为他有一件重要而紧急的事情需要和秦梅商议。可是相比于老人的叹息，这些事都可以往后放一放。

"你在我这里有什么待的，真是傻孩子，梅，梅梅！"韩惠娥不容分说，直接喊了起来，"大河来家里了，他有事找你，赶紧过来。"

"噢。"听到母亲的呼唤，秦梅习惯性地答应了一声，匆匆在自己眼角擦了擦，作势就要走出房间。可是在即将推开房门的那一刻，她却鬼使神差地走到了梳妆台跟前。她望着镜子里的自己沉默了数秒，然后拿起了好几天都没有碰过的唇膏和眉笔……

"我听说你有些日子没去大河边了。"车大寒略显局促地说。秦梅走进偏房后，二婶抱着她那一摊缝补的家伙什坐到了院子里的葡萄架下。日头还在往高处爬，葡萄架下凉风习习，还有一片阴凉。此时此刻，房间里只有他和秦梅两个人。车大寒侧着脸，交叉着双手，下意识想望见葡萄架下的那片阴凉，却实在望不见。

"是啊，有些日子了。"秦梅的表情也不自然。车大寒来家里能为了啥事？还不是来安慰她的。可是，秦梅并不需谁的安慰。心里的倔强再一次涌了起来。秦梅习惯性地抬起右手，把鬓边滑落的两缕青丝，塞在了耳朵后面。她咬了咬嘴唇，把脸仰了起来。

"大河……"

"我想让你帮个忙。"

秦梅的话刚刚开头，车大寒就把来意说了出来。秦梅一愣，既惊讶又疑惑地问："什么忙？"

"我想邀请你担任两家峪社火申遗的发言人。"车大寒说。

"我？"秦梅吃惊地瞪大了眼睛，她的表情更复杂了。

第55章 怕了

"对，就是你。"车大寒回答得很肯定。

"可是，为什么呢？"秦梅问。

"为什么？"车大寒还真的被这句话给问住了。

滋水县组织非物质文化遗产申请的单位是县文化馆。文化馆的主要工作之一就是研究和推广地域文化。自从市第四批非物质文化遗产申报的通知下来后，文化馆马上就通过各种渠道，把通知的完整内容和相关领导的期待传达到了滋水县的各个乡镇和村落。按照赵馆长的原话就是：今年滋水县必须放一颗卫星，最好还是个窜天猴！

窜天猴能有卫星蹦得高？再说了，窜天猴卫星到底是啥样的卫星？赵馆长这句话根本就经不起推敲。不过，他的意思大家都明白。那就是今年务必要有一个文化项目被市里评上，并且还得是影响力巨大的那种。至于赵馆长的心气为啥这么高，主要有两个原因。第一，市里的非物质文化遗产评选认定，从2008年的第一批到现在的第四批是越来越严格，滋水县不认真对待，恐怕要交白卷了。第二个原因可就隐晦多了，必须靠大家去猜去琢磨去悟。那就是赵馆长已经到了退休的年纪，如果再不老牛奋蹄，恐怕就要错过最后一抹夕阳了。

不管怎么说，今年的非物质文化遗产评定格外地严格，竞争也是十分的激烈。从年初到现在，文化馆已经收到了从滋水县各个角落递交上来的70多份申报材料。经过紧张、严谨的五轮筛选，最终有10个项目进入了决赛圈。这10个项目都是有可能放卫星的。至于它们中的哪一个是窜天猴，众人却犯起了难。到最后，还是赵主任主意正，提议在技艺比较的基础上，再增加一个代言人演说环节。让十个竞选的项目都安排人介绍一下自己的非遗项目，谈谈对技艺传承和保护的想法、打算，说一说与非遗项目有关的趣事典故等。

两家峪社火就是这十个有可能放卫星的非遗项目之一。车大寒自然接到了县文化馆的通知。技艺比较，社火队自己就能应付，只是这个代言人，社火局内部却实在搞不定。

事实上，车大寒和齐望海彼此也相互推荐过，但是众人想来想去，还

是觉得让村里的漂亮姑娘讲比较好。主要理由就是国际上的一些大的项目（比如奥运会主办城市申请）的发言人大多都是漂亮姑娘。提到村里的漂亮姑娘，众人几乎同时想到了秦梅。

就这么的，车大寒代表众人来找秦梅帮忙了。此外，车大寒还有个不方便说的理由。他希望借着社火申遗冲淡秦梅心中的悲伤，帮她尽快走出秦三宝离世的阴影，重新振作起来。

现在秦梅问车大寒为什么要找她当代言人，车大寒唯一能说出来的理由就只有"你是全村最漂亮的姑娘"。可是，这理由他实在当着秦梅的面说不出口。车大寒搓着手不说话，秦梅转头看向别处，两人陷入了长久的沉默。

秦梅娘竖着耳朵听了一阵，实在失去了耐心，忍不住说："乡里乡党的，能帮就帮帮吧，大河这些年也不容易，为了村里的事忙活个没完，家里也没个过活的，你俩怎么说都是一起耍大的，你就一点都不心疼他吗？！"

"妈……"秦梅叫了她娘一声，语气中充满了无奈和央求。随后，她恢复了一脸的倔强，蹙着眉说，"我的事不用你管。"

"不用我管，不用我管，啥事都不用我管，好，我不管，你自己倒是把自己的事情处理好啊，日子日子，过得稀里糊涂的，现在连个像样的事情也不做了，一天到晚像个疯子一样往河滩跑，河滩里有金子呀，还是有银子……哎，我也没几天活的了，真不知道没了我，你的日子该怎么过啊……"

秦梅娘一开始越说越激动，到后来声音渐渐低了下来，变成了压抑的抽泣。原来秦梅的所作所为全部压在了这位倔强的老人心里，让她不由自主地为女儿的未来深深担忧。

"妈，别哭了，你看你都说的是什么，也不怕人家大河笑话。"秦梅看了车大寒一眼，快步走出了偏房，蹲在韩惠娥身边，劝说起了她，"我有我的打算呢，不用操心，你啥也不用管，把自己身体照顾好就行了。"

"我不怕大河笑话，我从来就没把大河当过外人。"秦梅娘眼睛红彤彤的，接连擦了两下后，眼泪流得更凶了。"梅，妈把话放在这里，除了大河，你再也找不到更好的了，你听妈的劝，就考虑考虑大河，你俩要是能走到一起，妈，妈，死也瞑目了……"

"妈！"秦梅的脸瞬间红了，她的眼里也有泪水在打转，不过，她还是用力地咬了咬嘴唇，站了起来。"我俩是不可能在一起的，你就死了这条心吧。"秦梅扭过身子说。

"你胡说啥，胡说啥呢，你难道要把我气死吗？"韩惠娥的眼泪像从口袋里蹦出来的黄豆一样，哗啦啦的不可收拾。

"傻子，你就是傻子啊……"她忽然抱住女儿的腿绝望地捶打了起来。

"妈，妈！"看到母亲哭成了泪人，秦梅再也忍不住了。她抱住韩惠娥被重重寒霜浸染过的白发，更加伤心欲绝地哭了起来。

车大寒听着母女两人的哭声，又想着秦梅刚才说的话，心里实在不是滋味。他的眼角也泛起了泪花，右手攥成拳头，在自己膝盖上重重地砸了一下，然后，悄无声息地走了。

秦梅之所以拒绝车大寒，是因为她实在不想抛头露面了。前段时间想着对治理大河有好处，她答应了刘超然的请求，拍了那些照片。到现在照片没有登出来，倒是为她惹来了意想不到的大麻烦。先是一个名叫皮蔓的女人半夜三更给她打电话，把她狠狠地骂了一顿，还没来由地说她是破坏别人幸福的狐狸精。

紧接着，刘超然，《西京日报》的那个大记者好像转性了一样，一有机会就来两家峪骚扰她，话里话外总有一些暧昧的意思。

秦梅实在受够了。她不想再有任何情感纠缠，她只想把她最在乎的大河治理好！说实话，秦梅怕了，她怕自己再次抛头露面可能带来的麻烦，是她不能承受的。

车大寒虽然不知道秦梅遭遇的这些事情，但是从她的长久沉默，从她和母亲韩惠娥的吵嚷中，已然听出了拒绝的意思。秦梅不同意，两家峪社火还有代言人吗？车大寒暗想。

第56章 镜子

车大寒家里有一面镜子，就摆在六婶起居室北面临窗位置的那张旧木桌上。这是六婶年轻时参加全乡绣花比赛获得第一名，得到的奖品之一。比八寸照片能大一些，四方形，薄金属包边，线条简单、刚健，背面有一副画面斑驳的《红色娘子军》操演刀枪的剪影。六婶生前虽然不爱打扮，却对这面镜子十分珍爱。

不知道为什么，茫茫然回到家后，车大寒满脑子都是这面镜子。他没有回到前段时间整理过社火申遗材料，如今还摆在堂屋门口的那张八仙桌跟前。而是掏出薄薄的铝钥匙，打开了铸有"永固"二字的旧锁头，走进了六婶的起居室，坐在了金属框架盛放着无数多暗褐色绣花的镜子前。望着镜子里的自己，车大寒还以为他会喊一声"妈"，哭个稀里哗啦。实际情况却是，他仿佛石化了一样，陷入了长久的沉默，进入了某种无意识状态。

随着时光的推移，院子里的阴凉全部藏到了隐秘的地带。太阳底下白花花的，有些晃眼，就好像谁偷偷地把六婶的那面镜子和地面调了个，想让人人都感受一下什么叫"光天化日"。惊心动魄的鸟叫声也越来越远，渐渐成了遥远的梦境。就在这个时候，院门"哐当"一声响，何倩的声音穿透并搅乱了一切。

"大河哥，在家吗？我来了！"何倩的声音充满了喜悦，跟她每次来时一模一样。

"在。"车大寒淡淡地说，思绪从某个遥远的地方，回到了眼前这个纷扰的世界。

"你怎么一个人坐在这里，这都晌午了，吃饭了吗？"何倩寻声走了过来。她在门边停下了脚步，脸上的笑容收了一多半，细长、稀疏的眉毛微微上扬，似乎思考起了正有什么事情在车大寒身上发生着。

"没。"车大寒看着镜子里的何倩，幽幽地说。何倩今天穿了一件白色的纱衫，底下配的是蓝色的牛仔短裙，再往下是粉色的中筒袜子和一双厚底子的小白鞋。车大寒还是第一次注意何倩的穿着打扮。自然而然，他也看到了何倩手里拎着的大塑料袋。似乎自从何倩再次回到西京城，当她的音乐老师,她再返回两家峪时就是这个样子。青春靓丽,精致性感,变着花样地打扮,然后,尽可能多地从城里为车大寒带些生活用品和吃食。

"以后,你还是别来了吧。"车大寒忽然说。他很清楚自己给不了何倩什么。何倩做任何努力也不过是徒劳。与其看她像个傻子一样,继续这种注定没有结果地单方面付出,还不如快刀斩乱麻,给她一个解脱。这是车大寒给自己的说辞。事实上,车大寒也是一个凡人、俗人、他害怕自己在巨大的打击面前做出妥协和让步,从而后悔终生。

任谁看来何倩都是个巨大的诱惑,更是车大寒在秦梅的爱情战场上大撤退的潜在理由(甚至连秦梅本人也是这么想的)。因此,车大寒让何倩别来了,其实是想切断一切退路,让自己燃起背水一战的勇气。当然了,此刻的车大寒也是一头受伤的猛兽,他习惯性地想用独处疗伤,并不打算借助别人的温言软语和关怀让自己重归坚强。

"没吃饭是吧,没事,我买了速冻饺子,这就去给你下。"何倩只是稍稍愣了愣,马上让自己略显僵硬的笑容,变得比刚才还灿烂。丢下这句话,她转身就走。至少一年半的居住经历,使她对这座院子里的一切都十分熟悉。不用车大寒指出来,她也知道厨房在哪里,也能把塑料袋里的速冻饺子煮熟。

车大寒的话无疑伤了何倩的心。决定周末要来两家峪的时候,她是那样的兴奋,甚至为挑选出合适的衣服,忙活到后半夜。不过,凭着女人的细腻和对爱慕之人独有的敏感,她还是觉察到车大寒的情绪不稳定,他有心事。

何倩虽然单纯,但她不傻,不管出于对车大寒的怜惜也好,还是因为别的,她都不想在这个时候和他计较。"权当他没说过这句话。"她对自己说,很快就用厨间忙碌冲淡了一切。

"需要我帮忙吗?"

一起吃饺子时,何倩暗中打量了车大寒半天,终于忍不住问。车大寒没再提让她别再来的话,只是默默地吃着饺子。更加证实了他有心事,并且遇到了难事。

车大寒摇了摇头,继续默默地吃饭。何倩咬着筷子头盯着他,漂亮的眼珠子动来动去的。突然她深吸一口气,片刻后,又呼了出去。"吃饭,吃饭。"何倩对自己说。

吃完饭,收拾了碗筷,何倩破天荒地没有缠着车大寒。她什么也没说，就走出了院子。车大寒再次坐在了八仙桌跟前，他觉得自己作为两家峪的社火头，真的很有必要认真思考一下，没了秦梅到底该由谁担任社火代言人了。

"梅，梅梅姐，梅梅姐在家吗？"

傍晚时分，何倩走进了秦梅家院子。

夕阳西下，葡萄架上和花圃里洒满了金色的阳光。天也没有白天那么热了，并且还有凉风不时掀起碧绿的葡萄叶，带来<u>丝丝清凉</u>。

秦梅娘又坐在了葡萄架底下，不过却不是为了给秦梅和车大寒留出独处的空间，而是为了散一散烦闷的心情。

猛然间听到何倩的声音，又听她喊秦梅"梅梅姐"，秦梅娘的两道眉毛立刻扬了起来。她烦何倩在秦梅和车大寒之间横插这么一杠，也替女儿嫉妒何倩的未婚和年轻。如果秦梅也像何倩一样正当岁数，还没嫁过人该多好啊。秦梅娘的心一酸，怒气立刻升腾上来。"叫，再叫，不怕我撕烂你这张臭嘴！"秦梅娘瞪着在院子里探头探脑的何倩，激动地说。

"您要是想撕早就撕了，我不怕。"何倩笑嘻嘻地说。秦梅娘就是刀子嘴豆腐心，何倩知道。对于秦梅娘的威胁，她只有打趣时装出来的惧怕，其实根本不当一回事。

"行，行，你等着！"秦梅娘咬牙切齿，伸手指了指何倩，突然拿起缝补衣服经常用的王麻子剪刀，瞪着何倩扑了上去。

第 57 章　心结

"啊！婶子你来真的呀……"何倩顿时大惊失色，对于韩惠娥这一举动，她是实在没有想到。不过，何倩反应极快，不等韩惠娥扑过来，转身就朝着秦梅房间方向跑了过去。在这个院子里秦梅是她唯一的庇护人。还好就在刚刚跑出两步的时候，秦梅从房间里走了出来。

"妈，你这是要干啥？"秦梅也吃惊不小。母亲性格确实泼辣，但是却从没真的和谁动过手，更别说拿着剪刀追着别人跑了。

"婶子想要了我的命！"何倩像个灵巧的小野猫一样，果断躲在了秦梅身后。

"我，我看她烦。"秦梅娘说，脸立刻红了，人也清醒过来。最近发生的事情实在太不顺心了，她被这些事搅扰得心乱如麻。何倩那么一叫秦梅，偏巧触碰了秦梅娘的敏感神经，也让她找到了发泄口……

"以后别乱叫了，再叫我还拿剪子铰你的嘴。"秦梅娘威胁说，已然没了刚才吓人的气势。随后，她收起剪刀，又坐在了葡萄架下，嘴里嘀嘀咕咕地宣泄着心里的怨气。

"没吓到你吧？"秦梅关切地问。她们两人走进秦梅的闺房，一个坐在书桌前，一个坐在了床沿上。"我妈最近心情不太好，连我都躲着她，你还是别招惹她。"

"梅梅姐，我真的惹人烦吗？"何倩突然抓住秦梅的手，望着她的眼睛，很认真地问。

"你别听我妈胡说，她就是嫌你叫我姐，把我叫老了，可是女人哪有不老的，根本不受你叫不叫影响，再说了，我本身就比你大，你叫我姐也是应该的。"秦梅笑着说。

在她手臂边，那张上学时伏案读书用过的书桌上，放着一台笔记本电脑。电脑屏幕里可以清晰地看到《两家峪大河环境综合治理建议书》字样。这就是秦梅这几天把自己关在房里的劳动成果。她确实因为秦三宝的猝然离世而伤心，可是伤心之余也让她渐渐冷静了下来，开始去反思过往，去检讨做过的，在做的，以及计划要做的事情。

作为其中最主要的检讨成果之一，秦梅终于意识到要治理大河仅凭一己之力实在过于绵薄微弱了。她必须要尽可能多地去争取资源，官方的，民间的，能想到的，想不到的。这份倾注了秦梅无数心血的建议书就是一块敲门砖，一份信心，也是伟大蓝图的完整规划。

"那我还叫你姐。"何倩笑笑，眼珠子动了起来，片刻后，她说，"如果你不觉得我烦的话，我想和你说几句体己话，梅梅姐，你也要和我交心啊。"

"还体己话呢，好像我们姐妹两个以前都是相互应付似的。"秦梅白了她一眼，表情严肃了起来。她能看出来，何倩有心事呢。

"我喜欢大河哥，我还想和他永远在一起，但是他心里有个结，你知道吗？"何倩收起笑，视线定格在了秦梅明亮的眼睛上。她在留意着秦梅眼神的细微变化，也好像要把这句话印到秦梅脑海里一样。

"傻，这是你俩的事，我怎么能知道呢。"秦梅不自觉地躲过了何倩的窥探，把脸转向了别处。"大河人挺不错的，你再努力努力，兴许他就接受你了。"

"该努力，我自然会努力的，但是要打开他的心结，单凭我一个人根本办不到。"

何倩拉了拉秦梅的手，仿佛要把她摇醒一般，"梅梅姐，大河哥请你当两家峪社火队代言人你得同意呢。"

"啥？"秦梅有些莫名其妙。她不理解何倩为什么突然换了话题，又或者说她不明白打不打得开车大寒的心结，跟她当不当社火代言人之间究竟有怎么样的关系。

"我说你要想和大河哥再无感情纠葛，就该把他当成两家峪普通的乡亲，不该刻意和他保持出一段距离……"

"你说什么呢，我没有，我本来就当他是普通乡亲。"秦梅打断了何倩，红着脸说，"我们早就说清了，在大学毕业那会儿。"

"梅梅姐，你看，你就是这种反应，一遇到和大河哥有关的事情，就是这种反应，根本不像平时的你，那么的冷静、理智。"何倩拉着秦梅的手，非常非常真诚地说，"你从来就没把他当过普通乡亲，虽然你一直在宣称你和他早就结束了，也没希望了，但是你骗不了自己，女人都是脆弱的，你也一样……"

"不，不，不是你说的这样！"秦梅极力否认，她相信她已经把车大寒从自己的感情世界驱逐了出去，不，即使没完全驱逐出境，她也把残存的那些说不清道不明的东西压在了心底，藏在了最隐秘的角落。

"是不是这样，我想你心里比我明白。"何倩笑笑，又引回到了一开始那个话题："你心里都是这样，大河哥能好到哪里去？在我看来你们是彼此的心锁，也是彼此的钥匙，一味地逃避只能让锁头越锁越牢，还不如试一试，一次性把心锁完全打开……"

"试一试？"秦梅忽然意识到了什么，甚至有些恍然大悟。"可是怎么试呢？"她喃喃地说。培养感情的时候，可以彼此试一试，要做到彻底遗忘彼此，又怎么试呢？

"接受社火代言人，帮助大河哥他们成功申遗就是很好的机会，你试一试，把他真的当成普通乡亲，看看会是怎么样的一种体验。"何倩郑重地说。

她花了一下午的时间，才弄清楚车大寒到底有什么心事。关于这件心事，按照她的理解，关键还在于打开两人的心结。你想象一下，如果车大寒只是两家峪一名普通的乡亲，秦梅至于一口回绝他吗？另外，何倩之所以能准确地知道秦梅拒绝了车大寒的邀请，实在得益于两家峪根本没有秘密，即使是关起房门发生的事情，也能传得人尽皆知。

回头看看，何倩的分析并不准确，甚至过于主观了。不过，正是凭着自己的判断，她才走进了秦梅家院子，帮着劝说起了秦梅。

"那好，我试试。"过了半天，秦梅点了点头。她总算是迈过了心里那道坎，在另外一个，分量比担心给自己招惹不必要的麻烦和是非更重的理由支配下，接受了邀请。

8月初，多少日子都不见有啥动静的滋水县大礼堂突然间热闹了起来。10个被县文化馆判定为有可能放卫星的非遗项目齐聚在此，等着接受舞台下方那13名评委的评审。在它们中间将诞生出3个"窜天猴卫星"，不但要参加市里的非遗评审，还会继续往上报，成为省级非遗名录的备选项目。这是很早就说清了的事情。为了争取这3个宝贵的名额，10个项目全部铆足了劲。在这10个项目中间，最让人悬着一颗心的还是两家峪社火和梨花寨社火。两个项目都是耍社火的，不用任何人多说，大家都知道评委们肯定只能从它们中间选出一个。也就是说它们之间只有淘汰和往上报，连并列入选的机会都没有。

"你看那是谁。"大家伙刚在礼堂里坐下，齐望海就努着嘴，撞了撞车大寒的胳膊。车大寒顺着他努嘴的方向望出去，竟然看到了井莺。井莺穿了一件月白色的旗袍，就坐在走廊的斜对面。车大寒望向她的同时也望见了她的半张侧脸。这张脸明显经过了精心的打扮。

"梨花寨的代言人就是她，你记着没有，井莺还当着全村的人的面给咱下过战书呢。"齐望海在车大寒耳边嘀咕了起来。

"说起来我现在跟井莺也是熟人了，关于她的情况我还是了解一些的，她是七叔的养女，噢，就是给我送秤砣的那个七叔，七叔在城里当工人时，娶的井莺她妈，井莺就成了他的养女，那天的情形你也看到了，他们父女之间关系一直不和，不过，井莺还是在老汉下岗后，跟着老两口回到了梨花寨，当然了，为了谋生，她跟咱村的那些姑娘们一样，平时就在城里打工……梨花寨以前有没有村花我不知道，现在肯定是人家井莺，呵呵，她村选她当代言人，我一点也不奇怪……"

"车大寒，你好，我是梨花寨的井莺，咱们重新认识一下。"齐望海的闲话还没说完，井莺竟然走了过来，若有似无地微微一笑，望着车大寒伸出了白皙的右手。

第 58 章　女神

人和人能重新认识，就说明第一次留给彼此的印象不是太好，而且很有必要予以矫正。井莺这个行为虽然有些刻意，但是至少能说明她希望留在车大寒脑袋里的不是自己旧日的印象，而是崭新的，与原先截然不同的美好印象。她是在向车大寒示好，并且还有别的期待。

虽然是她的一贯作风，可那天井莺确实有些过于冲动了。首先，她并不是梨花寨的社火头，更代表不了梨花寨。其次，她说那样的话只是用另一种形式发泄心中的不满。至于到现在闹得沸沸扬扬的"井莺代表梨花寨向两家峪下战书"的说法，是她想都没想过的。

井莺生性要强。她至今都没有好好地把七叔喊一声爸，并且还在极力拒绝、回避着七叔的关爱。不过，无论她是否承认，七叔都成了她的脸面和自尊的一部分。井莺可以指着七叔的鼻子骂他无能，却绝对不允许别人把他当成骗子。这就是让井莺动怒的最基本原因。后来她赶到两家峪，看到将近一个村的人都在欺辱七叔，怒气立刻让她浑身颤抖，彻底失去了理智……

是齐望海在翻阅族谱时的絮叨让她全面而细致地了解了两家峪发生的那些事情，也重新认识了"肯负荆请罪"的社火头车大寒。男人，不就该这样吗？能把腰杆挺到最直，也就能把腰杆压到最弯。车大寒的疯狂、敢担当，他的智慧、心胸，一点点地，缓慢而又扎扎实实地随着齐望海进出来的唾沫星子，和他毫不吝啬的赞美、吹嘘，沁入了井莺的心房。让她后悔、惋惜、惆怅，开始把想象中的车大寒的鼓声当成了一种夜深人静时的向往，和难以言说的悸动。井莺20岁出头，她的情窦就这么开了。

"你好，我是两家峪的车大寒。"车大寒只是稍稍愣了愣，就很自然地和井莺握了手。井莺的主动示好，不由得让他想起上次在齐望海家门前，车大寒礼貌性地伸出右手想和她握一握，竟然被拒绝了。另外，车大寒也是爱热闹的，听到井莺说她是梨花寨的，他就学着她故意报出了自己是两家峪的。实际上，两个人来自哪里彼此都清楚。只是，井莺说她要和车大寒重新认识，就让车大寒有些迷糊了。

"我也没你想的那么咄咄逼人,你也没我想的那么爱欺负人。"两人的手分开的那一瞬间,井莺说。像是要解释清重新认识什么一样。

"我们也没觉得你咄咄逼人啊。"车大寒看了看齐望海,笑着说。

"那就好。"井莺粉面飞起红晕,似乎笑了笑,转过身子走开了。

车大寒和齐望海面面相觑,两个人都觉得有些莫名其妙。

坐在同一排座位里的秦梅却准确捕捉到了井莺细微的表情变化,和她绝大部分心事。秦梅也是从20多岁过来的,她知道一个姑娘面对自己心仪的男人会有怎样的急切和慌乱。车大寒对井莺的第一印象是觉得她像另一个秦梅,冬季版的秦梅。秦梅隐隐也有这种感觉。不过,在岁月面前,她不得不承认井莺更有活力。

何倩还在纠缠着他,现在又冒出个井莺,真不知道最后该怎么收场……秦梅不由自主地想。她发现自己竟然有了一丝嫉妒。对青春年华的嫉妒,对无限可能的嫉妒。如果时间真的可以倒流,秦梅真希望可以回到20岁出头,她和车大寒共同面对毕业的那一年。无论如何她都会留住车大寒,或者咬咬牙跟他去了浦江,这样的话,往后日子里那些煎熬和捉弄都不会出现,也许到了此刻,他们还是幸福的。然而,时间终究不会倒流,过去几年里的那些煎熬和捉弄已然牢牢地烙印在了秦梅的心头和她命运的轨迹上,让她时刻保持清醒,知道自己和车大寒之间有一块化不开的坚冰,并且自己还是个离过婚的女人。

"不管是何倩,还是井莺都比我好,车大寒应该拥有一个更好的女人。"秦梅的眼神越发地暗淡,在舞台上匆匆掠过之后,落在了自己那两只相互摩挲,最后紧紧握在一起的手上。

"嗡,嗡嗡!"

就在秦梅几乎要被无限寒凉淹没时,她的手机忽然震动了起来。秦梅拿起手机看了一眼,竟然是刘超然的电话。刘超然就是个疯子,只是因为拍了那么几张照片就对秦梅纠缠不休,还说什么秦梅就是他的缪斯女神。缪斯女神秦梅是喜欢的。按照西方的神话传说,缪斯女神原本是守护赫利孔山(Elikon)泉水的水仙。那么,缪斯女神就是守护泉水的女神。联想到自己在治理大河上的努力,联想到自己经常在大河边掏挖泉眼。秦梅还是挺喜欢这个称呼的。可是,刘超然的出发点显然不在这里。他欣赏的只是秦梅的美貌,并且为之痴狂。

秦梅本能地皱起了秀美的眉毛,挂断了电话。

台上的领导讲完话,她就要去舞台角落抓号,然后,排着队等着上台为两家峪的社火做申遗发言。她不想因为刘超然的骚扰，破坏了心情。虽然她的心情已经被井莺弄得乱糟糟的了，可是，刘超然的骚扰显然是可以直接阻断的。

然而，刘超然并不认为自己是在骚扰秦梅。在秦梅挂断电话后，他又接连拨打了好几回。直到秦梅下定决心，打算关机时，刘超然才放弃拨打电话，发来了一条短信：《终南醉人处，芳华两家峪》登报了，明天就发，我知道你们的社火在申遗，希望能帮到你们！

第 59 章　宣言

事实上，这条短信秦梅当时并没有看到，她还没来得及关机，就被人喊去抓阄了。但是，为了能发出这样的一条短信，刘超然却拼尽了全力。首先是皮蔓。皮蔓不让版面，为两家峪拍的那组宣传照片根本就不可能上报。可是，要让皮蔓让步，刘超然必须和她说清。

皮蔓看起来有些咄咄逼人，其实她的心里有怨气，而且，就他们两个人的那段感情来说，皮蔓无疑是个受害者。她是无辜的，被动的。刘超然对此心知肚明。他很清楚自己在精神上出了轨，无可救药地沦陷在了另外一座城池外。虽然这座城池吊桥高悬，城门紧闭，可刘超然知道，这就是他注定要攻克的堡垒（至少在那时他是这样想的）。

为了让皮蔓宣泄心中的怨气，他把皮蔓请到了他们第一次约会的那家西餐厅。熟悉的环境，舒缓的钢琴曲，在刘超然开口之前就让委屈了多日的皮蔓淌出了泪水。皮蔓一直都是精干的、潇洒的、自主的、独立的，就连她留的那头短发都能让人明显感受到她的倔强和坚强。然而，在这一刻，皮蔓竟然没了以往所有的标签，她成了受害者，可怜的女人。面对皮蔓的眼泪，刘超然彻底慌乱了，他甚至涌起拉住皮蔓的手求她原谅，要和她复合的冲动。

"哎，刘超然怎么是你呀！"

就在最最令人心如刀绞的时刻，何倩出现了，她冲着三名一起来吃饭的女伴挥了挥手，竟然停留在了餐桌边。当然，在停在桌边前，何倩并没有留意到皮蔓在哭。

"是我，是我。"

刘超然心中一惊，立刻从皮蔓带给他的强大精神压力中解脱了，几乎在同一时间，他做贼似的把正准备伸出来的手缩了回去。

皮蔓不知道何倩是谁，和刘超然又是什么关系，不过她还是在陌生人面前，用餐巾纸擦了擦自己的眼角，很快就把自己刚刚失去的所有的标签全部贴了回去。她跟何倩说，她只是刘超然的普通同事，刘超然也表情尴尬地点了点头。他们两人的事情暂时谈不成了，只能把何倩应付走再说。何倩之所以要停下来，就是想抓住这难得的机会，问一问刘超然跟秦梅到底是怎么回事，如果他需要自己的帮助，何倩绝对可以倾尽全力，成全他，帮助他。确定皮蔓只是刘超然的普通同事后，她就挨着皮蔓坐了下来，并且很快就把话题引到了秦梅身上。

"谁都能看出来，梅梅姐心里装着我大河哥呢，你要是想追她，必须先把我大河哥从她心里赶出来，因为他们的故事要从小时候说起，我听说4岁那年我大河哥……"

何倩也不见外，更不会去留意皮蔓和刘超然表情的变化，她把自己住在两家峪时打听到的虚虚实实的爱情故事，一五一十，全部讲了出来。当听到车大寒为了秦梅返回两家峪时，皮蔓忽然释然了（当然，也有可能是她经过多日的折磨，在淌出眼泪的那一刻已经释然了）。刘超然事后仔细回想过，他对秦梅的爱慕也是在那一刻发生了细微而关键的变化。他隐隐感到，秦梅这朵两家峪的村花，只能远远地观望、欣赏，而不能据为己有。因为，经过时光的反复浇灌，车大寒早就在秦梅心里长成了一棵参天大树。即使是这棵树最细枝末节的一段根须，也是他刘超然不可撼动的。

与此同时，刘超然心里忽然涌起了一个巨大的疑团：既然何倩什么都知道，她还在坚持什么？

这天之后，皮蔓的态度开始变得暧昧，她不再霸占着版面，反而有意无意地向刘超然暗示，自己可以做出让步了。这时候就到了第二个关键的地方。刘超然必须重新拿出一个可以说服自己，说服所有人的理由。他不是为了向秦梅献殷勤，才坚持让《终南醉人处，芳华两家峪》见报，他是为了一个更高尚、更合适的目的。还好，滋水县的社火申遗评审适时开始了。刘超然立刻把握住机会，宣称媒体要为非遗服务，他坚持让宣传照见报是他痴迷于两家峪的社火。

就这样，刘超然度过了心里那道坎，在重新审视自己对秦梅的爱慕的同时，终于促成了让两家峪扬名千万里的那组宣传照的刊发。虽然照片的任何一行文字里都没有出现"城南第一村"相关字眼，但是好些看了照片的人，还是把它和刘超然在2012年年初发表的，那则关于两家峪社火大耍的报道联系了起来。因此，从宣传照片的实际效果来看，确实践行了刘超然的宣言：媒体为非遗服务。

"……我的家乡两家峪就是这样一个美丽、淳朴，充满了无数古老传说，也充满了欢声笑语的地方。"

滋水县大礼堂里，秦梅的发言已经进行了一半。在这个时候，她忽然微微一笑，停顿了下来。"刚才那些都是我照着写了多少日子的稿子念的，全部是我的心里话，也是我对家乡两家峪深深的眷爱，接下来我想给评委老师们，给大家伙说一说我的心里话……"

"秦梅这是要弄啥！"齐望海顿时急了。

就在秦梅上台之前，梨花寨的发言人井莺已经赢得了满堂彩。从评委的反应来看，他们更喜欢中规中矩的东西。只要照着稿子念就行了。秦梅现在突然要脱稿发言，她想说什么，如果她的行为本身就已经引起了评委们的反感该怎么办？！

"大河，你快，你快呀，想办法阻止她啊！"齐望海攥着拳头，巴巴地望着秦梅，浑身上下都在鼓着劲。他要是会飞肯定就直接飞到舞台上了。他真想把稿子重新捧起来，放在秦梅眼前，让她照着念。

"没事，我相信秦梅。"车大寒淡淡地说。按照稿件内容，接下来将是最精彩的部分，也是两家峪的杀手锏。这个部分里有车大寒的一个大胆的想法，足够震撼现场所有人，甚至还会刷新大家伙对非遗传承和保护的认知。在原先的计划里，秦梅只要表情自然，语调稍快一些把这个想法提出来，两家峪就赢了。可是现在秦梅却打乱了计划。说实话，车大寒和齐望海等人一样，并不清楚秦梅接下来会说什么。不过，他相信秦梅有她的分寸，她答应的事情一定会做到最好。

第 60 章　根

"从大学毕业到 2011 年前半年,我一直在西京发展,也实现了一些理想,但是当我回到我的家乡,特别是在两家峪村外的大河边行走时,我忽然发现我的人生才刚刚开始……"稍稍酝酿了一下,秦梅微微仰起脸,望着滋水大礼堂斑驳的穹顶,开始了她的脱稿发言。

"又是大河,哎,果然是大河,这个秦梅怕是着了魔了,怎么一有机会就说她的大河!"齐望海白眼翻得差点背过气去。"大河,大河……"

"好了,你让她说。"车大寒无动于衷。

"哎,弄的都是啥事啊!"齐望海彻底绝望了,片刻后,他惨淡地笑了起来。"二伯呀二伯,你看看吧,这就是你选的好人,跟汉奸吴三桂一样,为了女人啥都不管了!"齐望海在心里埋怨,却没把这句话说出来。

"小莺,咱赢了,已经赢了!"梨花寨社火头韩火驹偷偷地朝车大寒两人坐的地方瞄了两眼,激动地把双臂伸展了开来。他用自己粗大的左手兴奋地拍着井莺的椅背,笑得嘴巴都合不拢了。"选的人倒是挺漂亮,可是光漂亮有啥用啊,说的都是啥,离题千里,跟社火屁关系也没有嘛!"韩火驹极力压着音量,但是他那沙哑的嗓门却极具穿透力,很快就传到了前后好几排人的耳朵里。可以说,秦梅刚才照着稿子发言时,他有多紧张,现在就有多猖狂。

"人家还没发完言呢。"井莺淡淡地说。对于秦梅和车大寒的那段感情,齐望海提说过好多回。井莺清清楚楚,也能猜到车大寒至今未婚,也许是对秦梅还念念不忘。而且最重要的是,车大寒回村的时间点选的,实在太耐人寻味了。不过,在井莺眼里,秦梅并不是竞争对手,而是学习榜样。

事实上,作为一名进城务工的女青年,井莺跟从滋水县各个村镇走出去的姑娘们一样,很早就听说过秦梅白手起家的创业故事。她们以秦梅在商界的影响力,以及她取得的成功和各种殊荣,为自己在外乡小姐们面前骄傲的资本。几乎是自然而然地,同样地从农家小院走入大城市的经历,很快就让她们把秦梅树立成了人生标杆。

在秦梅面前,井莺始终感到自己十分渺小。

特别是当她得知，两家峪社火的代言人竟然是秦梅时，那种紧张简直到了无以复加的程度。但是，井莺却并没有因为竞争对手是秦梅而退缩，相反，她变得更加努力，准备得更为充分。

就在秦梅上台之前，井莺自己发言的时候，她几乎拼尽了全力。可是，当秦梅一开腔，她立刻就意识到自己和秦梅根本就不能比。秦梅是那样的从容、自然、优雅，而她几乎全程都是在慌乱中强自镇定。虽然评委们全部都给她鼓了掌，还有不少人为她的表现喝彩，但是，井莺自己很清楚，那是他们还没听到秦梅的发言。

现在秦梅发言了，她表现得那么完美，她本应该继续下去的。如果真的那样的话，两家峪社火在这个环节肯定就赢了。可她为什么突然改变了发言的形式，让一切充满了变数？井莺相信，这是在场所有人的疑问。实际情况也是这样，秦梅的改变只是让一切充满了变数，并不一定像韩火驹说的那样，梨花寨赢定了。井莺保持着冷静，她预感到秦梅不会随随便便改变发言风格，她一定有她的打算。

"车大寒邀请我当两家峪社火的代言人时，我拒绝了，除去个人因素，我当时真的以为抬社火和治理大河根本没有什么联系，治理大河是我人生的理想，我当然要站在自己的理想一边。"

话到这里秦梅浅浅一笑，露出了她那两朵好看的梨涡。同一时间，评委们开始交头接耳，礼堂的各个角落都有窃窃私语。

"当我决定走上舞台的那一刻，我想明白了，大河是两家峪人的根，社火也是，无论我们想为家乡做些什么，其实都有一个共同的理想，让家乡这棵参天大树把根扎牢，当然了，也是为我们那些在外打拼的兄弟姐妹们守护一份念想……"

秦梅这几句一出口，所有的议论声戛然而止，舞台各个角落里都有人在拼命地鼓掌。其实，关于为什么要耍社火，或者，更进一步，往大了说，国家为什么要搞非物质文化遗产保护，说到底还是想留住乡愁，留住中华文明的脉络和根茎。秦梅的思考让众人豁然开朗，秦梅的言语朴实无华，却道出了无数人的心声。特别是在场好些人，他们在为各种民俗活动痴狂、奔走的时候，绝大多数情况下，其实是不被人理解的。现在，此时此刻，他们终于找到了知音。

"就是的，就是的，我修族谱还不是为了寻根，我一定要把这几句话学给彩芹呢，让那个喂猪的婆娘也听听，他男人在干的事情有多么的惊天动地！"齐望海的态度来了一百八十度大转弯，眼角已然泛起了泪花。

他已经不再埋怨秦梅了，反而被她吸引。

"念想……"井莺淡粉色的嘴唇微微开启，喃喃地重复着秦梅提到的字眼。不知道为什么，她的脑海里突然浮现出七叔的地中海，还有他在家里喋喋不休，翻箱倒柜找秤砣的情形。

"在我没有继续念下去的稿子里，有车大寒一个大胆到疯狂的计划，刚听他说时，依照过往在商场打拼的经验，我觉得这个计划根本不可行，我还劝过他，让他趁早放弃，现在我明白了，无论这个计划有多么的疯狂，它都是一次很好且非常有必要的尝试……"

听到这几句话，车大寒嘴角的笑意更浓了。在他们敲定的发言稿里，这个计划是以一颗炸雷的形式出现的。要的不是被评委们理解，而是给他们带来的冲击和震撼。现在不一样了，有了秦梅的铺垫和她真情流露式的引导，这个计划已然有了水到渠成、呼之欲出的意味。甚至连车大寒自己都有些期待，这到底是怎么样的一个计划。

第 61 章　鲜活

"车大寒想在我们两家峪成立一个社火研发中心，把社火当成艺术去研究，也当成产品去开发，让社火极具个性化，极具特色，也具有量产的可能……"

秦梅的话再次引发了全场所有人的议论，并且这次不再是窃窃私语，而是批评、争执，甚至是咒骂。眼看着滋水礼堂即将成了一锅沸腾的开水，秦梅微笑着停了下来。她预想过自己把这些话说出来会有怎么样的后果。现在要做的不是继续分享车大寒的想法，而是给大家留下充足的时间去消化。

"秦梅，车大寒，还有两家峪社火队的人，你们了解社火不？"片刻后，赵馆长发话了，作为滋水县文化馆的一把手，他有必要在这个时候澄清一些事情，或者说端正一些人的态度。赵馆长和身旁的两位市县领导交换完意见后，先看了站在舞台上的秦梅一眼，随后，摘下挂在鼻梁上的眼镜，回过头看向了车大寒等人坐的位置。各个社火队坐在什么地方都是事先安排好的，因此，赵馆长直接就看了过来。

"就是的，真的应该问问他们了解社火不！"有人愤怒地说。

紧接着，所有人同时安静了下来。无数双表情各异，但绝大多数都是愤怒、厌恶、仇恨的目光，也随着赵馆长的回头，落在了车大寒等人身上。在这个时候，如果大伙把滋水县大礼堂看成一锅烧热的清油，那么，两家峪社火队的所有人无疑在清油里煎熬着。不过，好在关于成立社火研发中心的事情，车大寒事先和大伙通过气。对于众人的巨大反应，大伙还是有心理准备的。

"我们当然了解社火，正因为我们了解社火，我们才想试一试。"车大寒站了起来，回望着赵馆长，回望着众人，坦荡中有几分热切。"别的地方的社火是怎么传承下来的，我了解得不多，单是我们两家峪的社火，从隋代到现在少说也有1400多年了，这1400多年里社火一直是在创新中，不对，更准确地来说是在社火艺人用他们的智慧，用他们对生活、对艺术的理解，去适应、拥抱时代的变化中，得到发扬和传承的……从最早的背芯子、木芯子，再到现在铁芯子，哪一次没有经过仔细的琢磨，深入的研究……"

"车大寒，我想你没理解我在问啥。"

赵馆长打断了车大寒，清咳了一声。

"我想问的是社火这种艺术形式，能被群众喜爱靠的是什么？我们作为非物质文化遗产的传承人，在现如今这快节奏的时代里，能为这门老手艺做些啥？"顿了顿，赵馆长把视线拉长，望着众人说，"这个问题大家都想想，咱们一起探讨下，最好能达成共识。"

"赵馆长，赵馆长，在大家开动脑子之前，我想问问大伙咱们是想把非遗越做越大，还是越做越小？"车大寒插了一句。

"这还用说，当然是越大越好啊。"有人马上给出了答案。

赵馆长没说话，却和其他人一样，望着车大寒点了点头。

"那我就要说了。"车大寒笑了笑，提高了声音，"要想把非遗做大，我们是该把它们放在博物馆里供人参观呀，还是让它们还像以前一样，就是在咱们祖辈手里那样，成为老百姓生活的一部分，成为大家伙喜闻乐见的娱乐形式？"

"车大寒，我算是听明白了，你娃就是个耀州烧出来的老牛嘛，又犟又硬。"韩火驹不阴不阳地来了一句，立刻引起了一片笑声。等到笑声落尽，韩火驹又说，"亏你还是从十里洋场回来的，我看你更像是从咱秦岭哪处深山老林里走出来的，现在都是啥时代了，布景效果那么好的秦腔戏都没人看，你还想让人看社火呢，哼，真是个呆子！"

作为竞争对手，韩火驹虽然有奚落车大寒，抬高自己的意思，但他说的确实是实情。现如今日子越来越好，大家伙的精神生活越来越丰富，能享受到的娱乐形式早就有些让人眼花缭乱。原先在西北五省最受欢迎，场场爆满的秦腔戏渐渐成了冷门。喜欢看秦腔的这种行为原先非常地普遍，现在也变得十分的小众，几乎缩小到了很小的一个圈子里，成了部分中老年人的独宠。韩火驹的意思很明显，秦腔都没人看，你还幻想社火能成为老百姓主流的娱乐形式呀！

"唉……"韩火驹说完，好多人几乎同时叹息了一声。

"要想保护一个东西，首先得让它活过来，只有鲜活的东西，才有旺盛的生命力。"沉默了好长时间的秦梅，突然开口了。众人的视线很快转移到了舞台上。其实，在秦梅开口之前，井莺也想到了这一层意思，只是她琢磨了半天，都没想到该怎么把这个意思表达出来。还是秦梅优秀啊，井莺忍不住想，对秦梅的敬佩又多了一分。此外，车大寒刚才的表现，让她的脸不自觉地红了。车大寒的高大形象不再仅仅存在于她的想象中，它变得更立体，更具冲击力。井莺脸红，心跳加快，是她脑海中浮现出了和车大寒这样完美的男人单独相处时情形。"一定要找机会和他待一会儿。"目不转睛地望着耀眼的秦梅时，井莺默默地对自己说。

"都说树靠根呢，其实根也离不开树，树不开枝散叶，越长越蔫，越缩越小，根能好到哪里去？"秦梅笑着说，又露出了她那对迷人的梨涡。这样的笑容不仅增添了她的魅力，还让她格外谦逊。"大河，刚才赵馆长问的那两个问题，还是由我来回答吧。"秦梅望着车大寒说。车大寒点点头，坐了下去，把发言权又还给了秦梅。

"社火被群众喜欢一定是因为它能反映群众的生活，能成为群众生活的一部分，就像刚才韩大哥提到的耀州瓷一样，要是没人用耀州瓷碗吃饭了，耀州瓷恐怕也要被人彻底遗忘了。"

"我们能为老手艺做些什么？其实刚才大河和我已经回答过这个问题了，就是让老手艺变成新手艺，年轻手艺，充满生命力的手艺啊。"秦梅说。话音落尽，再次静静地注视着众人。无论接下来是惊涛骇浪还是涓涓细流，她都能接受。至少她把两家峪社火队为什么要成立社火研发中心，说清了。

第 62 章　打通

"我听明白咧，咱不要博物馆，咱要咱的一亩三分地。"有人恍然大悟。紧接着，好多人都说："要是真的把咱的手艺放到博物馆了，那咱真的就成文物了，只能供人参观，还耍个啥……"

赵馆长本来还以为两家峪社火队想哗众取宠，搞那些只把民俗当噱头，实际却是些稀奇古怪、莫名其妙的玩意儿。现在听下来，才觉得车大寒他们提出这个设想，确实经过了深思熟虑，而且很想把这件事情做成呢。出于慎重，赵馆长还是先征求了市里、县上的几位分管文化的领导的意见，又和几位民俗专家，以及文化馆的骨干们交流了看法。这才改变了态度，把关注的重点转移到了帮两家峪社火队把关，考察、探讨社火研发中心的可行性上来。说实话，赵馆长之所以请这么多领导专家来到评审现场，除了请他们帮忙"造卫星"，也有为滋水县的非物质文化遗产寻一条"活路"的打算。

"秦梅，想尝试当然是好事，我们也鼓励大家多做尝试。"赵馆长的脸上终于有笑容了，他望着秦梅说，"你刚才说的社火研发中心有没有更具体的规划，能不能给大伙介绍一下，让我们也开开眼。"

"好的，赵馆长。"秦梅点点头，不经意间笑容更灿烂了。赵馆长让她做详细介绍，就说明评委们基本认可了两家峪人大胆的想法。"其实，社火研发中心的想法并不是我们凭空想象出来的，而是在实际问题面前不得不去思考……"

秦梅说了齐心远成立两家峪民俗大剧团的事情，也说了他们在发展中遇到的困难和瓶颈，却唯独没有提到车大寒在永宁门用一桌"人面桃花"赢了大剧团的事情。当然了，主要原因还是相关当事人对此守口如瓶，事情并没有更多的人知晓。要不然秦梅的讲述将更加精彩。

事实上，那天车大寒在城墙上把齐心远叫走，跟他说的就是打算在村里成立社火研发中心的事情。正是车大寒深思熟虑后的大胆构想，打动了齐心远，让他在无边惨淡中，看到了一束光，从而下定决心让剧团暂时歇业，两帮人重新合成一帮，齐心合力准备社火申遗。

"一方面，市场并不是对社火失去了兴趣，而是迫切需要能经得住

观众考验，能有更多文化沉淀的优质社火；另一方面，我们这些拥有精湛技艺又肯花时间在社火上的传承人却因为社火不能当饭吃，而纠结、发愁，甚至在考虑要不要就此放弃……这里面就需要有一个关键的动作——打通，我们的社火研发中心不是关上门自己琢磨，而是要走出去，把我们研究出来的社火推向市场，推到群众身边，看看群众的反应……作为传统文化我们不应该像某些文化活动一样，一味地迎合市场，我们要做的是用传统文化的美征服群众，引领市场！"

要打通供需，就需要生产制造方和销售方相互配合，成为一个整体。秦梅利用她对商业活动的深刻理解，把社火研发中心和两家峪民俗大剧团的合作形式详细介绍了一下，并且一再强调齐心远早就从钱眼里爬出来了，要不然社火队也不跟他合作。这样的话说得次数多了，现场立刻就有人憋不住了，笑声几乎贯穿了秦梅介绍的始终。到最后，秦梅望着赵馆长，望着各位评委，望着在场所有人深吸了一口气。

"咱们不是提倡要树立文化自信吗？我觉得我们的社火研发中心的宗旨就应该是这样的。踏实、专业的社火研究开发，灵活、精耕的市场经营手段，既能沉得下心，钻研社火技艺，又能打造精品，创造经济效益，让民俗活动成为新型的致富手段，更重要的是，通过这样的良性互动，完全可以让社火这种千年民俗永葆青春，永远鲜活！"

掌声，持久而热烈的掌声。恍惚间秦梅还以为自己回到了被评选为市级先进企业家的那场大会上。

"好，两家峪发言到此结束，继续进行下一个项目。"

众人掌声落尽，不等主持人开口，赵馆长抢着说。赵馆长这么说，态度可就有些暧昧了。事实上，滋水县的人都知道赵馆长为人保守，又有高高举起，轻轻放下的坏毛病。因此，他的态度一暧昧，众人就有些为两家峪社火担忧了。"别看两家峪讲得这么精彩，弄不好到最后胜出的还是人家梨花寨……"有人小声议论。韩火驹听得清清楚楚，原本蹙着眉头立刻舒展开了一多半。

"我不舒服，我要去上厕所。"

井莺在韩火驹得意的目光里站了起来。随后，她穿过无数条或蜷缩，或伸直的腿，走出了滋水大礼堂。如果最终胜出的是梨花寨，井莺会对非遗申请彻底失望，她很可能还会不再热衷于这些事情。搞民俗文化活动为了什么，只是为了给本村挣个脸面吗？当然不是了。就像秦梅介绍的那样，应该有更多更大的事情要做呢。如果连这样的尝试都没有机会，还搞非遗保护做什么？井莺感到异常憋闷。倔强的性格让她实在坐不住了。她这才随便找了个理由，走了出来。

"哎，你……"

井莺刚站定身子，就意外地看到了车大寒。"难道他也觉得气氛沉闷，才出来的吗？"井莺想。"对了，不能错过机会。"她马上对自己说。于是，挤出了一丝笑，对车大寒发出了邀请："中午有空吗，我想请你吃顿饭，咱俩聊两句？"

"你要请我吃饭，咱俩，咱俩……聊什么？"车大寒感到很意外，比他看到井莺向他伸出手那一刻还意外。这个冷冰冰的姑娘怎么了，怎么变得如此热情？车大寒在意外的同时，再次感到了纳闷。

"你别多想，我也喜欢社火，想跟你聊聊社火。"井莺说。她尽量表现得大方、自然，可是她的双颊还是飞起了红晕。虽然这是她平生第一次向一个男人发出约会邀请，但是她还是不由自主地保持了自己过往的做事风格，积极主动，想到什么立刻就做。

"大河。"就在车大寒即将表态的那一刻，井莺身后传来了秦梅的呼唤。秦梅喊完，猛然看到他们两个人，不自觉地蹙起了眉头。是车大寒把秦梅叫出来的。秦梅在走出来前并不知道他的目的。可现在秦梅似乎瞬间明白了。车大寒难道是故意的？他想刺激她？场合也不合适啊，而且车大寒也不是这种人啊。秦梅在矛盾中，心情变得很复杂。几乎出于本能，她转过身，打算走回大礼堂。

"你站住，我有话跟你说。"车大寒叫住了她。

第63章 坚决

然而秦梅并没有站住。她好像只是因为和车大寒是熟人，才在无意间跟他打了一声招呼，然后又在猛然间发现车大寒正与人密谈，出于不打扰他们的目的，选择了离开。

"她没听见。"井莺说。在她对面，车大寒明显有些怅然若失。"他们都说你是因为秦梅回的两家峪，是吗？"也许是从车大寒的眼里看出了些什么，井莺忍不住问。

车大寒看了井莺一眼，想挤出笑，却叹息了一声。随后，他点了点头。

井莺的心忽然一酸，就好像突然间泡到了醋坛子里一样。不过，井莺始终是井莺。她还是强自镇定，继续问："她一直在躲着你，是吗？"

车大寒这次没有丝毫犹豫，直接点了点头。与此同时，他忽然意识到井莺竟然问了这么多，作为两个不太熟悉的人，她这么问其实是有些不礼貌了。另外，车大寒对于自己在井莺面前的坦诚感到非常惊讶。后来他想了想，也许这种坦诚，正是因为井莺那会儿在他眼里还是一个彻彻底底、无关紧要的陌生人。人在陌生人面前，更愿意敞开心扉，说些平时不敢说的实话，不是吗？

"你们已经没有希望，还是……"这个话井莺只问到了一半，就咽了回去。人家有没有希望关自己什么事？可是，真的不关自己的事吗？井莺少有地低下头，看向了别处。

车大寒正打算回答，就在这个时候，齐望海的脑袋出现在了大礼堂那扇老旧的木门边："大河，快进来，讲完了，都讲完了！"

10个项目全部讲完了意味着什么，车大寒和井莺都明白。两个人相互对视了一眼，车大寒先走向了齐望海。过了一会儿，井莺也回到了礼堂里。

赵馆长已经站在了舞台上，他先讲了些官话，然后开始了对10个非遗项目的点评。到最后他说："稀奇呀，咱们县非遗评审也搞了3届了，还是头一回评委们意见严重不一致，说句大家不敢相信的，我刚才请市里的领导上来讲两句，人家都不肯，怕他一不小心把个人的喜好当成了评委们的集体意见，呵呵，其实没啥，真的没啥，出现意见不一致实在太正常了，各花入各眼，说明咱这10个项目里确实有精品……"

"所以呢，我们商量了一下，原本定在今天下午的技艺评比环节改在明天下午吧，我们想多花些时间找一些人好好地聊一聊，对咱这10个项目加深一下印象，再给出代言人游说环节的评审结果。"

"啥，今天的评审结果出不来了！"舞台下立刻响起了议论声。

紧接着，有人就问："赵馆长，我们拉来的那些道具怎么办？得留人看着啊。"

这人问的也是大家伙想问的。来参加评审的10个项目都来自距离滋水县城较远的村镇，一来一回折腾下来，至少需要半天时间。现在技艺评比临时改到了第二天下午，各个队伍辛辛苦苦搬运过来的那些用于表演的道具就成了累赘。今天下午拉回去，明天早上就又要送过来，实在是十分麻烦。唯一的办法就是留下一两个人看着。可是要留人肯定会产生吃住的花销。10个项目都不盈利，这笔花销就成了摆在众人眼前的棘手问题。

"该留留嘛，吃饭问题自己解决，住宿的话，统一安排在县招待所，房间我已经让人给大伙留好了。"赵馆长笑着说。

"好，那就谢谢赵馆长了！"提问的人满意地抿起了嘴。

滋水县文化馆向来都是清水衙门，能帮着解决住宿问题，已经非常不错了。众人不再说什么。散会之后，各自安排起了留下来看道具的人员。不知道为什么，齐望海真心希望两家峪留下来看道具的人是车大寒和秦梅。可是，最终留下来的还是他和车大寒。

"你们的压轴社火是哪一桌？让我偷偷瞄一眼。"

技艺评比当天在闷热的彩棚里转了两圈，赵馆长凑到了车大寒跟前悄声说。听到这个要求，车大寒实在有些犹豫。任何用眼睛看的东西，第一印象都很重要。现在如果让赵馆长看了半成品，恐怕会给他留下不好的第一印象。人常说先入为主，到时候即使想来个惊艳全场，也不可能了。"要不然，算了吧。"车大寒说。

"哎，好吧。"赵馆长有些遗憾地叹息了一声。与此同时，他也意识到自己提的这个要求有些过分了。"那你能告诉我社火的名目不？"赵馆长想了想问。他问这话其实另有用意。

"枪挑铁滑车。"车大寒回答。枪挑铁滑车是《岳飞传》里的一出戏。也是寻常见的社火题材。赵馆长听到这个名目，眼里不经意间涌起一股

失望的神情。

高远几乎是不受控制地拿起了相机，他对着自己想都没想过会拍的社火不停地按着快门。如果说每一桌社火都是一件艺术品的话，那么两家峪社火队抬出来的第八桌社火无疑是一件艺术精品。或者套用一句西方人常说的话，这是社火皇冠上的耀眼明珠。

高远平生第一次被这种诞生于泥土之中的艺术形式吸引了。他获得了从未有过的美的享受。他甚至回忆起第一次被秦梅带回村，在两家峪村外的田间小路上行进时，被他忽视的蟋蟀的叫声。那是天然的美，质朴的美，不需要任何渲染就能让你深陷其中的美。

"咚咚咚，镲镲镲……"

到最后还是两家峪社火队雄壮、激越的锣鼓声，把高远从那个奇妙的世界拉了回来。他一眼就看到了擂着大鼓的车大寒。长期的户外活动，让车大寒的皮肤看起来格外黝黑。随着鼓槌的抬起落下，车大寒手臂上青筋凸起，虬结的肌肉微微颤动。看起来有几分惊心动魄，也令人十分的羡慕。虽然时不时地需要出外勤，但是高远明显是个白面小生。他的脸上还留有几分，还没有被岁月和他自己日渐暴涨的脾气彻底吞没的秀气。他的面容看起来是那样的苍白。是的，高远几乎在看到车大寒的一瞬间，就不自觉地和他做起了比较。

车大寒不认识他，但他确定自己认识车大寒。因为在他和秦梅婚姻存续期间，他曾经偷偷地翻过一本秦梅藏得非常隐秘的相册。在那本封面和相纸都有些泛黄的相册里，但凡出现青涩的秦梅的地方，就会站着一名同样青涩的男孩子。他们虽然没有任何亲昵的动作，但是高远凭着记者长期养成的灵敏嗅觉，很容易就闻到了幸福的味道。秦梅的笑容是那样的灿烂，灿烂得让高远怒火中烧，因为这样幸福的笑容，高远一刻也没看到过。即使在他们感情最浓烈的时候，他都没有见到过。车大寒的专属吗？当高远得知那个整个青春期都站在秦梅身旁的男孩的名字叫车大寒时，他忍不住这么想。

第64章 成了

"高大记者,你的眼光高,你评价一下,这桌社火怎么样?"原本端端正正坐在主席台上的赵馆长,突然出现在了高远身旁。高远的身子剧烈地震颤了一下,他像一头恶狼一样猛然回过头,好像在忌惮赵馆长看穿了他所有的心思,并且为此发出了死亡威胁。

"挺好的。"说话的同时,高远下意识低下头,看起了相机液晶监视器里拍出来的照片。要不是这些照片少有的精美,他真的想一口气把它们删个干干净净的,就好像他此时此刻在脑海里强行删除着与车大寒和秦梅有关的所有记忆一样。

"既然高大记者都说好,那我心里有主意了。"赵馆长神秘一笑,走开了。

高远本打算利用自己的社会影响力,建议赵馆长和各位评委们,多关注一下梨花寨的社火,现在也没有机会了。

工夫不大,两家峪社火队的竞演进入尾声,锣鼓暂时停歇了下来。赵馆长在话筒上弹了两下,终于开口了。

"借着两家峪社火队退场的机会,我代表各位评委,代表县文化馆宣布一件事情,实际上,这件事情在咱们开始技艺比拼之前就该宣布了,考虑到可能影响到一些人的演出情绪,我才等到了现在……"

赵馆长一开口,现场立刻安静了下来。好多人都在用各种稀奇古怪的东西扇着凉风,这时候也不扇了。所有人齐刷刷望向了主席台,眼巴巴地等着赵馆长继续说下去。

"滋水县第五届非遗评审第一个环节:代言人游说,排名前五的项目有:两家峪社火、古岭村道情、陈家崖高跷……"

"两家峪社火,两家峪社火,哈哈,听见了没有,咱们的社火排上号了,赢了!"齐望海激动得都不知道说什么好了。社火一回到彩棚,正好碰到了迎面走出来的齐春生。齐望海立刻就把齐春生给抱住了,他开始不停地、兴奋地在齐春生肩膀上、后背上拍打起来。

"赵馆长宣布的是昨天的成绩,今天咋样还没个定论呢。"当着整个社火队的人被一个大老爷们抱着不住地轻狂,齐春生当然感到很不自在,

不过，他在不自在的同时仍旧保持着冷静。"山外青山楼外楼，咱村社火队要想彻底赢，至少得10个项目全部表演完吧……"

然而，事情发生得比任何人的料想都突然。就在齐春生冷静分析的同时，赵馆长话锋一转，品评起了两家峪社火队。

"昨天的发言人游说大家伙都听了，我就不细说了，我只想说唯一一个能让我老赵为他们捏一把汗的就是两家峪社火队，为啥？因为人家提出了我从来都没有听过的事情，可是这事情要是做成了，又让人十分的受用，你说我能不捏一把汗？两家峪要成立的社火研发中心……叫我老赵说这绝对是大事，是好事，天大的好事，好在哪里呢？它为我们，不是为我们县文化馆噢，是为了你们这些非遗项目寻到了一条很好的出路，一条脚踏实地又充满了想象空间的出路……"

"这就是我老赵，咱的市上、县上的领导，咱的专家评委们一致的意见，我老赵把话撂在这里，如果车大寒一伙把这事弄成了，不只是他两家峪，就连咱整个滋水县都会跟着沾光的！"

赵馆长的话音刚落，主席台上先响起了掌声，紧接着是两家峪人，然后是全场所有的人。大家羡慕两家峪有个车大寒，大家同时也意识到两家峪确确实实是在为所有非遗项目摸索经验。他们如果成功了，大家伙照猫画虎也能走在人前头。

"咱再说今天的这桌枪挑铁滑车，我以我不成器的老眼光看，它至少把社火的精髓耍出来了，啥是社火精髓，两个字——平衡，重心的平衡，审美的平衡，惊险刺激和文化内涵的平衡，它吸引眼球不？当然吸引呀，要不然人家《西京日报》的高大记者能拼了命地按快门，能竖起大拇指夸一句挺好的……"

"咱非遗说到底耍的还是传统文化，因此，我和评委们的要求和眼光可能比洋气的高大记者高那么一点点。"话到这里，赵馆长特意在人群里找起了高远，当幸运地找到他后，赵馆长立刻熟络地眨了眨眼睛。然后，才说，"我们要看你对题材的理解，看你表现出来的精神风貌，还要看你的教育意义，社火本来就是用来移风易俗，教化乡里的，你如果连这个本事都没有，不可能被我们高看的。"

赵馆长这话虽然没有挑得太明，却无疑是在宣告两家峪社火已然打败梨花寨社火，成功地圆满地完美地胜出了。车大寒、齐望海、秦梅、齐心远、齐春生，在场所有人的眼角都泛起了泪花。太不容易了。这种不容易恐怕只有经历过的人才能真正体会到。

共同经历完社火申遗，非但没有帮助秦梅在感情上把车大寒变成普通村民，反而让她短暂地失去了对那份感情的控制。

4月末，春天已经过半。气温随着日照时长的增多，日复一日地往上升。秦梅对车大寒的爱意，在心里潜藏、压抑了好多年，终于踩着春天的尾巴，追着日益涨起来的河水，和万物一起复苏了。那段日子里，春光呈现出从未有过的明媚，空气中弥漫着花香。基本上和他们童年、少年时代反反复复闻到的一模一样，甚至比那时还香甜。

然而，事情往往就是这样，就像好好的二三月，非要来场倒春寒。秦梅竟然在大河边撞见了最不想撞见的一幕。就在那块牛犊大小的白石头上，何倩踮着脚尖，凑到了车大寒跟前。站在石头跟前的车大寒也肆无忌惮地凑了过去，随后，几乎就在秦梅刚刚望过去的一瞬间，何倩忽然把头一低，吻在了车大寒的嘴唇上……

这一幕像夏夜里的闪电，异常清晰，又反反复复地在秦梅的脑海里闪现。经过长时间的倒嚼，秦梅渐渐品咂出，在吻向车大寒的那一刻，何倩的嘴角似乎隐约浮起了胜利的笑。何倩无疑是秦梅以前，极力想推到车大寒身边的女人，现在她终于尝到了自己酿造的苦酒。

与此同时，经过将近一年的实践，两家峪社火研发中心和两家峪社火小剧团已然走出了磨合期。2014年齐心远做的第一件大事就是回到了两家峪。他开始专注于两家峪社火的推广和表演，并且很快就把剧团的名字更改为两家峪社火小剧团。俗话说大河有水小河满，齐心远的小剧团场场爆满，赚了个盆满钵满，在两家峪社火研发中心工作的村民也没少赚钱。最近已经有不少人开始在叫嚷着子承父业了。特别是齐春生，更是把他儿子齐明轩牢牢地拴在了裤带上，生怕刚刚进入青春期的齐明轩出于叛逆，或者受早恋影响，不学他的制帽手艺了。车大寒当时提出要搞社火研发中心的时候就说过，他不但要让老手艺重新焕发活力，还要用老手艺为两家峪人蹚出一条新型致富路。现在他做到了。

两家峪人的生活也因为社火研发中心的建立发生了巨大的变化。现在打麻将、闲逛的人几乎没有了。好多人都在钻研着社火。因为，车大寒曾经当着所有人的面说过，要进社火研发中心的条件只有两个：要么掌握一门过硬的老手艺，要么装出一台推陈出新的社火……

"这是一个良性循环。"2021年前后有几个大学生搞社会调研，来到两家峪访谈，当时就得出这么个结论。说实话，从社会和谐，村民自治角度看，两家峪社火的复兴，也起到了非常重要的作用。

齐望海再也不说二伯没眼光了。要是当初二伯一咬牙把社火交给他，说不定他就是第二个当初的齐心远，又或者跟当初的齐心远斗个两败俱伤。眼界、心胸，齐望海终于理解这两样东西的重要性。

两家峪人现在唯一揪心的就是自家的社火能不能被写进省级的非遗名录。就连齐双全在2015年冬天过世的时候，都在念叨非遗的事情。他不恨自己吃不上来年的麦子，他只恨自己等不到两家峪社火申遗成功的那一天。

"梅，梅梅，大河咋还没有来啊？"进入弥留之际，齐双全的双目已经完全失明了，他只是凭着最后一口气，在了却着最后的心愿。

"马上就来了，二伯，马上就来了！"秦梅强忍着泪水，尽量提高声音说。她怕齐双全听不见，更怕他在一个呼吸间就支持不下去了。

"你俩，你俩，要，要好呢，好……"齐双全的声音微弱到了极致，含糊不清地说。"社火，社火成了，你俩也得，得成啊……"

秦梅已然听到了车大寒的脚步声，也感受到了车大寒急促的呼吸，可是就在车大寒即将走进卧室的那一刻，齐双全走了。

"伯，二伯！"

秦梅痛苦地哭了起来。

"二伯！"

车大寒"扑通"一声，跪在门边也哭了起来。

齐双全可不是无儿无女的人，他把重孙都抱上了。他之所以在弥留之际让自家儿女把秦梅和车大寒叫到床边，就是放心不下社火，放心不下他们。早几年时齐双全对耍社火并不是太热衷，直到车大寒当了社火头，他才慢慢成了两家峪铁芯子社火的忠诚粉丝，才开始了和村里其他人一样的盼望。但是，对秦梅和车大寒走到一起，相互扶持着过日子的盼望，老人却存了半辈子，可以说从他们还是娃娃的时候，齐双全就等着吃他们的喜糖，等着抱他们的孩子……

2016年1月9日，车大寒永远都会记得这一天。

小寒刚过了两天，节令上是三九，农历十一月正好进入最后一天。那天早上太阳刚出来，院子里的柿子树上就落了两只漂亮的喜鹊。它们叽叽喳喳的，让一院子的积雪跟着沸腾了起来。最早给车大寒打电话的是个陌生号码，车大寒犹豫了半天，决定要接的时候，对方却挂断了。大概2分钟后，他就接到了赵馆长的电话。赵馆长年前已经退休了，可他还是跟车大寒保持着密切的联系，并且时不时地还会来两家峪指导一下社火研发中心的工作,或者只是凑凑热闹,闲聊几句。

"窜天猴放成了,成了!"

赵馆长激动地说。与此同时,隔壁院子里"哧"的一声响,一支窜天猴真的飞上了天。那是齐望海在向全村人报喜,他也收到了两家峪社火被成功写入省第五批非物质文化遗产名录的消息。

第 65 章　错了

终南山脚下的两家峪顿时沸腾了。齐望海的窜天猴在最高处炸响之后,无数的窜天猴争先恐后地往刚刚放晴的天空中冲。炸响此起彼伏,紧接着,是噼里啪啦的鞭炮声,咚咚咚的雷子声。有人竟然迫不及待地把预备在晚上放的烟火、花炮也点燃了……

这个初晴的冬日清晨,两家峪处处弥漫着火药味,却是从未有过的喜悦的味道。

车大寒无疑是这些人中最兴奋的一个,他甚至兴奋到站也不是,坐也不是,他一会儿想哭,一会儿又想笑。他明明已经决定了要去大伯、二伯的坟头把这个渴盼了很久的喜事,分享给他们,并且感谢他们生前对社火申遗的帮助。可是当他前脚刚刚跨过门的时候,马上就改变了主意:活人比逝者更重要,不是吗?车大寒要分享喜悦,也应该是和齐望海他们……于是,他重归于坐立不安,重归于焦躁。

就这么折腾了大半天,车大寒才意识到,自己最想做的其实是向秦梅求婚,只是过于紧张,害怕遭到拒绝,而刻意在拖延,在逃避。

当车大寒知道自己该干什么后,他再次坐在了母亲最喜爱的那面旧镜子前。经过半个多小时的沉默,他果断返回自己房间,打开了家里唯一上锁的抽屉,取出了一枚戒指。

戒指只是普普通通的一枚金戒指,有些旧。车大寒捧起来的时候,却异常小心,就好像捧着全世界一样。这是六婶临终前从枕头底下翻出来的戒指,指明了要留给自己的儿媳。

车大寒打算用这枚戒指向秦梅求婚。

然而,当他异常忐忑地走进秦梅家,秦梅却不在。他又在人人喜气洋洋,充斥着热闹气息的街道上寻找秦梅,秦梅还不在。到最后,车大寒去了大河边。沿着成排的杨树,向上游回溯,最终在老鸹窝村陈老皮的娃娃鱼养殖馆跟前的一块大青石旁,找到了秦梅。

秦梅说她本打算走到大河的尽头,去那汪泉眼跟前看一看。车大寒没接她的话,但是他知道,秦梅也在逃避。因为他车大寒说到做到,因为他车大寒把要在社火申遗成功那天就向秦梅求婚的事情传扬得人尽皆知……

"要不然……算了吧。"

秦梅忽然仰起脸说。

"什么？"车大寒隐隐预感到了什么，但是却不愿意相信。

"我说我们两个的事算了吧，太累了，你不觉得吗？"秦梅原本坐在大青石上，两条手臂向前伸直，交叠在一起。现在她站了起来，丢掉了手里正在摆弄的一截枯树枝。"我秦梅也想叫你一声大河哥，咱俩青梅竹马，我叫你哥，他谁也说不出什么……"

车大寒的脑袋嗡嗡地响，秦梅后续说的那些话，他一句也没听进去。两家峪的鞭炮声还在持续，有人还把锣鼓搬出来，拼了命地在敲打。然而，这些对于车大寒来说，已然成了遥远的回响。他的心里再也没有半点喜悦，铺天盖地，汹涌而来的只有三九天的寒意。

车大寒到现在都不记得自己当时是怎么离开的，更没问过秦梅在他离开后去了哪里。事实上，车大寒顺着河道继续向前走，在雪地上留了一连串深到没过膝盖的脚印后，找到了那汪泉眼。它正安静地冒着热气。受它影响，周围的积雪一直在消融。然而，即使是这样，它看起来还是那样的脆弱，仿佛雪积得再厚一些，就会被彻底淹没了。车大寒无疑是大河带给六婶的孩子。如果处在一个神话世界里，他没准跟大河一样，是这眼老泉孕育的精灵。大河，大河，一想起自己的乳名，车大寒感到这汪泉眼无比亲切，似乎和他存在着某种血缘关系。

傍晚时分，又下了雪，而且雪越下越大。两家峪的庆祝活动还在继续，所有人都沉浸在狂欢之中。车大寒孤零零一个人回到了冷清的院落，他把那枚金戒指从怀里掏出来，看了很长时间。忽然就想就着啤酒，吃一顿烧烤。

"望海，望海在屋没有？"

车大寒没有抱任何希望，只是试探着喊了一嗓子。像这么热闹的时刻，齐望海根本就坐不住，更不可能待在家里。然而，让车大寒料想不到的是，齐望海竟然答应了一声。

"那你过来，彩芹要在，也让她过来，我冰箱里有肉，咱吃一顿烧烤。"车大寒又说。

"彩芹不在，你等着。"

齐望海说，声音不大，车大寒还是在一片喧闹中听清了。

没过多长时间，齐望海披着一件草绿色的军用大衣走过来了。他光脚

趿拉着一双棉拖鞋，头发乱蓬蓬的，眼神很古怪。车大寒打量了他一眼，有些担心他是不是和彩芹闹了矛盾。

"白忙活了，大河，白忙活了……"

不等车大寒细问，齐望海突然号啕大哭起来。他用双手捂着脸，身子在剧烈地颤抖，屁股底下的凳子也跟着在摇晃。

"到底是咋回事？"车大寒小心地问。他是实在没想到，社火申请非遗成功本应该是两个最高兴的人，却成了两个最伤心的人。

"我们老齐家，两家峪老齐家的祖先，祖先，不是从东鲁过来的齐姓人，我们也不是姜子牙的后代，更没有简礼堂，那个堂号……错了，一切都弄错了……"

在齐望海的啜泣中，断断续续的讲述中，车大寒终于明白，不是他们夫妻闹了矛盾，而是他的修族谱事业出了岔子。当然，也可以说通过齐望海的不懈努力，他终于把两家峪齐姓人家的来龙去脉弄清楚了，但是这个结果却并不是他想要的，也是他无法接受的现实。

"他们，俺们的祖先只是商山中的一户穷苦人家，他们为了逃荒，挑着铺盖卷，还有几件丢在路边都没人捡的烂行李，走出深山，用没了破麻鞋的光脚板走完蓝关古道……本来是要进长安城的，实在走不动了，才在大河边落了脚，慢慢地开荒种地，和当地的秦姓人通婚，成年累月地开枝散叶，才有了现在的两家峪……"

第 66 章　约定

"你这些结论都是怎么得出来的？"车大寒忍不住问。

如果没有详细的记载，单凭齐望海收集到的碎片化信息，根本不可能得出这么确切的结论。这其中一定有原因，并且存在着某些关键性证据——一个上了年纪的老人的回忆，或者在什么地方有人用文字记录了两家峪齐姓先祖迁徙的过程。

果然，听到这个问题，齐望海的两只手从脸上拿开了。他先是有气无力地叹息了一声，然后，才苦着脸说："大河，你是不知道，我这几天比你还煎熬，你光操心咱村的社火能不能被写进省级非遗名录，我还等着刘超然的回信呢，他说他在陕南采访的时候，无意间听说有一部齐姓族谱，可能跟咱这边有关，我让他把事情问实了再给我回话，早上他给我报喜的时候，说他把事情问实了……哎，这都是些啥事嘛，就不能让人先高兴两天……"

面对上天的嘲弄，齐望海充满了无奈，除了抱怨两句，又能怎么样呢？车大寒看他像被人抽了筋，蔫得不成样子了。稍稍琢磨了一下，又问："那部族谱你见了？"

这个问题一出口，车大寒马上就有些后悔了。齐望海说得很清楚，是刘超然在陕南采访过程中，听说有这么一部族谱，然后，通过调查核实情况，并传递的消息。齐望海八成还没看到这部族谱。不过，齐望海却把自己手机掏了出来，递给了车大寒："你自己看，白纸黑字，人家在祠堂里供奉了好些年了。"

照片里确实是几页泛黄的棉纸。纸上有人用非常精美的小楷，端端正正地写着文言文。说是文言文，其实一看之下就能看出来是由现代人仿照古文的行文风格写的。

"这族谱说是解放后有人重修的，原来的那部已经寻不见了。"齐望海在一旁说。

车大寒点点头，继续盯着照片里的古文看。论辞藻和文风现代人确实不及古人。但是，论对事情前因后果交代的仔细程度，古人往往过于简略，甚至是只描绘出一个大致的轮廓，而现代人却有着尽可能详细的记

述。那句话怎么说来着？现代人写实，古人追求的是意境。

"有凭有据，事情怕是真的。"仔细看完，车大寒若有所思地伸出双手在自己膝盖上拍了拍。过了半天，他说，"不过，这里面还是有值得推敲的地方……"

"真的？"齐望海的眼睛立马亮了。逝去的希望在死灰中复燃，齐望海期盼着自己能在绝望的深渊里抓住哪怕一段救命稻草。

"族谱上写得很清楚，两家峪齐家这一支是在明初，明太祖朱元璋在位的时候，二皇子秦王朱樉来咱长安就藩前后，迁徙过来的，距今少说也有630年了。"车大寒先点出事情的关键，然后说，"年代实在太久远了，当时到底是个啥情形，谁又能说得清呢？"

"唉，我当你能说个啥事呢。"齐望海的眼神很快暗淡了下来，他在自己脸上揉搓了一把，唉声叹气地说，"这个情况我也问过刘超然，刘超然当时就跟我说商山齐家在祠堂里搞了个小型陈列室，里头有一本他们自家人在解放前写的书，书名就叫作《商山齐家迁徙考》，把商山齐家人在各个朝代的迁徙情况考证了个遍，最最关键的，你看这两张照片……"

齐望海在手机屏幕上划拉了两下，出现了两张书籍插图的照片。那是手工绘制出的一顶虎头帽和一页信纸。在虎头帽下方，写书的人备注：此帽为两家峪同宗托商队捎回，并附信一封。在那页信纸下方，写书人同样有备注：此为信件实物誊录。

虎头帽的样式和现在的大同小异，看不出有什么不一样的。那页信纸上虽然只有寥寥几行文字，还是可以看出两家峪齐姓人对故土的思念和眷恋。当然，就像齐望海想要提醒的那样，最最重要的是这封晚清时期托商队送回家乡的信件，至少说明了一个情况：从明初到晚清，两家峪齐姓和商山齐姓都一直保持着联系。这还有啥怀疑的？除非《商山齐家迁徙考》是有人恶意杜撰的。可是谁会这么闲？！

"算了，我认了，不是姜子牙的后人就不是了，能咋，咱就是普通人嘛。"齐望海幽幽地说。一整天的消沉和绝望，早就让他接受了自己祖先也是普通人，并没有做过足以向人炫耀的光辉事迹的现实。

像是忽然想起什么事情似的，齐望海问，"对了，你跟秦梅的事情定了？她是不是早就等不及了？"

"黄了。"车大寒自嘲地笑笑，开始支烧烤架子。等他把架子支好，把穿好的羊肉放在炭火上烤了一会儿，又刷了第一遍油，突然盯着正在串肉的齐望海看了两眼说，"要不然咱把齐家祖先走过的路重走一遍，去商山看看那部族谱,翻翻那本书?"

"你说真的呀?"齐望海不敢相信。

"现在走都能成,我车里的油是满的。"

车大寒把手里的刷子丢进了油碗里,静等着齐望海点头。

听着羊肉被炙烤时发出的滋滋声,看着羊肉上不断往外冒出的油脂,齐望海空出一只手,挠了挠头。"过完年吧,至少也得刘超然从陕南回来吧,咱认不得地方,去了也没人搭理,得借人家记者的身份。"齐望海说。车大寒光杆一个,他可以说走就走,齐望海不行啊,他至少也得征得媳妇彩芹的同意,要不然彩芹能把他生吞了。

就这么的,车大寒和齐望海哥俩定下了重走蓝关古道的约定。

到了第二年,也就是2017年的5月,已经是暮春时节了。刘超然终于请到了假,齐望海也把彩芹的脾气磨没了。车大寒三人这才正式成行。然而,他们的车子刚刚开出村子,就被人拦住了。阻拦他们的人竟然是何倩和秦梅。何倩缠着车大寒还在情理之中,反正她一直是这个样子,总是寻找各种机会,不管车大寒愿不愿意,非要和他黏糊在一起。秦梅的出现就有些让人感到惊讶,甚至有些琢磨不透了。

从前年冬天到现在,两家峪最热门的两个话题一直是本村社火省级申遗成功和秦梅拒绝了车大寒的求婚。秦梅就是再不问世事,也应该听到了不少村民的风言风语。况且还是她自己拒绝的车大寒。作为当事人,她难道不知道避嫌吗?难道不知道自己这么做,是在车大寒的伤口上撒盐吗?齐望海看见秦梅,表情立刻就有些尴尬。

第 67 章　你们

　　人常说不到黄河不死心。齐望海亲手捧着商山齐家的族谱，翻着被特别允许从陈列柜里取出来的那本《商山齐家迁徙考》，也算望见黄河，死了心。事实上，远远望见商山齐家气派的祠堂一角，齐望海的眼泪就下来了。虽然历经岁月变迁，又受到居住环境的影响，大家操着不同的方言，甚至肤色深浅也不尽相同。但是，亲缘和血缘是与生俱来的，刻在骨子里，携带在基因里的。那种久违的亲切感，让齐望海异常激动，几度哽咽。

　　不用再核实了，两家峪齐家的根就在这里，他终于寻到了。

　　众人赶到商山齐家的时候，已经到了傍晚。

　　那时候，天边的火烧云刚刚退去，四周一片寂静。就在这寂静得都有些神秘的氛围中，突然发出了三声炸响，那是告知先祖的三声铳。紧接着，噼里啪啦的鞭炮声彻底打破了寂静。鞭炮声里，锣鼓敲打了起来。调子一听就跟两家峪不一样，但是调子明显是欢快的喜悦的热烈的。随后，众人就听到了妇女、姑娘们用当地方言唱的山歌……

　　为了让商山齐家人配合这次拜访，刘超然事先和这边的人通了一次电话。这边人当时只是淡淡地说了几句欢迎。没想到众人到了地方，遇到的竟然是如此隆重的欢迎仪式。事实上，接到刘超然电话的时候，这边的人已经高兴坏了，他们是实在不知道说什么好了，才语无伦次地说了声欢迎，就挂断了电话。

　　从晚清到现在少说也有 100 年了，在这 100 年里血脉相通的一姓人彻底失去了联系。这是多么大的遗憾和不应该。事实上，商山齐家人也动过去两家峪走动的心思，只是由于种种原因，一直没有成行。直到今天齐望海的到来，才算是重新建立了联系，把断了的纽带又系紧了。没错，商山齐家把齐望海的到来看作认祖归宗，看作足以写入族谱的大事。

　　能唱山歌的地方，人们的酒量一般不会太差。当天晚上，在商山齐家准备的最最丰盛的酒宴上，齐望海五人真切地体会到了这点。刘超然和齐望海醉倒得最早。随后是车大寒和秦梅。到最后，就连脚踝扭伤的何倩也趴在桌上傻笑了起来……

商山齐家人不但能喝酒，还非常地热情。车大寒五人原本第二天下午就要离开的，结果被一再挽留，直到5月才回到了两家峪。

回到两家峪后，日子重归于平静。车大寒开始像求婚被拒前一样，一有时间就往大河边跑。他又成了秦梅身边的小黄狗。秦梅好像并没有因此而感到别扭，她的心思又全部放在了治理大河上。只是齐望海看着这日日相跟在一起，却不能成为夫妻的两人心里非常不舒服。

秦梅手里虽然有一份完整的规划，所做的一切也是在按计划推进着，可是，具体实施起来，不但推进节奏非常缓慢，而且从实施的效果来看，好多地方都打了很大的折扣。举个简单的例子，大河两岸，按照规划应该是成片的稻田、荷塘，现在却只在紧邻河道的岸边种上了杨树。杨树林对涵养大河水源意义重大，这点没错，但是距离规划目标还是非常的遥远。

事实上，在杨树林外边还有面积更大的荒地。如果不把这些荒地利用起来，稻田荷香梦是永远都没法实现的。秦梅又跟钱大头几个在河边开鱼塘的人谈判了几次，实在没有进展，她很快就把目光转向了河滩上的荒地。她先从自家的荒地入手，在来年，也就是2018年夏忙期间种了些苞谷。然而，荒地毕竟是荒地，土壤没什么养分不说，关键是留不住水。秦梅倒是很勤快，苞谷出了苗后，开始在早晨或者傍晚，从大河里挑水，浇灌幼苗。

老话说"功夫不负有心人"，秦梅也坚信这句话。可是，当她从别人家地头经过的时候，还是深深地感受到了挫伤。同样是两个多月时间，别人的苞谷都长得蹿过膝盖了，而自己的苗苗不但又干又瘦，光从颜色上看就让人十分的揪心——不是正常的健康的深绿色，而是淡黄的苍白的，甚至枯焦的，更别说去跟别人比个头了。

"算了，算了，这地彻底废了，种不成了。"看到秦梅还要往地里浇水，老锄头直摆手。大半辈子的种地经验告诉他，这块地异常贫瘠还是小事，关键是个大漏斗，有多少水就能给你漏多少水。现在地里的苗苗还没死完，主要是因为秦梅水浇得勤，一旦她稍有松懈，苞谷苗绝对会在一两天内全变成干柴。

"咋就种不成了，我偏不信这个邪。"秦梅有些激动地说。平日里她一向温和，今天不知道受到了什么刺激，突然有了脾气。老锄头无奈地叹息了一声，蹲在杨树林边的阴凉底下，抽起了旱烟。这些年下来，老锄头是越发的老了。任谁看了都像一只干虾，好像再在太阳底下晒一两个夏天，就彻底没了生气。"大河可有些日子没来了，你俩又闹矛盾了？"咂吧了几口旱烟，老锄头转移了话题。

　　日头已经被河对面的塬棱挡住了一多半，眼看着就要落下了。耳畔是哗啦啦的树叶响。秦梅在浇灌苞谷的同时，渐渐冷静了下来。说不清为什么，她又想起了车大寒跟何倩在大河边亲嘴的情形。再加上自家不争气的苞谷苗，她就有些急了。"兴许是在教他那个梨花寨的徒弟吧。"秦梅仰起脸，望着在风里摇摆的杨树叶子，淡淡地说。

　　"哟，真是没想到，我梅梅姐人在大河边，却对大河哥的一举一动掌握得这么清楚。"秦梅的话音刚落，何倩就冒了出来。猛然间见到何倩，秦梅感到很意外，不过，她的眉梢眼角立刻就流露出了笑意。说实话，何倩活泼外向的性格很讨秦梅喜欢，在绝大多数时候，秦梅并没有把何倩看成竞争对手，而是把她当作开心果。在自己心情烦躁的节骨眼上，开心果冒了出来，秦梅自然是高兴的。甚至因为何倩的到来，秦梅脑海里关于她和车大寒亲嘴的画面也被完全冲淡了。何倩活得比自己洒脱，她敢爱敢恨，从来都没有任何顾忌。这是秦梅最羡慕的，也是她无论如何也做不到的。

　　"你胡说什么呢，你……他，你们，这是！"

　　秦梅的话刚开了个头，就看到了被何倩拉出来的刘超然。没错，刘超然就是被何倩拉出来的。他们两个一前一后，相互牵着手。秦梅顿时惊呆了，这是她想都没想过的事情，她迫切地需要何倩给她一个说法，但是所有的话都卡在了喉咙眼。

　　"我们两个确定关系了。"何倩特意抬起他们十指相扣的两只手给秦梅看，看完，半撒娇半板着一张脸问刘超然，"是吧，小刘？"

　　"千真万确，就发生在两个礼拜前的某个夜晚。"刘超然倒没有啥不好意思，能追到何倩他可没少费力气，虽然现在面对的是自己的女神，但他还是十分的骄傲和自豪。"其实，还得感谢你呢，要不是你陪小倩去重走蓝关古道，我也没有机会，说实话，早在那天之前，我就有些喜欢小倩了。"刘超然笑着说。从牛角尖里钻出来后，再面对秦梅时，他已然坦然了许多，现在牵着自己女朋友的手，更是无比坦然。秦梅永远都是他遥不可及的女神，但是在生活中，他还是需要一个能理解他欣赏他，让他忍不住去疼爱的女友（将来就是妻子）。

　　"行了，就此打住。"何倩亲昵地捂住了刘超然的嘴巴，瞟了瞟秦梅身边的水桶和水瓢说，"你要是还把我梅梅姐当女神的话，就去帮女神把玉米苗浇了，我和她说说话。"

"遵命，我听你的。"刘超然笑呵呵地说，恋恋不舍地松开何倩的手，走进了玉米地。秦梅本来要拒绝的，但是从何倩眼里看到，她似乎有什么要紧的话要对自己说，于是什么也没说，放下水瓢，从地里走了出来。老锄头知道刘超然一个城里人根本不会浇灌苞谷苗，在地上磕了磕旱烟锅，蹲在地头，指导起了他。

"水不能随便浇，先弄个窝窝，对，浇，水别浇太多了，也不能那么少，你们城里人手上咋就没有个轻重嘛……"

听着老锄头的指导，何倩和秦梅相视一笑，两个人在石头遍地的河滩里走了起来。不知道走了多长时间，四周已经有些昏暗了，何倩忽然说了一声"停"，就在这里吧。秦梅停下脚步，却清晰地看到她们停下来的地方，正好是何倩跟车大寒亲嘴的地方。

第 68 章　星星

"梅梅姐，你到底是因为什么才拒绝的大河哥，我说的是他向你求婚那件事。"何倩转过身，目不转睛地望着秦梅。这个话题明显过于尴尬，但她还是在期待秦梅最真诚的、毫无隐瞒的回答。因为，她今天来到两家峪，最重要的事情之一就是弄清楚这件事。当然了，她刚才特意宣告自己和刘超然确定了关系，并且当着秦梅的面秀恩爱，都是为了这一刻。

"我没法敞开心扉去爱他。"沉默了片刻，秦梅幽幽地说。

在她视线的尽头，无数原本清晰的石头、棱坎、树木、乱草、庄稼、原野很快被黑暗吞没，变成了一个个稀奇古怪的影子、轮廓。与此同时，初秋的寒意代替了河道里曾经有过的宽阔丰沛的河水，一寸一寸地爬上了秦梅瘦削的肩头，让她不自觉地抱起了双臂。"也许我们两个人都变了，变得彼此都有些认不出来了。"她补充说。

"其实大河哥一点都没变，至少在对待你们感情上，他始终如一。"何倩嘴角浮起笑，斩钉截铁地说，"为了让他爱上我，我花了6年多时间，还在两家峪长住过，可是当这一切都结束时，我才意识到，他的心一直是满的，满满当当的，任何多余的人也塞不下了……"

"可是，你们，不是……"

秦梅差点没忍住，把最想问的话问了出来。事情发生时，何倩就站在大石头上，这块石头就是一个见证。何倩如果还有印象的话，她不应该忘记这个见证。

"你说那天我吻了大河哥吗？"何倩笑了。过了半天，她说，"我的眼睛里进了沙子，当然这是我故意的，为的就是让大河哥帮我吹一吹，为的就是被你……"何倩的眼珠动了动，还是望着一片漆黑中，那两点亮晶晶的光泽，那是秦梅的眼睛，它们在动，在思索，在睫毛的抖动中忽明忽暗。"被你看到，那段时间你和大河哥的关系持续升温，我本来就走不进他的心，如果你们好了，我彻底就没戏了，我不甘心，才策划了那场误会……"何倩继续说。

"你说那天是你策划的，是一场误会？"秦梅怔怔地问。她的脑袋里有座冰川瞬间崩塌。她隐隐有种想奔跑的冲动。何倩说得如此轻巧，可是这件事却在秦梅的心头蒙上了浓重的阴影，即使现在明知道是一场误会，她的心还是有寒意不断涌起。她就是因为这件事情，对车大寒下了错误的论断，把他划入了高远那一类人，进而在最最关键的时刻，拒绝了他的求婚。一想起所有事情之间环环相扣，看似松散，又异常紧密的联系，秦梅的身子开始剧烈颤抖，她真想在何倩脸上狠狠地扇上一巴掌。是她屈从于自私，破坏了别人的幸福，是她，让秦梅在即将迈入婚姻殿堂之前，果断止步，继续着痛苦无望的徘徊……

"梅梅姐，我错了，我真诚地向你道歉，希望你能原谅我。"何倩想向以前那样去拉秦梅的手，却发现秦梅的手在黑暗中颤抖不已。"即使你没法原谅我，你也应该知道事情的真相，是我吻了大河哥，他并没有任何，任何回应……他甚至还为此生我的气，他……"

"好了，别说了，太黑了。"秦梅痛苦地闭上眼睛，打断了何倩。在被悔恨彻底淹没之前，她深深地意识到，最该责怪，并承担责任的人其实是她自己。爱虽然是无条件的。但是可以步入婚姻殿堂，可以长相厮守的爱情，往往建立在彼此信任的基础上。秦梅，她自己，丧失了对所爱之人——车大寒最基本的信任，才导致了不幸的发生。

"回家吧，我穿的不多，有些冷。"秦梅含糊不清地说。

何倩点点头，却没挪动脚步。"梅梅姐，要珍惜眼前人呢。"何倩犹豫半天，表情复杂地说。秦梅没说话，快步走出了河道，走回了两家峪。刘超然看到秦梅竟然连声招呼都不打就走了，抬起手，就想喊两声，却被老锄头给叫住了："别喊，别打扰她，你就是再没眼色也能看出来秦梅心情不好。"

"那这水桶，这瓢……"刘超然低下头，看向了地头的农具。

"你不用管了，我给她送回去。"老锄头说。这老汉的身影早就彻底和黑夜融为了一体。刘超然能感觉到他还蹲在原地，凭的只是刺鼻的旱烟味和忽明忽暗的一点橘黄色火星子。

工夫不大，两团厚云左右分开，露出了皎洁的明月。紧接着，藏起来的星星一颗接着一颗往出蹦，很快就点亮了整张天幕。刘超然走到河边把何倩接回来，两个人给老锄头打了一声招呼就走了。老锄头掖了掖披在肩头的中山服，下意识望向了天空。老人常说，人一离世，就成了天上的星星。现在天上的星星这么多，难道是有好些老鬼都想和他这个还在人世上挣扎的老家伙聊上两句？

秦梅回家后径直走进了卧室。她把门关得很死，她娘叫她吃饭的时候都没有叫开。望着天边的月亮，秦梅的眼泪下来了。这世上有无数个像高远一样的男人，但是车大寒却只有一个。秦梅知道，自己要的就是这样一个真真正正可以给她依靠的男人。况且这个男人还知道她在想着什么，她要做什么……他还知道她的一切缺点，一切不完美，一切坏脾气和小毛病。他爱她并不是基于某个场合，某个身份，某个光环，某种幻觉，而是内心最真实的感受。这些秦梅都知道。她知道得越清楚，就越明白自己错过了什么。

夜色深沉得令人惊心动魄，挂在窗边的月亮也像在极力刺探隐私一样，令人那么的不舒服。眼泪流干了，泪水也风干了。秦梅突然坐了起来。她要遵从自己的内心，她要去找车大寒，她要告诉他，她也一直深深地无法自拔地爱着他。

可是，命运又一次无情地捉弄了秦梅。当她走到车大寒家院门外的时候，那两扇很少关闭的大门，竟然上了锁。秦梅稍加思索拨通了齐望海的电话，齐望海告诉她车大寒进城了。

第 69 章　出海

　　车大寒确实进城了，不过，他进城却是因为一件怎么也想不到的事情。有一场以非遗为主题的国际交流，向两家峪社火发出了诚挚的邀请。在那封手写的邀请信里（原始信件是法语，送来的时候，组织方还给了一份中文翻译），主办方用"东方神韵"四个字高度赞扬了两家峪社火，还说这是中华文化的活化石，是原汁原味的华夏风。能看到如此高度的赞誉和夸奖，车大寒当然是高兴的，甚至是兴奋异常的。可是在兴奋之余，他突然就想起了曹道士。曹道士的死讯最后还是齐望海告诉给车大寒的，为了消化这件事情，车大寒多少日子都吃不下饭。他是真的很后悔，大年初一那天没有把曹道士留住。曹道士为了不给车大寒添麻烦，也是为了成全他和何倩，人没了。但是曹道士在人生最后时光制作的那面大鼓还在，并且，还是两家峪社火队最响的一面鼓。事实上，它早就成了整支社火队的灵魂和心音。

　　一面鼓尚且如此，更别说边边角角，构成社火表演的每一个元素，它们都有故事，背后也有各自的辛酸。在浦江发展时，车大寒经常听人说人生就是一张拼图，其实社火更是拼图。一桌社火跟一乘轿子一样，需要四个人抬，没有各个关节的贡献和付出，社火根本耍不好。外国人说社火是东方神韵，其实夸赞的是咱们社火人的智慧和审美，具体的，从隋唐到现在，淹没于历史长河里的所有社火人的智慧和审美……

　　车大寒心中一度起起伏伏，他的视野一再开阔。

　　两家峪社火被写入省第五批非物质文化遗产名录，他以为自己的奋斗已经到了极致，只要维持现状就好，只要不断推出最好的社火就好，只要把这条以社火为中心的新型致富路走通走好就行。实际上，他的征途还长着呢，现在只不过是万里长征迈出了第一步。当然了，这是以传统文化在国际上得到推广，是以让全世界更多的人走进社火人，走进社火背后的故事，理解他们的智慧和审美为终极目标的。

　　猝不及防地，车大寒就想到了两个字：出海。两家峪社火能像京剧等国粹一样出海吗？这个想法不敢琢磨，一琢磨，心就怦怦地跳。不管怎么样，先打好第一仗吧。就这样，车大寒和两家峪社火队怀揣着巨大的野心，保持着素来养成的踏实、低调、谨慎，进了城。

　　车大寒心里起的这些波澜，秦梅当然还不知道。听说车大寒进城了，见不上了，她只能把心里的慌乱和悸动强压下去，开始了一场又一场的失眠，开始了在忙碌之中忽然的恍惚和失魂落魄。思念到底是啥滋味？秦梅正在仔细品尝，却很难用一个确切的词汇形容出来。

　　种在荒地里的苞谷最终还是全部枯死了。不过，秦梅并没有因此而气馁，她又在筹划着种些耐旱、适宜在沙地里生长的作物，比如，土豆或者花生。与此同时，秦梅又继续起了对钱大头等人的劝说，她还把自己的规划材料递交到了相关部门。虽然这些事情，多少有些希望渺茫，秦梅反而比以往还努力。对爱情恢复了信心，让她在心神不宁的同时，对一切都充满了新的期待。另外，忙碌一点不好吗？忙碌正好可以冲淡对车大寒的相思。其实，秦梅也想过去西京见车大寒一面，尽快把横在她们之间的疙瘩解开，可是总有一些事情，让她走不开，无法成行。渐渐地，秦梅坦然了，她相信老天爷不让她进城，也许有更好的安排。

　　车大寒很忙很忙，这种忙碌已然超过了在浦江把那个公司做上市时，黑白颠倒的日日夜夜。不就是一次交流演出吗，用得着这么拼命？别人这么看两家峪社火队的同时，车大寒等人也在问自己。是的，要把每一桌社火装好，装出新意，装出美的享受和东方神韵就得这么拼命。另外，如果这是社火留给外国人的第一印象，不应该留下最美好的第一印象吗？在动手之前，大家伙商量了好长时间，除了把拳头产品推出国门，还要有一桌压轴的，足以惊艳全场的社火。这桌社火经过研发中心和小剧团的人多轮商讨后确定为"西湖借伞"。

　　西湖借伞原本是一桌"伞社火"。桌子上立的青衫相公许仙，伞上立的是粉衣俏佳人白娘子，两个人之间一高一低，隔着一把红艳艳的油纸伞。这桌社火所有的功夫从来都不往"奇""险""藏"上用，而在造型装扮，以及整桌流露出来的意境、韵味。要说啥是个"东方神韵"，把这桌社火装好了就能很好地诠释这点。

　　为了能把这桌社火装好，车大寒已经把《白蛇传》翻烂了。他还找到了好多视频资料，一格一格地研究。西湖借伞是白娘子和许仙的第一次见面。白娘子为报恩，下了峨眉山，千里迢迢来到苏杭，最终在"西湖八景"之一的断桥上，因为清明时节的一场烟雨和许仙邂逅。这是两人天定的缘分，也是华夏人独有的浪漫。一把油纸伞，一借一还之间，两人心中便有了说不清道不明的默契，你看我再不是路人，我看你也不再陌生。但是，能否成为情侣，还需要进一步的试探和接触。当然，这种试探和接触完全是东方的，含蓄的……

人们都说庄子老人家做了一场梦，醒来后不知道到底是自己梦到了蝴蝶，还是蝴蝶幻化成了庄子。车大寒因为思虑西湖借伞，经常做梦，醒来后，他也有些恍惚，常常不知道身在西湖还是西京。

好在功夫不负有心人，在队伍出发前1个月，这桌注定会在欧美造成轰动的社火终于装成了。车大寒看着装成的社火，眼泪都下来了。他这是自己把自己感动了。

"大河，大河，你来，我有个事跟你说。"

齐望海在角落里招了招手。车大寒用眼角余光瞥见，立刻从社火架子上跳了下来。说实话，他今天确实有点张狂。

"何倩，何倩要结婚，她请你去呢。"齐望海说着话，把一张红艳艳的，比西湖借伞的红油纸伞还红的喜帖递给了车大寒。

第70章　回村

"你能来，我真的非常非常高兴。"何倩看着车大寒的眼睛，酝酿着感情，或者说强压着心中的某种情愫。"我本来还以为你不会来的。"特意粘贴的细长的眼睫毛剧烈地颤抖，何倩的眼眶兴许也泛红了。"大河哥，你也要幸福啊。"她突然抓住了车大寒的手，激动地说，"以前有我从中搅和，你和梅梅姐才没重新走到一起，现在，我退出了，你们要……"

"我们的事你就别管了，今天是你大喜的日子，别弄花了妆。"车大寒说。在他看来，他和秦梅之间，最大的障碍从来都不是何倩，而是秦梅对他的感情已经淡了。

"不，大河哥，我要管，是我犯的错误，我一定要弥补。"何倩吸了吸鼻子，让自己的情绪稳定了一些。"其实，梅梅姐心里一直有你，她可能比你爱她，还爱你……"

何倩把长期和秦梅相处下来观察到的，以及那天在大河边和秦梅的谈话，还有秦梅的反应一五一十地说了。当然了，她并不知道秦梅后半夜在村里找车大寒的事，要是把这事也说出来，恐怕更有说服力，更能让车大寒感到震惊。到最后，何倩说："大河哥，你是男人，顶天立地的汉子，你应该更勇敢，更有勇气去追求你们的幸福，而不应该让梅梅姐继续苦苦等待……"

"何倩，何倩！"

何倩的话还没说完，有人忽然在麦克风里喊起了她的名字。

"对不起，大河哥。"

丢下这句话，何倩小跑着离开了。

车大寒望着她离去的背影，想起了把她从终南山背回两家峪的情形，也记起了齐望海说过，何倩是因为在去悟真观的路上，被刘超然背下山，两人才有了感情。两次都是被人背，两次都因此扰动了心弦。何倩果然和秦梅不一样，她是一个多愁善感、敢爱敢恨的女子。

知道秦梅的心里还有他，并且还深深地爱着他，车大寒再也无法淡定了。那天喜宴上的好吃的名菜一道接着一道，他却尝不出任何滋味。等到散了席，车大寒买了两瓶汉斯啤酒，和齐望海一人一瓶，坐在了马路边的双人椅里。西京市地标建筑，始建于明太祖洪武十七年（1384）的钟楼就在不远处。两人眼前的东大街上车水马龙，挂着绿牌的新能源汽车是越来越多了。然而，钟楼的悠久历史和大都市常有的现代感完全融为了一体，充分展现和释放着这座城市的活力。

"望海，我想回村追秦梅。"

半瓶酒下肚，车大寒终于开了腔。

"追嘛，你早就应该追了，你要是追得早，大伯、二伯兴许都能看见，还能吃你的喜糖呢。"齐望海说。他并没有意识到车大寒真正要说的事情。

"国际交流这事我想托付给你……"

"啥！"齐望海把啤酒瓶子往椅子上一蹾，"噌"地站了起来。"你在开玩笑吧，咱可是马上就要出发了，你现在说这个。"

"望海，你能胜任，离了我，大家可以的。"车大寒真诚地说。他并不是脑子一热随口说出来的，而是经过深思熟虑做的决定。

"不行，不行，你咋说都不行！"齐望海的脑袋摇得跟拨浪鼓一样。车大寒就是两家峪社火队的灵魂人物。他不在场，谁也玩不转。

"那你难道要继续看着我和秦梅就这么单下去吗？"

车大寒望着齐望海的眼睛问。齐望海承受不了这眼神带来的巨大压力，很快就把头转向了别处。

"我也没有这么自私。"过了半天，齐望海说了一句。随后小声嘀咕，"该追求幸福你去追求嘛，一个电话打下来，事情也能说明白，再说了社火作为非遗代表项目，去国外交流是多么大的事情，你不清楚吗？你让我一个人带着这伙人，我就没有这个本事……"

"你咋没这个本事了。"

车大寒突然激动起来，"二伯把你培养了多长时间，你心里没数吗？还有这些年，不管大事小情我都带着你，你就是个石头人也能沾上三分灵气，开一个窍门！"

"这些我都知道，大伙离不开你嘛。"齐望海提高了声音。

车大寒越想越气，忍不住问："你到底怕啥？"

"我怕我把事情办砸了。"

"事情砸不了！"

"我怕我毛病多，给咱丢人，而且他们也不一定听我的，况且还要出国，我啥时候出过国嘛，'土鳖'一个。"

"你们耍的是社火又不是舌头，出国不出国有啥区别？"车大寒反问了一句，语气缓和了下来，"望海，我知道让你一个人带着大伙出国表演责任确实重大，但是我相信你能把这事办好，你应该也清楚，咱们现在早就不是以前靠人望维系的土台班子社火局了，咱有咱各个环节的负责人，他们都是行家里手，就是没有你齐望海在跟前张罗，照样能把社火耍下去……我想让你去，不过是帮忙招呼一下，给大家做好后勤，你明白吗？另外……"

车大寒似乎有些犹豫，想了想，还是把话说了出来，"当年竞争社火头的时候，我不是抢了你的风头吗？现在算我还你的，只要你们按部就班，把咱商量好的社火按日程表演完，我相信一定会在欧美引起轰动的，到时候少不了见报的机会，你望海也就成名人了……"

"大河，我不是这意思，我是真的担心……"

"你听我把话说完。"车大寒拽住衣角，把齐望海拉着坐了下来。

"其实，我知道你为啥突然要修族谱了，你就是咽不下那口气，望海，咱要对社火负责呢，你明白不？当年二伯选了我，也是这么考虑的，说实话，在感情上，二伯未必就真的更疼我一些……现在到了你为社火负责的时候了，我希望你能承担起这个责任，也算是对自己的一次挑战。"话到这里，车大寒忽然笑了。"你要是能把这事办成，你的人望肯定比我高，两家峪的社火头自然就落到了你肩头上。"

"大河，我，我……"

"记住一句话，凡事以大局为重，千万不要贪小便宜，只要你能做到这两点，你齐望海绝对能把事情办成。"车大寒又说，最后望着齐望海的眼睛问，"怎么样，想不想给自己一次机会？"

"唉……"

齐望海叹息一声不说话了。车大寒知道，他这是答应了。齐望海粗枝大叶的大概没有注意到，车大寒其实是想借着这次机会把两家峪社火头的担子，交到他身上，从而把他自己从"社火世界"里彻底解放出来。想当初，车大寒从浦江回到两家峪，就是为了追回秦梅，没想到却因为耍社火的事情，和其他大大小小意料之外的情况，耽搁了这么些年。现在他要重拾初心，把最想干的事情干成。

另外，治理大河，让大河重新回到以前的样子，一直都是秦梅的心愿。车大寒想过，不管秦梅最终会不会和他走到一起，他都要帮秦梅达成这个心愿。二伯交代给车大寒的事，车大寒办好了，现在他要为了自己的幸福，为了心爱之人的事业，奋力一搏。

2018年10月27日，把齐望海一伙人送上飞机后，车大寒独自一人返回了两家峪。他迫不及待地想要见到秦梅。他甚至想过，如果秦梅愿意，他就把母亲留下来的金戒指重新取出来，再向她求婚。

然而，命运又一次捉弄了这对苦命鸳鸯。车大寒火急火燎地回村后，却听人说秦梅进城了。自己刚从城里回来，秦梅又进了城，两个人总不能待在同一个地方。这让车大寒感到异常苦闷。他给秦梅打了好几个电话，一开始总被挂断，后来竟然直接关机了。秦梅遇到什么事情了吗？车大寒有些纳闷，渐渐冷静了下来。

这天早上，天还没亮的时候，就有人拍打着院门。车大寒应了一声，打开了门。来人竟然是老锄头。多少日子不见，这老人变得更瘦了。老锄头是白狼沟的，由于常年帮助秦梅治理大河，很早就被两家峪人当成了本村人。实际上，白狼沟虽然也在大河东岸，却在终南山深处。车大寒少年时代步行去过白狼沟几回，一趟走下来没两小时恐怕不行。真不知道这老汉这些年是怎么坚持下来的。不管刮风下雨，只要秦梅前一天说好地方，他总能在第二天早上提前出现。

"老叔，坐，我给咱烧水泡茶。"

车大寒赶紧把老锄头往堂屋里请。这老汉本来就是个精明人，这些年又一心扑到治理大河上，早就在方圆几十里赢得了仁义的好名声。

"不用，不用，我说两句话就走。"老锄头一屁股坐在了距离院门最近的偏房的廊檐底下。他咳嗽了两声，习惯性地把烟袋锅掏了出来，在装着烟丝的布包里，勾戳了起来。"大河，你觉得秦梅聪明不？"旱烟还没从布包里掏出来，老锄头先问了一句。

"肯定聪明呀，她可是我们这一辈人里面，最有出息的一个。"车大寒如实说，就势蹲在了老锄头身边。老人家天不亮就来找他，一定是有啥事实在揪心难下。弄不好昨晚一夜都没睡，硬熬到了现在。

"有没有出息我不知道，但是她在我这，不算聪明的。"旱烟点着了，刺鼻的原始香味开始在空气中流淌。"聪明人就不会把自己活成那个样子，一个女人家，唉……"老锄头抽着烟，叹息了一声，接着，他又说，"还有修大河，不能硬来嘛，多少年弄失塌（关中方言，弄坏，弄得不能用了的意思）的东西，你想用几年时间就修好呀，咋可能呢，不可能，就连老龙泉的泉眼到现在都没找到，她秦梅就没个思量？要是个脑子好的，不该这样。"

215

"老叔，你不能这么说秦梅，要不是她，大河的环境会更糟糕。"车大寒在一旁说。老锄头跟了秦梅这些年，按说对秦梅的人品、行事风格应该十分敬佩，没想到他今天对秦梅却是这样的评价。真是令车大寒既意外，又有些不知道说什么好了。"秦梅的心是好的，她也一直在努力，我相信要不了……"

"大河，叔不管别人怎么说的，叔相信你心里有秦梅，你要是把她当你的女人，你就该帮帮她呢，不要以为她在外面有多风光，就啥事都能做成，我跟你说，女人就是女人，咱得心疼呢。"老锄头咂吧着旱烟，在黎明前的微光中转过头，意味深长地看了车大寒一眼。

随后，他边抽烟边幽幽地说："三宝走的时候，叔心里就不是滋味，秦梅这娃好歹在咱大河边忙活了这些年了，跟在她屁股后面的始终就只有我们两个，当然，后来有了你，可是满打满算也就三个，三个人，唉……咱这大河从山里出来一直流到西京城里，河边住的人可多了，怎么也不可能只有三个人……叔想过，一定是我们的方法不对，我们这些年一直是单打独斗，我们不得人心啊……"

"啥叫不得人心，老叔，你这话就不对，现在人都短视，都忙着挣眼前的那点钱，很少有人真正地关心环境问题。"车大寒打断了老锄头，他终于明白老锄头为什么贬损秦梅了，他这是正话反说。"老叔，要我说，你们这是走在了所有人的前面，走得快的人，跟在屁股后面的人自然少了，是不是？"车大寒说。他相信老锄头还有话说。

"随你说，随你说……"老锄头含糊不清地嘀咕了几句，陷入了短暂的沉思。过了半天，他望着远处终南山的模糊轮廓，梦呓似的说，"大河，叔的身体是一年不如一年了，叔其实不担心大河修不好，叔只是有些难过，害怕叔这一走，就剩下秦梅一个了……这娃又是个倔性子，真不知道她能不能熬到把河修好的那一天。"话到这里，老锄头长时间盯着东方泛起的鱼肚白，有些出神。

"大河，你得帮帮她呢，你不帮她，就没人帮她了。"老锄头忽然说，浑浊的眼珠近旁有什么亮晶晶的东西在闪烁。

第 71 章　明白

老锄头果然是精明人,他不光用感情打动了车大寒,还带来了秦梅的关于治理大河的规划。那是装在旧月饼盒里的一叠打印纸。老锄头解释了一下,这是秦梅给他的那一份。虽然他的眼睛早就花了,根本看不清上面写的是什么,但是老锄头找上初中的孙女给他完完整整地念过3遍。上头的办法都是好办法,只是实现起来十分地困难。

"钱是钱,人是人,需要钱的事情咱先放下不说,人得动起来啊,光靠咱几个,成不了事。"老锄头在廊檐边上磕了磕烟袋锅,扶着自己的老腰站了起来。他把旧月饼盒和治河规划留给了车大寒,背着手走出了院子。车大寒手里捧着治河规划,嘴巴张了张,却什么也说不出来。老锄头迈过大门的那一瞬间,太阳出来了,老人的身影很快融进了朝阳里,成了一道印在车大寒心底的轮廓。

大约过了半年时间,差不多第二年春天的时候,老锄头走了。和秦富海、齐双全、秦三宝,以及众多在大河边生老病死的人一样,化作了八里原上一抔黄土。尘归尘,土归土。人来世上走一趟,如果不留下些什么,恐怕也只能这样了。

当然这是后话。老锄头那天的话,句句都说在了车大寒的心上。大河是延河一线所有村落、所有人的大河,并不是秦梅或者某个人的专属。车大寒不想让秦梅继续做孤胆英雄,他也不想再像个局外人一样,继续当秦梅的"小黄狗"。他要把治河的事情,当成自己的事情,他要走在秦梅前面,替他踏平所有道路,抵挡所有的刀剑——如果所有的困难在秦梅心中都是刀剑的话。老锄头走后,车大寒少有地花心思给自己做了一碗油泼面。等到面吃完,碗洗净,他把用来写社火申遗材料的那张八仙桌又摆了出来。开始了对治河规划的研究和思考。这一研究竟然是整整3天。到了第4天早上,好长时间不吃不喝,也没睡觉的车大寒眼睛实在干得不行了。不过,望着在院子里盘旋的麻雀,望着柿子树底下落了一地的叶子,他的嘴角浮起了笑。当然,他也忽然意识到,自己的手机竟然3天都没开机了。

"等我?"

大河流过两家峪

　　一开机就看到了秦梅发来的短信，原本站了起来的车大寒，又坐回了祖上传下来的太师椅里。当然，凭着两人多年的默契，在看到短信的第一时间，车大寒立即就明白了秦梅的意思。可是，这条短信毕竟是意外的收获，是期盼了许久才收到的。他需要给自己一点时间，来慢慢地消化这件事情。过了好长时间，麻雀已经不知道飞到哪里去了，柿子树的影子也隐藏进了光秃秃的枝干底下。车大寒终于重新拿起手机，给秦梅回复了两个字"明白"。明白，就是他此刻所想的，也是他想表达的一切。他相信秦梅看到这两个字，什么都会明白的。

　　随后，他走回卧室，把手机往身旁一撂，呼呼大睡。等到车大寒睡醒的时候，两家峪村里的老戏楼底下多了一张红艳艳的告示。

亲爱的乡党、村民朋友们：

　　大河是咱的大河，爱护大河人人有责，治理大河更是我们的义务。我车大寒在这里发出倡议，希望从今天开始，每个人每周抽出一天时间参与到大河的治理中来。对于因为治理大河造成的误工，我车大寒可以以每天100元补偿给大家。关于治理大河的计划，具体如下：

　　第一，修整河道，增大水量。现有的河道……

　　"天哪，这得多少钱啊。"

　　第一个看到告示的人立刻吃惊地张大了嘴巴。

　　紧接着，好些人都围了上来。

　　"大河可真有钱，也舍得花钱。"

　　"是啊，杨树还没长起来呢，等杨树长起来又是一笔钱，真不知道他哪里来的这么多钱！"

　　"还能哪里来的啊，当然是在浦江挣的。"

　　"那你去不去？"

　　"去啊，当然去了，闲着也是闲着，一天100元，我也知足了。"

　　"人家说的是给误工的人的补偿，你也伸手啊。"

　　"这有多难，你听我说……"

　　很快就有不少人三三两两地嘀咕了起来。这些人大多是没有本事加入社火研发中心的人。他们偶尔就近打些零工，大多数时候都闲在家里。现在一听说去帮着治理大河，还有钱赚，立刻就动心了。

　　事实上，车大寒不光贴了这张告示，他还在村里找了不少妇女，负责烧水做饭。只要去大河帮忙，就有早晚两顿饭。一时间，两家峪人有如汹涌的潮水一般动了起来。就连找钱大头谈判的时候，声势都十分地吓人。车大寒谈判的策略只有一个,只要钱大头开条件,他都会满足。只要是秦梅提过的条件,他都会加倍满足。只要钱大头等人愿意填了鱼塘,别的什么都好说。

运气好的是,陈老皮那伙当初早早填了鱼塘的人,现在已经把娃娃鱼卖开了。人家不但利润丰厚,而且市场越做越好。特别是最近两年,但凡来终南山周边地带游玩的人,如果不尝两口传说中的娃娃鱼(当然,这是人工养殖的,野生娃娃鱼是国家二级重点保护动物),就算是白来了。而钱大头等人的生意是越做越差,有不少鱼塘已经改成垂钓园了。即使这样,想收回成本还是非常困难。因此,车大寒一来谈,钱大头就松口了。说实话,他静等着秦梅再上门呢,秦梅再不来,说不定他就去两家峪找秦梅的了。

钱大头算是最硬的骨头,这块骨头啃了下来,其他一些观望的人,和钱大头一样静等着秦梅再来的人,很快也答应填鱼塘了。车大寒几乎所向披靡,在很短的时间里,就把秦梅搞不定的事情全部搞定了。众人都说车大寒是用钱硬砸的,还说他的钱最好挣。

然而,就在这个时候,车大寒把钱大头等人叫到了一起,开始和他们谈开水产公司的事。大河的使命从来都不是自顾自往前流淌,它还要滋养河岸上的人呢。大河要治理,环境要恢复,但是在治理的同时中还需要摸索出一条发展绿色化、生态化经济的路径。

第72章　良心

从2018年年底到2019年年末，秦梅一直在西京市奔波着。她也意识到了单凭一己之力根本不可能把大河治理好。她要借助商业的力量，让商业这头猛兽在被驯化之后，为生态治理服务。当然了，秦梅要走的路也是一条绿色的、生态的、可持续发展之路。她跟车大寒一个由外而内，一个由内向外，像两条奔腾的小溪一样，终将在某条即将干枯的河床上迅速汇合，并且形成一股磅礴的力量，奔涌不息。

齐望海没有辜负车大寒的嘱托，把国际交流表演组织得有条不紊，并且格外地出彩。在他们回国前，《西京日报》上已经有了专题报道。那篇报道竟然是名记者高远亲自操刀撰写的。到现在齐望海都记得高远对两家峪社火的赞扬：这是梦，这是纯朴的两家峪人带给欧美两洲人民共同的梦境，甚至超出了他们对梦境的想象……

这是啥意思，这是在说咱的社火是他欧美人做梦都想不到的好事。齐望海满足了。除了西京当地的省报、《西京日报》，全国各地还有50多份地方报纸报道了这次意义非凡又影响深远的交流演出。就连几个在国内非常有影响力的报纸、门户网站，也能看到与这次国际交流演出有关的新闻和报道。特别是这些新闻报道的配图，绝大多数都选择了两家峪那桌最得意的社火，西湖借伞。美，美得含蓄而隽永。作为两家峪社火队的带队，齐望海自然是接受采访最多的一个人。今年5月，齐望海掰着指头数过，光电视台的专访都有12个。

这一切本来是人家车大寒的，齐望海比谁都清楚。说真的，他比谁都感激车大寒，比谁都觉得对不起车大寒。想当初，为了争社火头，他竟然逼着人家车大寒给他"负荆请罪"。现在一想起来，肠子都是青的。车大寒的心胸、见识，是他齐望海这一辈都赶不上的，齐望海同样十分清楚。从国外回来之后，他的心反而沉了下来，他打算跟着车大寒好好地学学，再也不能自作聪明了。可是，不等齐望海去补偿车大寒，去向车大寒学习，村里正在发生的事情，立刻让他傻眼了。

人人都觉得车大寒是傻子吗？人人都觉得他的钱那么好挣吗？人人都是这么没见识吗？看到众人领着车大寒的钱，去修自己村的大河，齐望海愤怒异常。要按以往的脾气，他一定在街道上骂，挨个敲着门骂，一定要把这些不成器的东西骂得羞愧，骂得没脸见人。然而，骂人向来不能解决任何问题。齐望海只好开动脑筋，想起了办法。

大概在农历二月底，老戏楼上不年不节的又多了一张红艳艳的告示。不同的是，这回贴告示的人不是在浦江挣了大钱的车大寒，而是本村首富齐望海。齐望海在告示上写得很明白，他对大家帮着治理大河的行为，非常赞赏。为了表示肯定和鼓励，他个人愿意拿出一大笔钱，每人1000，奖励给参与治理大河的村民。齐望海可是出了名的吝啬，他竟然肯拿出一大笔钱给大伙发奖金，这真是破天荒的大好事。当然了，也有好多人并不相信齐望海说的。不过，齐望海这张告示无疑吸引了所有人的注意力。

在告示贴出来两天后，也就是告示上说明要发奖金的日子。老戏楼底下果然多了三张铺着红布的长条桌子，并且在红布的下摆，正对着来人的位置，还贴着三个用黄澄澄的用彩纸剪的大字：领奖台。这三个字比铺着红布的长条桌子还醒目，很快就把等着领奖的人聚拢到了一起。"排队，排队。"齐望海还给他准备了一支话筒。看到人差不多到齐了，他跳上摆在长条桌后的靠背椅上，喊了起来。有些人对这事原本将信将疑，现在看他这副阵势，立刻就完全相信了。

等到众人整整齐齐排出四条长队，齐望海清了清嗓子，把一只在电影里才能看到的钱箱子从桌子底下取出来，摆在了众人眼前。"咱是按贡献奖励，贡献嘛，也简单，谁在大河那里领的钱最多，往前边站。"齐望海望着众人说。众人排队那会儿，他已经坐进了靠背椅里。此时此刻，他目不转睛地注视着逐渐骚动的人群，一只手握着话筒，另一只手颇具暗示意味地在钱箱上轻拍着。

"我，领的钱最多的人是我。"有人激动地说。

"你算个啥，我都快1万元了！"有人高声，炫耀似的说。

"我不管，就是我最多。"有人蛮不讲理，硬往前挤。

没过多久，好不容易排好的队伍已经乱得不成样子了，就这样，还是有人拼着力气往前挤，有人不断地用自己强壮的身子挡着别人。

"好了，你们也闹够了，听我说两句吧。"

齐望海的声音从话筒里一传出来，骚动的人群立刻安静了下来。不用细看，该鼓劲的人自然继续鼓着劲。大家不吵嚷了，并不等于不争不抢了。"大河今天不在，有些话我就直说了。"齐望海的脸逐渐阴沉了下来，一句话一把刀子似的说:"如果人家秦梅、人家车大寒不去治理大河,这河咱还要不要?如果要,大家也该想想咱怎么要,凭啥去要,如果不想要了,那咱们跑去帮忙,岂不是在糊弄鬼呢!"

"人啊,要摸着良心活呢,有些事做了,你的良心上不但过得去,而且还会感到自豪,无论是对自己的儿孙提说起来,还是到自己不行了,埋进黄土里,也不会有任何愧疚和不自在,有些事,别人不说,你自己难道就没个判断吗?你自己的良心就真的能过意得去吗?乡里乡党的,谁也别把谁当傻子,更不能把自己当傻子……"

"别忘了那句老话,人在做,天在看呢,大伙要是觉得大河的钱拿得心安理得,那你们继续拿,就当我今天只是和大家开了个玩笑。如果良心上过不去,你自己看着办。另外,大河到底要不要修,我希望大伙好好地考虑一下,如果真的不想要了,也请你给人家大河一句准话,咱不能拿了人家的钱,还把人家当猴耍!"

第73章　泉涌

"绿水青山就是金山银山",这个理念早就深入人心。

作为世代受到大河滋养的两家峪人,自然有种朴素的盼望和朴素的不舍。大伙对大河有感情,希望大河好。说实话,100块一天,能干啥?根本发不了财啊。大家伙之所以日复一日地往大河跑,只是把这份误工补偿当成了说服自己的理由。毕竟人人都要过日子,人人都要吃饭,自己总不能什么也不管,光管这大河吧。不过,齐望海的话没错,句句扎心,人不能欺骗别人,更不能欺骗自己的良心。两家峪人要大河,但是不能要车大寒的钱。这是人人不用摸良心,都能想明白的道理。

"大河,我来,是来还钱的……"

"钱再不能要咧,再要我爹我爷要从棺材里爬出来训人咧。"

"你放心,钱还回来了,我人还去大河呢。"

"这是咱的大事,少不了我……"

那天后,车大寒家里的人就没断过。都是来还误工费的,都是来道歉、表态的。一开始车大寒还有些纳闷,对于还回来的那些钱,坚决不收。后来他听说了齐望海设计点醒众人的事,也就不再说什么了。其实,车大寒是把他所有的积蓄全部拿了出来,甚至还在暗中下了决心,如果钱还不够,他的车、他的房,他家里的一切都能拿出来卖,只要能把治理大河的事情继续下去,他都可以豁出去。车大寒在浦江是挣了些钱,但那也只是薪资收入,根本不是什么大钱。至于他为了劝说钱大头等人填鱼塘给的那些补偿,满打满算也不过60万元,到最后还全部变了钱大头几个在水产公司入的股,也就是终南淡水养殖公社股份有限公司的启动资金。为了大河治理,车大寒愿意花钱,但是这些钱必须花在正路上。

2019年后半年,两家峪人全部动了起来。就连那些常年在外的,也会在周末,或者在工作日请一两天假,回来帮忙。现在大伙谁也不提误工补偿的事了,就连当初车大寒和众人签订的购买杨树的合同也被烧得一张不剩。大河是众人的大河,不是秦梅的,也不是车大寒的。然而,秦梅和车大寒为了治河的事情做出的那些努力,付出的那些时间、精力、金钱,却时时激励着众人,感召着众人。现如今的两家峪,人人都是秦

梅的分身，人人都是车大寒的分身。大家伙之所以如此努力，就是想让大河恢复旧日容颜。咱不说稻香十里，荷塘里听蛙鸣，咱至少努力过、奋斗过，问心无愧，是不是？

老话说得好，人心齐，泰山移。有了全村人的积极参与，甚至是沿河一线老鸹窝村、白狼沟、老杨树村、大峪岭、清泉村……所有人的努力，大河的面貌果然在发生着变化。2020年春节前夕，车大寒正在河边指挥着众人，给河岸边的荒地修引水渠的时候，竟然听到了几声从未听过的水鸟的叫声。现在是冬天，还是枯水季节，都能听到陌生的水鸟的叫声，等到春天真不知道会是怎么样的一幅景象。车大寒笑了。他要进城，他要当面把这个巨大而惊喜的发现告诉秦梅。说实话，这些日子车大寒之所以一直没有联系秦梅，就是在憋着一口气，他要用实际行动给秦梅一个惊喜。现在惊喜有了，只等着他开口。

那天进城的时候，车大寒的心里激荡着从未有过的喜悦。空气中弥漫着一股说不清来源，却异常醉人的清香。路边的积雪是那样的可爱，每一堆都是讲故事的好素材。天空中浓密的乌云，好像在动，好像无数大大小小的动物，应和着车大寒的心跳，在狂奔……

"秦梅走了，刚走，她跟医疗队去了汉江。"

车大寒的喜悦全部终止于何倩的这句话。1年多不见，何倩的肚子已经隆起了。她现在一定在期待着自己孩子的降临。为了制造惊喜，来之前，车大寒并没有跟秦梅联系。等到进城，他才拨了秦梅的电话，结果电话又像一年前那样，被无情地挂断了。紧接着，车大寒就收到了秦梅发来的信息。是一个地址，就是她现在所在的位置。

"去汉江支援的事情发生得很突然，不过梅梅姐还是和我聊过，她不想联系你，是怕和你联系后，她就狠不下心了，毕竟汉江那边是啥情况，谁也说不准。"何倩说，她目不转睛地望着车大寒。是秦梅让何倩来见车大寒的。不给车大寒一个交代，秦梅走得也不安心。"梅梅姐让我告诉你，等她回来，她……"

"你家离这里远吗？"车大寒打断了何倩。

"就在后面这小区。"何倩指了指身后的高楼大厦。

"那咱保持联系。"车大寒说，勉强挤出一丝笑，望着何倩挥了挥手，然后，灰溜溜地坐进了自己的车里。

一个人被命运反复捉弄之后，大概就是车大寒这种反应。然而，危机关头，秦梅去汉江支援的决定无疑是对的。车大寒也想去汉江支援，可是他并没有秦梅那样的医疗背景，根本无法成行。随后的日子里，车大寒饱尝相思之苦的同时，继续治理着大河。另外，社火头的担子，经过一番激烈的争论后，他已然彻底交给了齐望海。现在的齐望海，早就今非昔比，把社火研发中心的事情料理得还不错。

所有人都没说，但是所有人都在盼着秦梅的归来。

2020年暮春时节，汉江的事情终于圆满结束，秦梅终于回来了。车大寒第一时间去机场接了她。他手里捧着最鲜艳的红玫瑰，很快就成了惹眼的风景。然而，车大寒并没有在机场立即向秦梅求婚。他还有个更大的惊喜，给秦梅预备着。

"你抛一镢头，把那团乱草刨开。"

回到两家峪，车大寒直接把秦梅领到了大河边。他把手里拎着的镢头递给了秦梅。秦梅不知道他想干什么，非常地纳闷。不过，秦梅还是很顺从地接过镢头刨了刨。

"呀，老龙泉！"

看着汩汩地往出涌的泉水，秦梅惊呆了。

这就是那眼她一直在寻找的老龙泉。有了这眼老泉，大河的水才算有了保障。

"梅，嫁给我吧，再不嫁给我，我就老了，爱不动你了。"

车大寒单膝下跪，从怀里掏出了六婶留下来的那枚金戒指。

那是老人家的一份心，一份盼望，一份祝福。

（完）